### 作者简介

**于欣欣**　女，汉族，1976年10月出生，中共党员，硕士学位，副研究员，任哈尔滨工程大学航天与建筑工程学院党委书记。主持教育部哲学社会科学研究重大课题（高校党建、思政及稳定工作）委托研究项目、教育部高校思想政治工作精品项目、黑龙江省教育厅人文社会科学研究项目等20余项。发表论文20余篇，主编著作3部。校"小程故事"思政教育创新工作室负责人，荣获黑龙江省学生工作先进个人、高校思想政治教育先进工作者等荣誉称号。

教育部2022年度高校思想政治工作精品项目《高校师生成长故事会——哈尔滨工程大学"故事育人"平台建设》研究成果

2022年度黑龙江省本科高校教育教学改革研究项目《船海特色未来技术学院专业思政建设的探索与实践》（SJGY20220098）研究成果

高校校园文化建设成果文库

# 与成长对话 为青春启航
## 哈尔滨工程大学师生成长故事汇

于欣欣 ◎ 主编

光明日报出版社

图书在版编目（CIP）数据

与成长对话　为青春启航：哈尔滨工程大学师生成长故事汇 / 于欣欣主编．--北京：光明日报出版社，2023.10

ISBN 978-7-5194-7551-2

Ⅰ.①与… Ⅱ.①于… Ⅲ.①故事—作品集—中国—当代 Ⅳ.①I247.81

中国国家版本馆 CIP 数据核字（2023）第 198138 号

---

与成长对话　为青春启航：哈尔滨工程大学师生成长故事汇
YU CHENGZHANG DUIHUA　WEI QINGCHUN QIHANG：HAERBIN GONGCHENG DAXUE SHISHENG CHENGZHANG GUSHI HUI

| 主　　编：于欣欣 | |
|---|---|
| 责任编辑：杜春荣 | 责任校对：房　蓉　李佳莹 |
| 封面设计：中联华文 | 责任印制：曹　净 |

出版发行：光明日报出版社
地　　址：北京市西城区永安路 106 号，100050
电　　话：010-63169890（咨询），010-63131930（邮购）
传　　真：010-63131930
网　　址：http://book.gmw.cn
E - mail：gmrbcbs@gmw.cn
法律顾问：北京市兰台律师事务所龚柳方律师
印　　刷：三河市华东印刷有限公司
装　　订：三河市华东印刷有限公司
本书如有破损、缺页、装订错误，请与本社联系调换，电话：010-63131930

| 开　　本：170mm×240mm | |
|---|---|
| 字　　数：323 千字 | 印　　张：18 |
| 版　　次：2024 年 3 月第 1 版 | 印　　次：2024 年 3 月第 1 次印刷 |
| 书　　号：ISBN 978-7-5194-7551-2 | |

定　　价：98.00 元

版权所有　　翻印必究

# 内容简介

本书着眼于"故事育人",通过深入了解师生成长历程,凝练成长故事,总结成长规律,明确成长路径,把握成长节奏,在青年师生"成长关键点"上收集了教师成长故事10篇,学生成长故事28篇。在编写教师故事方面,既关注教学科研方面的教师典型,也关注思政教育方面的教师典型;在编写学生故事方面,既关注优秀学生,也关注进步较快的学生,深入挖掘具有教育意义、贴近学生实际的成长故事。同时强调要妥善处理好故事的随机性与规律性、真实性与生动性、整体与部分之间的关系。期望在师生中营造见贤思齐、崇德向善的浓厚氛围,可以对青年师生成长成才起到探路开窍、传经送宝的启发性作用。

主　编　于欣欣
副主编　刘　正　刘　铁　张德伟
编　委　史艳鹏　杨一鸣　李大任　李宇婷
　　　　张羽鑫　李颖超　赵俊达　高　明
　　　　柴誉铎　梁艳艳　霍　萍
　　　　（以姓氏笔画为序）

# 前　言

哈尔滨工程大学，其前身是创建于1953年的中国人民解放军军事工程学院（简称"哈军工"），现隶属于工业和信息化部。学校是全国重点大学，首批具有博士、硕士学位授予权单位，首批"211工程"重点建设高校，国家"985工程"优势学科创新平台项目建设高校，2017年，进入国家"双一流"建设行列，是国家"三海一核"（船舶工业、海军装备、海洋开发、核能应用）领域重要的人才培养和科学研究基地。

党的十八大以来，以习近平同志为核心的党中央高度重视思想政治工作。习近平总书记多次对高校思想政治工作作出重要指示批示和重要讲话，党中央和相关部门出台系列加强和改进高校思想政治工作的文件，推动高校思想政治工作实现全面创新发展。2021年，中共中央、国务院印发《关于新时代加强和改进思想政治工作的意见》中明确指出，推动新时代思想政治工作守正创新，要"充分发挥先进典型引领示范作用"。近些年，哈尔滨工程大学牢牢把握立德树人这一根本任务，通过"大学生、青年教师成长故事会"，以"与成长相伴，为青春导航"为理念，着力宣传哈尔滨工程大学师生身边的成长故事，引导学生健康成长，助力师资队伍建设，出版《与成长对话，为青春启航——哈尔滨工程大学学生成长故事汇》《与成长对话，为青春导航——哈尔滨工程大学研究生成长故事汇》，获批教育部高校辅导员工作精品项目、获批教育部高校思想政治工作精品项目等一系列成果。

面对以"网络原住民"的00后为主体的大学生，传统的说理教育面临着诸多困境和挑战，而"故事"以其独特的教育魅力、生动的描述、深刻的启迪、近距离的体验成为新时期高校育人的优质选择。同理，当前以90后为主体的高校青年教师群体，在专业发展过程中有着鲜明的特点和规律，我们要充分认识这些规律性特征，把握教师的成长节奏，教师成长关键点是发挥教师成长故事在教师思政教育工作中重要作用的基础和关键。

成长故事是成长规律具体化、生活化的体现，可以把思想政治教育的过程变成密切联系青年教师、青年学生，有针对性解决他们成长成才实际问题的过程。因而，探索不同类型师生的不同成长路径，研究并运用高校青年话语体系，总结梳理青年师生的成长故事，可以切实提高高校思想政治教育的亲和力和实效性。

本书着眼于"故事育人"，通过深入了解师生成长历程，凝练成长故事，总结成长规律，明确成长路径，把握成长节奏，在青年师生"成长关键点"上收集、讲述故事，期望在师生中营造见贤思齐、崇德向善的浓厚氛围，可以对青年师生成长成才起到探路开窍、传经送宝的启发性作用。

本书在故事的挖掘方面，注重结合优秀、典型的选材，但又不仅限于此。因为成长的路径从来就不是一条，需从不同层次、不同角度、不同方面去选择优秀的典型故事。在编写教师故事方面，既关注教学科研方面的教师典型，也关注思政方面的教师典型；在编写学生故事方面，既关注优秀学生，也关注进步较快的学生，深入挖掘具有教育意义、贴近学生实际的成长故事，同时强调要妥善处理好故事的随机性与规律性、真实性与生动性、整体与部分之间的关系。

本书的编撰由哈尔滨工程大学"小程故事"思政教育创新工作室牵头，得到了学校的大力支持。在此要感谢所有支持和帮助我们的人，同时需要说明的是，由于选编时间、编者水平等因素限制，本书在内容编排和写作上尚有不足，某些方面也难免存在问题和错误，为此我们将虚心接受读者的批评和指正。

# 目录 CONTENTS

## 教师篇

一个"青椒"成长路上的"打怪升级" ...... 4
工程英语"+" ...... 10
看见每一名学生 ...... 23
我的一往情深 ...... 32
"功夫"小子炼成记 ...... 40
刀尖上"跳舞"的科研探险者 ...... 47
文工融合的求解者 ...... 54
一名思政教师的跨界式成长之路 ...... 63
数学人浪漫与现实的奇妙碰撞 ...... 70
混凝土"奶爸"的养育心得 ...... 76

## 学生篇

**学问勤中得，萤窗万卷书** ...... 87
我的大学从大二开始 ...... 88
我是船海班"班长" ...... 96
读书 行路 阅人 ...... 102
敢于直面"麻烦" ...... 108
助人者自助，"乐"施者卓"然" ...... 115

## 若无松柏志，超越不为高 …… 122
- 来自新疆的我 …… 123
- 晒晒我的大学"奢侈品" …… 129
- 三分耕耘 一分收获 …… 137
- 拼尽全力，我想成为一个"普通人" …… 143
- 哈工程"树洞"男孩的自白 …… 149
- 在大学，我学到了什么？ …… 154
- 一个小镇青年的"大作为" …… 159

## 会当凌绝顶，一览众山小 …… 166
- 我对自己负责 …… 167
- "浴火重生"的他百炼成钢 …… 172
- 我，"橄"不同 …… 180
- 身上涂满色彩，映出彩虹的斑斓 …… 185
- 是学霸，也是冠军 …… 192

## 纸上得来终觉浅，绝知此事要躬行 …… 198
- 水声工匠的科创之路 …… 199
- 非典型工科男的大学生活 …… 205
- 最好的感情 就是让彼此成为最好的自己 …… 212
- 从"0"到"1"，科创小白的艰难逆袭 …… 219

## 玉经磨琢多成器，剑拔沉埋便倚天 …… 223
- 网瘾少年涅槃重生 …… 224
- 从游戏代练高手到学霸，到底有多远？ …… 232
- 我和大学生活的博弈 …… 239

## 千淘万漉虽辛苦，吹尽狂沙始到金 …… 245
- 为科研"疯魔" …… 246

成功就是再坚持一下 ……………………………………… 252
创新三部曲 ……………………………………………… 257
读研三问 ………………………………………………… 264

后　记 …………………………………………………… 270

教师篇

高校青年教师作为高校教师队伍的生力军，既肩负着接续奋斗、载梦前行的使命，也肩负着开源活水、立德树人的担当。在实现中华民族伟大复兴的接力赛中，高校青年教师应认清使命、强化责任、砥砺自强、勇担重任、拼搏奋斗，应将自身规划与学校的发展有机融合起来，践行"为党育人、为国育才"的职责使命，在教书育人的工作中不断创造新业绩。由于青年教师刚迈入工作领域，工作阅历较浅，自身知识储备、学习能力、教学经验与当前高校人才培养要求之间存在一定的差距，因此，激励青年教师积极思考、勇于探索适合自身的成长路径，快速完成专业成长蜕变是非常必要的。

本篇选取了10位优秀青年教师的成长故事，他们分别在科学研究、教学探索、文工融合、理工融合、思想政治教育等不同方面，展现了高校教师的成长路径和成长规律。初为人师，他们大都面临着专业成长的困境，但是他们突破常识的"束缚"，迎难而上，凭借敢为的自信、必成的劲头、开放的眼界、合作的气度，依托学校特色平台，不断激发自身的职业潜能和个性专长，有意识地思考和制订个人发展目标，并保持长期的自我提升和发展的自觉性，形成了独具特色的成长路径，对高校青年教师群体具有较强的借鉴意义。

# 一个"青椒"成长路上的"打怪升级"

编辑：赵俊达

## 故事主人公简介

郝琛，男，中共党员。现任哈尔滨工程大学团委书记，入选国家级人才项目，获第四届黑龙江省高校党支部书记素质能力大赛一等奖、哈尔滨工程大学优秀班主任等荣誉。2005年本科就读于哈尔滨工程大学核科学与技术学院，2009年被保送清华大学核能与新能源技术研究院，直接攻读博士学位。

接到了"小程故事"思政教育创新工作室的访谈邀约后，我受宠若惊，我觉得自己并没有什么值得特别宣传的故事，随着与访谈者深入地交流，我开始回望7年来的成长之路，感觉自己的成长就像游戏中的"打怪升级"，一次次打破自我思维定式，一步步突破原地踏步、进退不得的怪圈，遇见更好的自己。

**初回母校，我能行吗？——找"痛"之旅的故事**

2014年7月9日，这是我正式到母校哈工程报道的日子。回到熟悉的校园，面对亲切的师长，我激动、兴奋，还有些许忐忑，更多的是对未来的坚定——我要把博士期间所做的研究深入下去，解决一些真问题，产生一些真价值。

机会说来就来，入职不久，学院鼓励我申报国家自然科学基金青年项目，这让刚入职的我有点发怵。自己的科研之路刚刚起步，能不能完成这项任务，心里没有一点儿底！这便是我入职后遇到的第一个"小怪兽"——刚入职，我能行吗？

为此，我找到团队里的一位老教师，跟他倾诉了我的困扰，他劝我说："你不是就想认真做科研，正好借这个机会把自己的想法好好梳理梳理，中不中不是关键，重要的是你要对自己研究的东西有信心。总之，这事儿对你只有好处，没有坏处。"一席话，让我打开了心结。确实如此，科学研究的对象都是新问题，没人研究过很正常，这是一次挑战，也是我迅速打开科研工作局面、融入团队的一次"机会"。于是，我决定抱着试一试的态度，尝试撰写申报书，更多的是为了能够把自己以后的科研工作思路梳理清楚。

当时，我一直从事核反应堆计算不确定性分析方面的研究，这属于一个比较新的研究方向。研究方向新、研究基础薄弱，但是研究成果的学术价值和应用价值比较高，无论如何我都要尽力一搏。

作为一名青年教师，虚心请教和诚恳交流是"必胜"的法宝。借着申报国家自然科学基金的机会，我多次向我的博士生导师及团队其他老师"取经"，前辈们都不厌其烦地给了我很多建议，也希望我能够把这个项目做成功。当我把精心写好的申报书初稿拿给导师和团队的其他老师审阅的时候，他们都共同指出了一个核心问题，那就是"没找到痛点问题"，这也是青年教师做科学研究都会遇到的一个比较共性的问题。

带着前辈们提出的问题和建议，我开始了我的找"痛"之旅。我找到相关经典权威文献资料 27 篇，进行反复研读，站在"巨人的肩膀"上充分理解目前相关领域的研究进展及主要问题，专程去了 4 趟北京，与导师及相关专家进行了多次讨论，申报书经过前前后后十几次地修改，所研究的问题不断聚焦，思路更加清晰，项目的针对性和可操作性不断增强，我也逐渐找到了感觉。所谓的"痛点"就是既要对标国家战略需求，又要聚焦具体问题，既要坚持守正创新，又要突出自身优势。

2015 年 3 月份我递交了申报书终稿，那一刻基金"中不中"似乎不那么重要了，半年多找"痛"之旅的磨炼，让我突破自己惯性思维的束缚，进一步明

晰且坚定了努力方向，积累了更多的科研方法和途径，更重要的是极大地提升了我科研方面的信心和决心，我猜想这也许就是国家自然科学基金青年项目设立的初衷吧。2015年，我以讲师的身份成功申请到了人生第一个国家自然科学基金青年项目。

**资历尚浅，我能干吗？——"饥饿研讨"的故事**

2018年11月，我从哈尔滨出差到广州，飞机刚一落地，便接到学校科研院潘老师打来的电话，"郝琛，今年的国家重点研发计划，你有没有兴趣？"当时我惊讶远大于惊喜，"哥们，你开什么玩笑，我现在是副教授！"在我的认知里，副教授牵头国家重点研发计划简直是天方夜谭，这是我入职后遇到的第二个"小怪兽"——资历尚浅，我能干吗？

说实话，当时我真的认为这事离自己有点儿远，我第一反应是拒绝的，但电话里潘老师并没有放弃，他细数了我的一些优势以及国家相关需求等，一直在鼓励我、劝说我。我记得十分清楚，那次通话从机场到宾馆一直打了一个多小时，手机几乎打到没电。放下电话冷静下来，我又想起自己的那场找"痛"之旅，"资历浅"也不一定不行吧？于是，我便匆匆结束了广州之行，回到哈尔滨，开始着手准备申报材料。

事实上，当时的我已经入职4年，基于新拓展方向加上团队优势，是有一些思考和积累的。

我发现如果将我在反应堆物理计算方面积累的优势和团队在反应堆物理研究方面的需求结合起来，将会是一个很好的科研方向。说干就干，基于团队自身实力和相关经验，我联合了在清华的博士生导师和在美国工作期间的合作导师以及师兄弟等多方面力量一起来做这个项目。经过论证，我们发现这个方向是一个很有意义的创新，国内在这方面的研究刚起步，但需求比较强烈。

我清楚地记得2019年1月28日，是农历小年，重点研发计划项目初审刚过，研究团队便从四面八方齐聚北京，深入论证这个项目。北京的师兄弟们知道我回来，而且正赶上过小年，也想和导师一起小聚一下。那天下午2点钟团队在里面的房间开始正式研讨，师兄弟们在外面的房间等着我们讨论结束后大家一起聚聚，我们原定聚会时间是下午 6 点，想着 4 个小时，讨论肯定结束了。没想到，随着讨论的深入，大家都觉得这个新的研究方向很有研究意义和价值，都充满了期待，越讨论越兴奋，越讨论越热烈，各种思路、想法不断涌现，直到晚上 9 点，肚子发出抗议，我们才发现原来时间已经很晚了，聚餐的事竟然被耽搁了。这次研讨对后续项目的推进起到了非常重要的作用，后来师兄弟们调侃说我们开创了一种高效率的科研方法——"饥饿研讨法"。

2019 年 9 月，我以副教授的身份作为项目负责人，成功主持了重点研发计划的项目。回想那段"打怪"经历，我觉得，资历并不是必要条件，即便你是"青铜"，当你真有好的想法，真正想做成一次有意义的科研的时候，会有很多志同道合的人与你同行，会有很多前辈专家为你倾心助力，帮助你成为"王者"。

### 方向拓展，我能成吗？——24 份申报书的故事

通过重点研发计划项目，我和所在团队的融合不断加深，科研深度和广度也在不断拓展。聚焦科技前沿，探索新方向总是需要平台才更有动力，这一次，我决定主动出击去打败成长路上的第三个"小怪兽"——方向拓展，我能成吗？

2019 年我着手准备申报国家自然科学基金面上项目，有了之前的经验，我没有把重心放在"中与不中"上，而是更多地思考国家对基础研究的需求、学校的需求、团队的需求以及自己的需求和优势，在这之间去寻找契合点。在反复推敲的过程中，我的视野不断开阔，新的方向也逐步清晰和明确。

虽然现在说得很轻松，但在当时找准这个方向并且成功落地，着实使我

"脱了一层皮"。2019年12月至2020年1月，我基本上是在空中度过的，我数次往返北京，论证方案可行性，听取相关专家对项目的意见，然后回来认真修改。后来赶上突如其来的新冠肺炎疫情，我在老家陪伴父母的两个多月时间里，仍在不断优化和完善项目。2020年2月至4月间，我专门向4位前辈求教，希望他们给我的申报书提意见、找问题，其中还特别找了1个其他研究领域的专家，我觉得一个好的申报书应该能够让外行专家看懂，并得到认可。

申报书从撰写、修改到完成，一共有24个版本，每一次推倒重构、修补完善，都是一次自我深化的过程，这24个版本至今还保留在我的电脑中，它们见证了我在新方向拓展中的23次失败。最终在2020年，我获得了国家自然科学基金面上项目的资助。

从2014年找"痛"之旅到2018年"饥饿研讨"，再到2019年的"24份申报书"，这一路的"坎坷成长"，让我感同身受地理解并认同学校提出创新精神"敢为的自信、必成的劲头、开放的眼界、合作的气度"的深刻内涵，如果不能突破一些"常识"的束缚，不能打败成长路上的一个个"小怪兽"，就不能坚定我在科研工作中"敢为的自信、必成的劲头"，就无法历练我作为科研工作者必备的"开放的眼界、合作的气度"。这也将是我未来继续"打怪升级"的资本和底气。

**学生感言：** 郝老师"打怪升级"的成长经历，无疑为迷茫、困惑、畏缩的我上了生动的一课，自己的那些"我能行吗"也在郝老师故事的激励下转化为"干就完了"，勇敢地去打败自己成长路上的"小怪兽"。

——学生 周晓宇

**同事感言：**作为郝琛老师的同事，亲眼看到他每一步脚踏实地地走过来，每一次的课题申报都是一次个人研究方向再次凝练和总结的过程，在这个过程中，他几乎做到了极致，这也是为什么他能多次打破"常识"、能够突破自己的重要原因。

——同事 李磊

**学院党委书记点评：**郝琛是哈工程"小青椒"的代表。这个"小青椒"好运气：成长路上有核学院老教师的"悉心指导"，科研院项目负责人的"鼓励拉扯"，有清华大学导师和师兄弟的"无私帮衬"；这个"小青椒"好帅气：松浦大桥上展车技，井冈山上展英姿，讲台上展风采；这个"小青椒"好志气：家国情怀，科研报国，不惜"扒一层皮"也要找准方向。

——院党委书记 张玲

# 工程英语"+"

编辑：史艳鹏

故事主人公简介

朱戈勋，男，英语笔译专业硕士，讲师，外国语学院翻译硕士专业学位（Master of Translation and Interpreting，简称 MTI）中心副主任，翻译研究中心秘书。曾任北京冬奥会单板自由式项目国内技术官员，国际雪联自由式滑雪及单板滑雪世界杯赛事裁判。主持中央高校基本科研业务费校级项目 2 项，主持参与校级及以上教学改革项目 2 项。

2011 年本科就读于哈尔滨师范大学英语教育专业，2014 年至 2015 年担任哈师大西语学生 MOOC 学院（大学生创新创业项目）讲师。2015 年 6 月被保送到哈尔滨工程大学外语系英语笔译专业攻读硕士学位。2017 年毕业后留校任教。

难忘的 2017 年夏天，我从哈尔滨工程大学英语笔译专业毕业留校，成为一名高校教师。此前，我婉拒了省重点中学、民营百强企业抛出的橄榄枝，同样也尝试过国考，经历了两轮司局级面试后与某部委擦肩，最终是我的校外导师田小川老师帮我下定决心留校任教。从当初的懵懵懂懂，到现在的真真切切，我理解了田老师对我说的"成为教师做人做事更纯粹，这样人生的路才会走得踏实"这句话的真切含义。

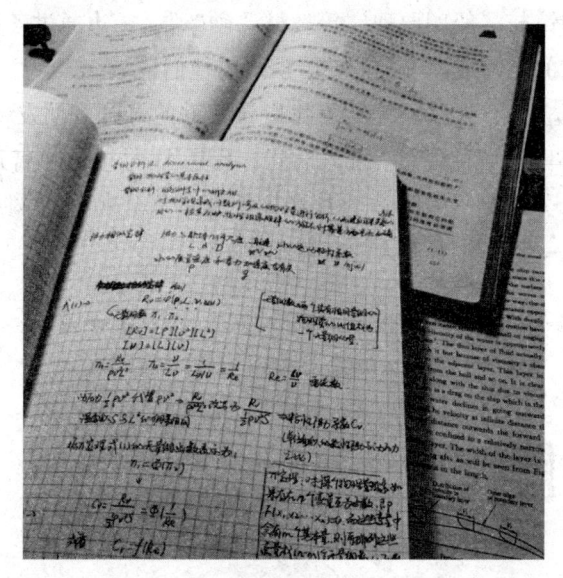

### 英语+工科专业课——文科老师自学"造船"的日子

2017年6月办理完入职手续后,教研部主任杨秀娟老师告诉我,从下学期开始要给英语专业的学生上《船舶与海洋英语》这门课,同时强调了这门课的重要性,让我好好准备。"应该就是英语阅读和翻译,没啥大事儿",我没有丝毫犹豫便欣然同意了。

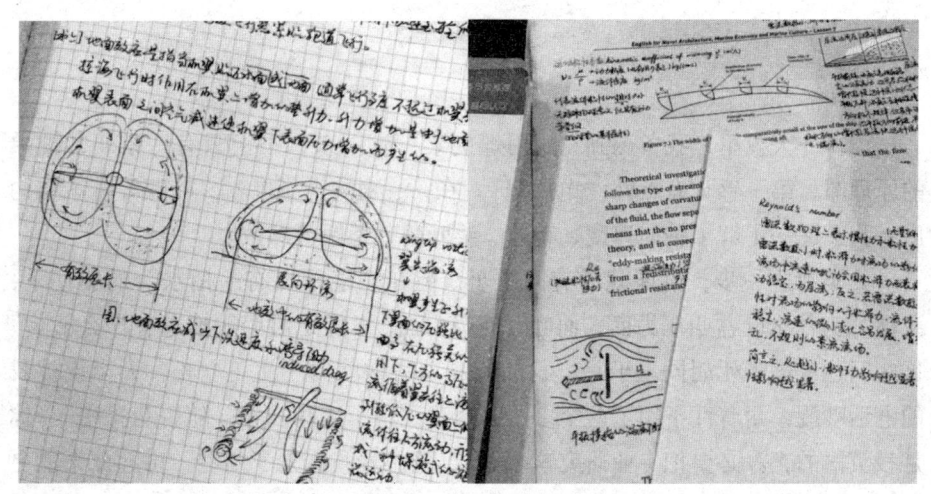

我是从开学前两周正式开始备课的,然而很快我就发现之前草率了。"翼面、黏度系数、雷诺数"等晦涩难懂的概念以及复杂的公式,让我这个如假包换的文科生晕头转向。备课剩下的时间不多了,怎么办?不想"以其昏昏使人

*11*

昭昭"，就必须"以己昭昭使人昭昭"。

2017年8月整个下半月，我就穿梭在41号楼、图书馆、船舶楼、动力楼之间，一边在图书馆与《船舶原理》等教材"硬磕"，一边通过各种途径"偶遇"船舶及动力学院的老师或博士生朋友，认真向他们请教。

真心感谢王立松、张以恒等给予我指导帮助的老师和朋友，不厌其烦地帮我这个"船舶小白"解疑释惑。那段时间，我是41号楼最晚离开的人，午夜的校园让人印象十分深刻——皎洁的月光把墨绿的军工操场映衬得是那样深沉，仿佛在默默同我一起消化着白天的喧嚣和烦躁。

10:19
Details
Henry
和螺旋桨共度了一个难忘的夜晚。

October 25, 2018 23:23

记得一天夜里，我备课到"船用螺旋桨"这一节，书上只有一张非常抽象的原理图，第一感觉有点像"电风扇"。在一一对应上了叶盆、叶背等基本结构后，我又逐一了解了轴向速度、转速、桨叶角、螺距等参数。

其实到这一步，讲课就没有问题了，但在"老师要有一桶水"的驱使下，我被"为什么叶盆叫压力面，而叶背叫吸力面""螺距对船舶推进有什么影响"这些问题带进了死胡同。于是，我的朋友动力学院博士生王立松，大半夜被我的电话吵醒，耐着性子用了两个多小时帮我讲解了这些知识，随后劝我说："你是教英语的，没必要把专业研究这么深。"我想着我深入了解些，讲起课来能更自如些。

>>> 教师篇

这门课现在已经教完第五轮，我基本做到了收放自如。学生课堂反映和课程满意度均比较好，普遍反映"小朱老师讲得很专业，很细致"。学院督导郑玉荣老师听完课后，对我感叹道："真不容易呀！"

其实在我看来，给外国语学院的学生讲好《船舶与海洋英语》这门课，既能保证科技英语"语言教学根本"，又能做到获取专业知识的"原汁原味儿"，既能增强英语专业的特色，又能凸显对其他学科的支撑作用，这也许就是交叉融合的魅力吧！

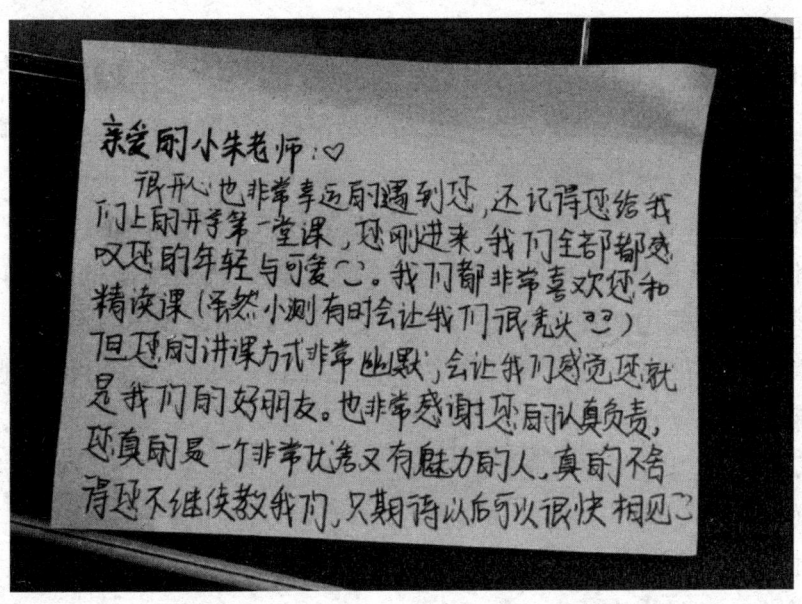

13

**英语+装备技术——"我们正在全力翻译的也许是一本阅读量最少的图书"**

2016 年 5 月，我还是研究生的时候，担任实习项目的学生负责人，协助老师组织翻译一部国外技术手册。2017 年任教后，我担任了 MTI 中心学科助理，协助毛延生老师推进英语笔译研究生的实习翻译和毕业翻译工作。

我先后组织了 2016—2019 级英语笔译研究生翻译船舶海洋方面的工程技术资料。这些材料专业性很强，可借鉴参考的范本极少，很多书籍都是首次翻译，体量又相当大，其工作难度可想而知。

作为一般译者，从职业要求来讲，为了弄清楚一个词的准确含义，花费十几个小时，甚至一两天的时间也是常事儿。而对于我们这些和装备技术打交道的译者来说，在翻译精度上要求更高，时间投入上要更多，更需要"一词一句"来打磨与推敲，"一点一滴"来积累和沉淀，才能保证翻译质量，才能做到精准无差错。

截至目前，我们累计完成了逾 300 万字的翻译工作。我常开玩笑说，这 300 万字练就我们的"铁齿铜牙"，再难啃的硬骨头我们都不怕。

正是这段练"铁齿铜牙"的日子，让我对翻译工作有了新的思考——假如我们误译一个词，就可能代表着一条错误操作指令，如果按照这条指令进行作业,轻则器械损毁,重则性命攸关,甚至影响双方态势,从这个角度来说,"翻译=安全=责任=荣耀"。

在前辈同事们的支持下,我作为主持人申报了2项校级科研项目并结题,2本图书得以出版。

可以说,当英语翻译遇到技术,它就不再是单纯的语言转换,也不代表学术成果,更是一种"为船、为海、为国防"的理念的传承和担当。作为一名外语教师,我只有将自身的成长同船舶、海洋乃至国家需要联系在一起的时候,才能更好理解我们存在的意义,更好发挥自身的价值。

**英语+多媒体课件——"我都不好意思在您的课堂上睡觉"**

在本科学习期间,我加入了哈师大"西语学生MOOC学院"首届讲师团,这是全国首例由学生主导MOOC项目的团队,被纳入省大学生创新培训团队。其运行本质是我们以MOOC形式讲解大学生视角下的东西方文化,选题涉及哲学、音乐、服饰、饮食等诸多方面。学生讲师的任务不仅是讲课,还要分别负责脚本写作、道具场务、视频编辑、网络宣传等任务。

从那时开始,我便主攻多媒体课件制作,这个自学过程很"磨人"。为了达到最佳效果,从图文布局到色彩搭配,再到声像配合和场景切换,我都要不断

地去推敲、一步一步去学习尝试。

就这样边学边练、作品也越来越炫酷，我也逐步成为团队课件制作的"台柱子"。读研期间，有企业专门找到我为其制作专业推介和活动宣传PPT，这让我赚到了"外快"。

成为英语教师后，我就思考如何把自己这门"手艺"应用到教学当中。就像说相声讲究"说学逗唱"一样，学英语无外乎"听说读写"。如果能让"传统内敛"的英语课程更高格、更吸睛，让学生跟上节奏别跑偏，就要把你表达的东西有效传递给学生，教学就成功了一大半，剩下就靠教学反思与不断磨炼了。

所以一份有特点、但不一定多华丽的多媒体课件，便成了我课堂上的"硬核武器"。还记得第一次上《基础英语》课，当我打开精心设计的课件时，学生们惊呼"哇哦"！后来有学生告诉我"当时想睡觉都不好意思睡了，真怕破坏了当时的氛围"。

>>> 教师篇

随后在学生准备课前 pre-sentation 的过程中，除了帮助学生设计选题、整理思路外，我还指导大家如何制作演讲 PPT。我靠着这份"独门秘籍"进一步提高了学生对课程的兴趣，也收获了大家对我本人的认可——课件有问题就找"PPT 小王子"。

其实，我们每个老师对多媒体课件都不陌生，关键在于它能否与我们想要表达的东西有机结合在一起。从我的经历来看，一份合适的多媒体课件能让课堂更加生动多彩，让学生们课上更加活跃，也有助于学生更直观地感受到老师认真的态度，让学生不好意思"糊弄"，还可以拉进与学生的距离，帮助他们提高学习兴趣和"get"新技能。

**英语+体育——"喷壶"打开的世界**

在 2022 北京冬奥会中，我有幸担任张家口崇礼云顶滑雪公园单板滑雪及自由式滑雪 U 型场地技巧的发令员，协助管理起点区设施、召集运动员。

至今还有人会问我为什么选择这项工作。我提前两年参加专业培训，在全国范围内层层选拔考试，从 1 月到 2 月整个春节都是在赛区度过的，工作结束后集中隔离 14 天+7 天……发令员所处位置就在风口上，常常是一站就是 6 个小时，还经常被拉去做体力活，等等。说实话，我之前根本没有很认真地想过这个问题。

现在想想主要是两方面的考虑，一是这是一份难得的经历，是我们学科专业显示度和水平都比较高的社会服务项目，能够参与进来真的很值得骄傲。更重要的是，参与奥运赛事对于我们翻译专业的教师而言是一次极其难得的实战，它让我对语言服务和翻译实践的认知更加生动且深刻。

通过与美国、英国、澳大利亚、韩国、保加利亚、意大利等不同母语国家的技术人员和选手交流，能够真切感受他们的发音和方言，了解他们的工作思维和表达习惯。

>>> 教师篇

记得一次在给U型场地画线时，如何用专业术语来翻译一个类似喷洒农药用的背负式"喷壶"，真心把我给难住了。现场的意大利技术官员直接使用了"backpack"（背包）这个词，很好地解决了这个"术语难题"。

我当时突然有种眼前一亮、茅塞顿开的感觉，是长期的科技英语笔译导致我的思维受限，这次经历对于指导学生实践和学术研究都打开了新的思路。奥运赛场上类似的见闻和感受还有很多，在今后的工作中我也会毫不保留地分享给学生，让更多的年轻人爱上英语翻译、爱上体育运动。

出征北京2022冬奥会前夕，我接到了"小程故事"思政教育创新工作室的访谈邀请，作为一名资深"程粉"着实兴奋了好几天。回顾4年多的工作经历，感觉自己和外语学院的其他老师一样，就是在不断地做"加法"，不断拓展自己知识和能力的边界，努力让自己把活儿干好。如今，学校正积极推进新工科建设，我们更多的"小程"需要更加积极主动地去交叉、去融合，在更好支撑我们学校、学院高质量发展中，找准位置、找到感觉，真正成为一名"英语plus"和"英语pro"，最终成为真正的外语"家"。

*19*

**学生感言**：他是敬业负责、授课认真又浪漫的老师。"PPT 小王子"应该是所有上过小朱老师课的学生对他的共同评价，"我们可以永远相信小朱老师的PPT，专门治疗强迫症患者的。"他每次都会把课程内容做成观感极度舒适的课件，展示给我们，清晰、规整、美观，用东北话来说是真的"板正儿"。犹记有一次网课，他认真讲课的样子加上精美的课件，配上他身后温柔的夕阳，那场景说浪漫也属实不为过。从他翔实又条理清晰的课本、规整有序的文件夹，还有流畅充实的课堂教学，我们都可以感受到他备课的认真。更重要的是，他上课时的热情会让你完全感受不到这些繁复工作带给他的压力或疲惫，似乎他以此为乐并享受其中。在他的课上，每位同学都有很多发言的机会，小朱老师也非常乐于且善于鼓励同学们表达自己的观点，至少对我而言，由胆怯到勇敢再到享受，只要有主动发言的机会我都会站起来试一试，能和小朱老师在课堂上或者课下探讨一番，是一件很幸福的事。从大一到大三，从《综合英语》《西方经典阅读》到《语言实践测试》再到《英汉笔译理论》，他工作的态度和原则，从没变过。

——学生 闻鑫琛

**同事感言**：朱戈勋老师，平时我们私下会亲切地称他为小朱，不但是学生们眼中的好老师，还是我们眼中的阳光青年。朱老师对教学一丝不苟。《船舶与海洋英语》这门课的专业性对于文科出身的教师来说，备课难度不言而喻，但是初出茅庐的朱老师却没有被这个"拦路虎"吓退，反而迎难而上。从那一张张画着结构图、写着多个计算公式的备课笔记中，我们可以看到他为了弄懂一个个的术语、原理在挑灯夜战。

朱老师对学生满腔热忱。学习上，他对学生们严格要求，为了帮助学生们备考专四，他领着学生们一遍遍刷题，批改作文。朱老师更是学生们的好朋友，与学生们年龄相近的他成了学生们亦师亦友的"玩伴"。为了帮助学生理解《西方经典阅读》中晦涩难懂的文章，他会端着一套国际象棋走上讲台；为了缓解学生们的焦虑情绪，他与学生们一个个促膝长谈；毕业班的班会上给学生们送上了双层大蛋糕；疫情封闭管理期间，他带着学生们排练莎翁戏剧……

朱老师对同事有求必应。朱老师是我们教研部的工会委员，除了负责组织大家积极参加各项文体活动外，日常的一些杂事琐事，他总是自己"大包大揽"，毫无怨言，待人真诚，做事稳妥实在。

朱老师对生活充满热爱。他是个非常有生活情趣的人，将办公桌布置得简洁温馨，富有格调。他喜欢听音乐，也对耳机很有研究，让我们这些"落伍"的老同事了解到前沿的科技产品。他喜欢周游各地，喜欢美食和咖啡，是能从平淡生活中品味滋味、热爱生活的人。

他的温暖善良、阳光向上总能感染我、感动我。

——同事 张慧

**学院党委书记点评：**3月31日，"小程故事"栏目发了关于一名外语教师的成长故事，在"和谐外国语学院工作群"引发了"炸群"效应，从当日13：48故事发布到当晚22：09，先后获得73名教职工的赞赏！作为学院党委书记，一方面为充满正能量的故事能在学院引发共鸣和推崇而感到欣慰，另一方面又为故事背后蕴含的成功密码而陷入深深的思考。沿着故事的脉络，回顾着从"西语学生MOOC学院"首届讲师团"台柱子"的本科优秀毕业生，到协助老师组织翻译国外潜水技术手册的研究生优秀毕业生，再到理工"小白"硬磕"造船"的青年教师的成长轨迹，我认为他的每个故事、每件小事都是在为学笃实上用了心思，在做事踏实上做了文章，在为人厚实上下了功夫。

为学笃实是他成长的核心。一是深耕专业，潜心教学。作为英语专业特色选修课程《船舶与海洋英语》教师，他研读相关专业课本与文献，刨根问底的经历让相关专业博士生瞠目。在课堂讲授过程中，他通过精选章节内容，对词句细致求真的讲解，培养学生良好翻译习惯，树立正确译者观念，同时为学生建构起比较完整的造船学知识框架，获得学生的广泛赞誉。在每一轮教学之前，他不断反思教学得失，充实课程内容，调整授课节奏，回归"从语言看专业"的课程本质，赢得督学的充分肯定。二是注重方法，启智增慧。他以课程改革为契机，在低年级的专业精读课中，应用产出导向法培养学生的口语与写作能力，探索更加适合学情的教学模式。在高年级的翻译课中，他结合自身丰富的翻译实践经历，以讲练研讨的形式，将抽象的翻译理论和技巧变得透彻易懂，和学生共同探究解决难点的思路，激发了学生对专业学习的热情和动力。

做事踏实是他成长的关键。一是关注学生，循循善诱。作为学生班主任，他细致了解学生的情况和个人发展规划，在各个学期为每名学生提供个性化指导，不断提升学生成长质量和水平，班级学生专八通过率达95.7%，获推免研究生资格比例超三成。在毕业班会上，他对每一名学生四年的成长做出形象化的点评，并寄予希望。"在学生的人生路上做好一盏路灯，照亮脚下的路，指引未来的一段旅途"，他用一件件细致入微的小事兑现了自己的诺言，为学生树立了榜样。二是奉献集体，有求必应。在他的字典中似乎没有"不"字，即便在学期教学工作繁忙时，有需求找到他帮忙，他都会倾力而为，为他人排忧解难。从协助学院拍摄宣传短片，帮助工会制作活动素材，剪辑党务视频资料，到分担其他部门的授课任务，我总能看到他的手笔和身影，"多面手"已成为他的第二称呼。

为人厚实是他成长的基石。一是肩负责任，敬业乐为。作为学院 MTI 中心学科助理，着力协助推进英语笔译研究生的实习工作。2020 年因新冠肺炎疫情实习进度受阻，在同北京实习单位沟通协调后，他"牺牲"暑期休息时间，每周组织线上组会，整理材料，跟踪问效，保证了实习质量。他先后组织四届英语笔译研究生的实习工作，翻译成果累计逾 300 万字，为学院 MTI 建设做出了不可替代的贡献。二是守好规矩，立足情怀。作为党员教师，他严守规矩，恪尽职守，勇于担当、乐于奉献。在技术资料的翻译过程中，他提出"翻译＝安全＝责任＝荣耀"的理念，这既是坚持精准无差错底线思维的缩影，也是坚守"为船、为海、为国防"情怀的写照，更是"作为一名外语教师，只有将自身发展与同学院、学校和国家发展需要相结合，才能更好理解我们存在的意义，更好发挥自身的价值"最好的注释。

朱戈勋的成功故事，源于他为学笃实、做事踏实、为人厚实，源于他将工作做实、做细、做好的"投入"精神，但更值得关注的是他的可复制性。无论哪个岗位，只要下决心去做、下力气去做、下功夫去做，就一定能做出一番成效，就一定能书写出自己的成功故事。

——时任学院党委书记　赵欣

# 看见每一名学生

编辑：于欣欣

### 故事主人公简介

梁艳艳，女，航天与建筑工程学院党委副书记，副教授。曾担任学院2010级、2014级、2018级辅导员，曾获省优秀党务工作者、省辅导员年度人物、省辅导员职业能力大赛三等奖、校学生工作先进个人、毕业生身边最温暖的人等荣誉称号。

2003年本科就读于哈尔滨工程大学航天与建筑工程学院建筑环境与设备工程专业，2007年被保送到航天与建筑工程学院热能工程专业，攻读硕士研究生，2010年留校担任航天与建筑工程学院辅导员。

2022年4月13日晚上，还在办公室加班的我，突然收到毕业班学生张某发来的调剂待录取通知，看到微信后，我长长舒了一口气。我陪这名学生在15天内参加6所学校的复试，从最初对考研成绩的期待，到初试落榜，到不同意调剂再到愿意调剂及调剂院校的选择，从抱有希望，到希望渺茫再到希望重燃，反反复复……心情每天随着他跌宕起伏，他终于被录取了。

随着他的录取，今年学生的升学工作也就要完成了。抬头看看窗外，南体操场边的杏花又要开了，不禁感慨时间过得真快，我已经在辅导员的岗位上整整工作12年了。2010级、2014级、2018级三届861名学生都是我从大一入学开始陪着他们一直到毕业离校，从鸡毛蒜皮的小事到整个大学4年的规划，他们4年的每一个成长阶段我都不曾落下。

与成长对话　为青春启航　>>>

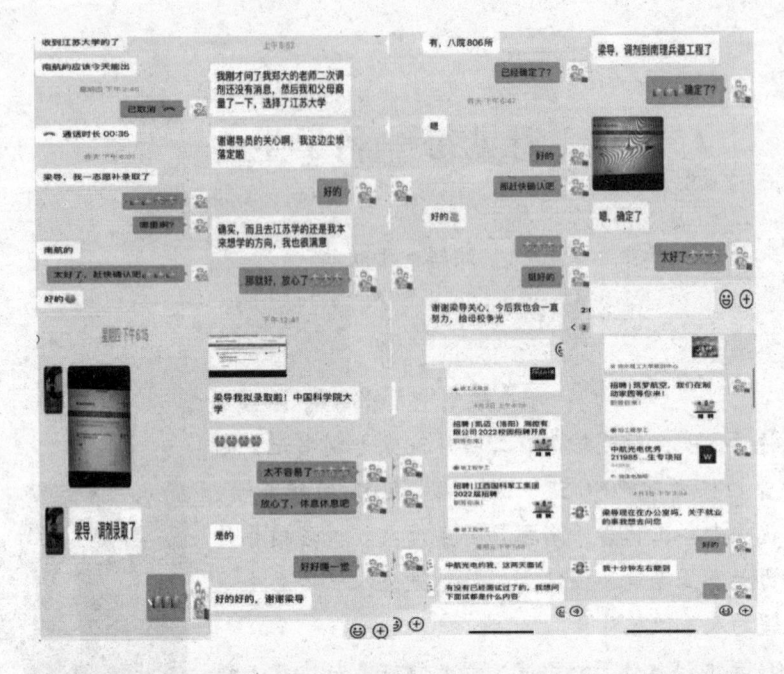

入学时的青涩、军训时的痛苦、分专业时的迷茫、找工作时的意气风发、考研时的努力、录取时的惊喜到毕业时的不舍，我见证了 861 名学生 4 年的成长和蜕变。正是这种成长和蜕变让我坚信每名学生都值得我去看见、去陪伴、去尊重，并倾注我所有的温暖和情感。

## 看见每一名学生

2010年的秋季,我那时刚参加工作不久,一天晚上我要去学生寝室查寝。为了督促学生打扫卫生,我提前告知学生晚上8点我要去查寝,我先去男生寝室查寝,到女生寝室的时候已经将近晚上9点。

晚上9点40多,我刚从女生寝室出来就发现一名女生在人人网上发帖子,说"导员说晚上8点查寝,竟然晚上9点才来!"整整一晚上,我拖着酸痛的双腿,嗓子已经干哑,迎接我的却是学生的不理解,身体的疲惫加上心里的委屈,让我当时就坐在奥列霍夫广场哭了起来(现在想起来很丢人)……

过了大约一个月的时间,一次中午吃饭的时候,我在食堂碰到一名学生,他很礼貌跟我打招呼说"梁导,你好",我很自然回了一声"崔XX,你好",这时我发现学生瞬间愣了一下,盯着我看了几秒钟,笑了一下,跑开了。我清楚听见他跑到他同行人身边笑着说"我们导员竟然能说出我的名字!"学生的反应,我也很意外,但看到他开心的样子,我也开心了好一会儿。

那件事之后,我好像突然明白作为一名辅导员应该怎么做了。12年来,三届861名学生,我坚持陪伴每名学生度过完整的大学时代,3次参加学生军训,每周3次深入寝室,每次走访至少20个寝室,每次走访时间不少于1个小时,和他们一起跑操、一起上课、一起上晚自习,叫出他们的姓名、记住他们的家庭所在地、知道他们的兴趣爱好……我希望通过自己的努力,看见每一名学生,让学生有一份"被关注感"。

**春天因为迟开的花儿延续**

工作一段时间后,面对个别学生经常旷课、参加集体活动不积极、沉迷网络屡教不改,有些寝室卫生总是很难如人意等问题,我渐渐发现自己在工作中有种无力感,感觉自己无论怎么努力,学生好像没有太多的改变。这不禁让我怀疑自己存在的价值,开始思考辅导员工作的意义到底是什么。

直到一个教师节,我收到一位毕业生给我发的微信信息。赵同学从入学军训开始就显示出他特立独行的个性,军训过程中的小动作,上课迟到时的推门而进,晚上打电话时的大嗓门,这些问题都困扰着同学们和我。一开始我是批评教育,后来我就改为一遍遍的提醒,好在我提醒后他可以改变几天,再出问题,我再提醒,再好几天,然后再出问题,就这样反反复复,一直到大四毕业,最后这名学生签约到中建某局。

在毕业三年后的教师节,赵同学给我发来信息:"感谢梁导在我大学期间不耐其烦地纠正我的行为。其实,我当时也知道您是在为我好,但是因为多年的习惯,我确实一时改变不了,因此总是改了几天就变回原形。这些年,您的提醒,我一直都记着,也一直都在改变着。现在我工作得很顺利,和同事关系也很融洽,今年还被评为了单位优秀员工。"

都说教学相长,这个学生的微信信息让我豁然开朗,每个学生都是一粒种子,只是花期不同,时光不语,静待花开。有时候我们的问题恰恰就在于太着

急让学生去改变。就像特鲁多医生的墓志铭"有时治愈,常常安慰,总是陪伴"描述的那样,医学的最大价值不是治愈疾病,而是安慰和陪伴病人。同理,辅导员最大的价值不是改变学生,而是陪伴学生。

于是,当我再次发现脏乱寝室时,不再是高高在上的指挥、指责,而是走进寝室与他们一起打扫。记得第一次,去一个男生寝室,我走到门口都没法下脚,门口的垃圾桶满满的,周围也散落出垃圾,三张桌子横七竖八地摆放着,桌子上摆满了外卖盒、零食袋、废纸张,地上堆满了快递箱,取完东西后的行李箱在寝室中央敞开着。床上的床单都快要掉到地上了,被子卷着靠在背后,床下面更是惨不忍睹,鞋子这一双那一双乱扔着。

我踮着脚走进去,提醒他们,让他们下来把寝室打扫一下,4名学生看了我一眼,并没有动作。看到这种情况,我也没再说什么,就把袖子挽起来,开始亲自打扫起来。我先找出塑料袋把桌子上外卖盒、零食袋装进去,然后把垃圾整理到门口,当我拿起扫帚扫地的时候,他们4人就都站过来了,其中一名学生略带羞涩地说:"梁导,我们自己来吧!"我说:"没关系,我们一起打扫,能快一些。"于是寝室里我们5个人都行动了起来。

我一边打扫一边告诉他们怎么利用有限的空间摆放物品,提醒他们要经常清理垃圾,打扫寝室就是在给寝室排毒,不必要的物品不要买,浪费金钱还占用精力,等等。一个多小时过去了,面对一个干净、整洁、清爽的寝室,他们调侃道:"原来我们寝室还可以这么干净啊!"

27

其实，大多数学生是第一次住集体宿舍，高考前过多的保护，让他们缺少打扫房间、整理物品的意识和能力。于是，再遇到脏乱寝室，我和他们一起打扫，那学期经常是一晚上打扫2个寝室，共打扫了十几间寝室。同学们也都知道，如果寝室乱，辅导员会来一起打扫，他们慢慢掌握了整理的技巧，养成了整理的习惯。截至目前，我可以很自豪地说所带学生的寝室，即使是到了毕业也能保持干净整洁的状态，每次全校寝室卫生检查时都能排在前列。

就像打扫卫生这件小事儿一样，当我再次发现问题学生时，我不会一味地说教批评，我要求自己给予学生足够的接纳和包容。当他们有困难的时候，我

要求自己尽全力帮助他们，帮助不了太多，就多陪伴。我希望通过我的努力，让他们感受到我一直在他们身边，让学生有一种"被接纳感"。

**教育者就是做最好的自己**

2022年4月，学院发起"百年正青春 奔跑新征程"的倡议，目的是在网课期间，动员引导更多的学生走出寝室，到室外加强身体锻炼。

全院共有220余名师生加入航建奔跑者队伍，我也是其中一员，我天天参与，截至目前，已经连续打卡23次，每次跑步5千米。有一天晚上10点多，王同学发来信息说："导员，本来今天很累，我都不想跑步了，但是看见你每天早上早早地打了卡，我就告诉自己一定要坚持下去，刚才去跑了35分钟，没有想象中那么困难，跑完反而轻松多了。"其实，为了这个看似"漫不经心"的效果，我"设计"了好久。

"坚持"对成长的意义和作用是不言而喻的，谁越早领会到其中的意义谁就能越早成长、成才。但是怎么让思维活跃、精力充沛的学生们很好地理解并掌握这个成长"密码"，着实难倒我了。在尝试各种说教之后，我突然反问自己，我有没有一件自己坚持多年而受益的事情可以跟学生分享？好像没有，我自己都没有做到坚持做一件事儿，怎么能让学生信服呢？

正好赶上生完两个孩子后，我自己身体状态不是很好，于是从2017年春节，我开启了我的"跑步之旅"。从最开始10多分钟，到30分钟再到50多分钟，从2千米到3千米再到5千米，对于没有任何运动基础的我来说，彻头彻尾感受了一次"坚持"的意义和力量。最难的还不是身体上的疼痛，而是作为两个孩子妈妈的我，每天在孩子早上起床前跑步。

每天早上5点跑步5千米的习惯，我已经坚持了5年多，每天都感觉身体很轻松，精力非常充沛，思维好像都灵活了。总有一位比你忙的人在坚持运动，有时候坚持就是做好这一次，我经常跟学生们分享我自己坚持的感悟和收获。

教育是生命影响生命，一个生命是受别的生命影响而长大的，这种影响是无言的，有时候无言自通，对于学校而言，教育者就是做最好的自己。我希望通过我的努力，影响学生，让学生有一种"被懂得感"。

29

当我看到曾经学业困难的维吾尔族学生被评为"最美支教老师"时，当我看到曾经家庭经济困难差点退学的学生，博士毕业时，当我看到患淋巴癌的学生痊愈，结婚生子，拥有幸福家庭时；当一名降了两级到我们年级才毕业的学生加我微信只说了一句："老师，有机会来广西，一定记得给我打电话啊……"时，我认为学生的成长对辅导员工作"立德树人"和"领路青春"的使命有了一份"被认同感"，这份"被认同感"比获得了省辅导员年度人物等奖项更值得被珍惜。

12年来，我努力看见每一名学生，无差别地陪伴在他们身边，做最好的自己，让学生被关注、被接纳、被懂得。我相信我的学生总有一天会迎来属于他自己的花期，绚烂整个春天。

**学生感言：**很庆幸在大学遇到了梁导，大学四年是她的陪伴让我们在异乡感受到等同于父母的关爱，感受到"家"的温暖。她会帮助我们解决学习和生活中的困扰，当我们遇到问题时，她开导我们、鼓励我们、教导我们，她是我们在大学顺利完成学业的后盾，是助力我们遇事稳重冷静的向导，是我们在成长路上不可或缺的人生导师。何其有幸，得师如梁导！

——学生 冯庆

**同事感言：**从我入职认识梁导开始，她就是我们办公室所有人的榜样，不仅学生认可，领导和同事也对她高度认可。在日常工作中团结同事，帮助新人，实干精神强，辅导员工作虽然繁杂，但她做事认真仔细，条理清晰，任劳任怨，每一项工作都做得井井有条，深得大家的好评。她虽然工作多年，但工作态度一直端正，业绩突出，是我们大家的榜样，大家的标杆。

——同事 高明

**学院党委书记点评**：有时治愈，经常关怀，总是陪伴。这不仅是医生这个职业的意义，还是辅导员的核心价值！12年来，作为一名辅导员，梁艳艳始终可以做到关注学生，陪伴学生，细致了解每名学生的情况和个人发展规划，在各个学期为每名学生提供个性化指导，不断提升学生成长的质量和水平。同时，她从一件件小事做起，用自己的自律和坚持，为学生树立了榜样。

——院党委书记 于欣欣

# 我的一往情深

编辑：刘正

## 故事主人公简介

刘海波，博士，哈尔滨工程大学教授、博士生导师，智海 AI 课程国家级虚拟教研室负责人，黑龙江省级教学名师，工程教育与产业人才培养联盟理事，中国工程教育专业认证协会计算机类专业认证委员会委员、工程教育认证专家，CCF 教育专委会、计算机视觉专委会和 CCF 哈尔滨分部执行委员、CCF 标准工委委员，黑龙江省系统仿真学会秘书长，黑龙江省计算机学会常务理事，黑龙江省网信专家咨询委员会委员。从事智能计算与安全方向科研和教学工作。主持国家级一流本科课程暨黑龙江精品在线开放课程 1 门、全国工程硕士专业学位研究生在线课程重大立项建设课程暨省级研究生课程思政立项课程 1 门，主持和参与各类科研项目 40 余项、教研项目 30 余项，发表学术论文 130 余篇、教学研究论文 30 余篇，申报发明专利和软件著作权 20 余项，出版编译著和教材 11 部，获黑龙江省教学成果一等奖、科技进步三等奖等奖项 100 余项。

1994 年本科就读于哈尔滨工程大学计算机及应用专业，1998 年在哈尔滨工程大学计算机应用技术学科攻读硕士研究生，2000 年获得直接攻读博士学位资格，2005 年 10 月博士毕业后留校任教，2006 年 4 月到 2009 年 9 月在哈尔滨工程大学船舶与海洋工程博士后科研流动站，做博士后研究。

今年是我当老师的第 18 个年头，也是与"她"相伴的第 17 个春秋。她，就是我的课堂，是我生命中最难以割舍的一部分。从一见倾心到缘定今生，我和"她"之间发生了很多小故事，在那点点滴滴间，流淌着一种别样的浪漫和幸福，讲述着我对"她"的一往情深。

**初遇倾心，一封 16000 字的"情书"**

2005 年，我博士毕业留校任教。新教师都要参加入职培训，学校举办了一系列培训讲座，并发了优秀和示范主讲教师的课表，要求我们从中选择 2 节课进行教学观摩学习。我一口气听了 10 位老师的课。

这些老师的授课风格迥异、异彩纷呈，给我留下了极其深刻的印象，这么多年过去了，当时的课堂场景依然历历在目。刁彦飞老师《机械设计基础》课上环环相扣的启发，深度激发学生的思考；孙秋华老师《普通物理》课上用生动形象的动画和深入学生中间的讲解，把抽象的相对论原理阐释得那么清楚；付永庆老师《电路基础》课上深入浅出、行云流水式的讲解，透着一个学者深邃的学术底蕴；曲立平老师《离散数学》课上温故知新、举一反三的教法和层层展开的知识体系，让人体会到教法的魅力；杨玉洁老师《逻辑学》课上，用如诗的语言和生动的事例阐释深奥的逻辑原理，给人如沐春风的感觉；刘慧老师《水工程施工》课上的互动研讨，充分体现了以学生为中心的理念；张鹏荣老师《高级英语阅读》课上的优雅、渊博、中西合璧，形成了一种独特的讲台魅力；吴继娟老师《计算机组成原理》课上那个严谨的逻辑链条和对知识高度的归纳概括，总是给人一种无比清晰的感觉；于涛老师《高等数学》课上清晰缜密的思维、简洁准确的语言、恰到好处的幽默，总能给人醍醐灌顶的感觉；戴富美老师《画法几何及工程制图》课上的激情洋溢、活力四射颇具感染力，还有那徒手绘图能力，简直让人拍案叫绝。

榜样的力量是无穷的，这 10 堂观摩课对我来说无异于一场盛宴，我边听、边记、边想、边学，津津有味，如痴如醉。培训结束时，我把培训笔记、观摩记录、自己做的一次教学设计和所写的培训学习感悟一共 16000 多字的材料都整理出来，汇集成一本小册子，还给它起了一个名字——《初为人师》，这应该是我写给教学生涯的第一份"情书"。当这份"情书"作为培训总结材料交到学校的时候，当时教务处的负责老师颇有感慨地说："从事新教师入职培训工作这么多年，我从来没有见过这么用心的培训心得报告！"也许就是从那时候起，我就对课堂萌生了爱意。

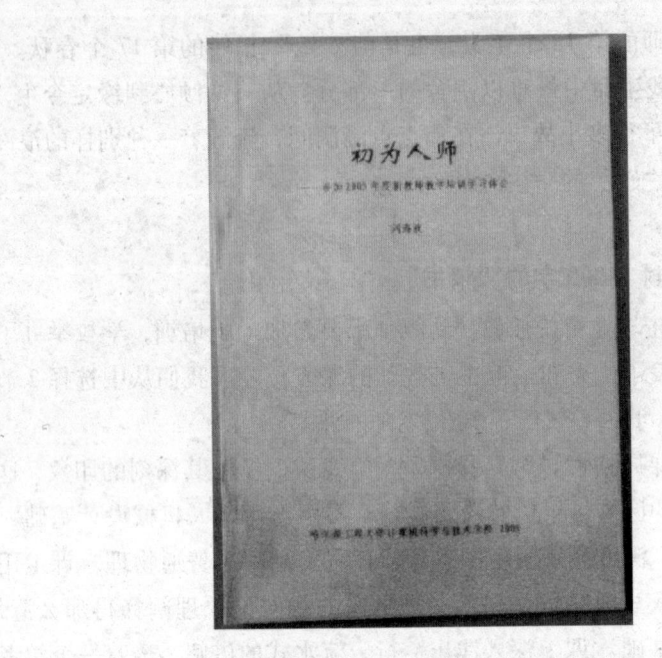

新教师培训学习心得体会《初为人师》

**再遇定情，TP18 是我们的"信物"**

我教的第一门课是《人工智能》，那时候人工智能还没现在这么火，怎么把学生吸引到课堂上，这是我从教生涯面临的第一个问题。我虽然上学时学过人工智能，但是要想把这门课讲好，仅靠当年课堂所学远远不够。要想给学生一碗水，我们得准备好一桶水，要想在课堂上引入源源不断的活水，我们需要寻找那水的源头。于是，我一头"扎"进了图书馆，从此与中图分类号为 TP18（人工智能类）的这个书架结下了不解之缘。

那时候，学校正在准备迎接本科教学评估，我被安排起草学院的自评报告，每天起早贪黑地忙着组织评估材料，留给备课的时间非常有限。白天，只要一有时间，我就去"泡"图书馆，痴情守护在 TP18 书架边上，翻遍了架上所有的人工智能图书。那段时间，备课时需要去图书馆找书，我根本不用搜索书号，TP18 类每本书放在哪里，我都了然于心。白天备不完课，就把书借回家，更深夜静，别人"闲敲棋子落灯花"的时候，我却如约埋头于我的 TP18 小书架边备课，一个知识点一个知识点地梳理，一个出处一个出处地去核查，一本书一本书地翻阅……这些书，给了我站上讲台的底气和信心；这些书，让我的课堂得到了学生的认可；这些书，让我逐渐开始迷恋我的课堂。

在图书馆查阅资料

　　这么多年，图书馆搬迁过，借阅书库调整过，书架更换过，我阅读的范围也远远超过了TP18类，但我对TP18的青睐至今没变过，每次去图书馆必须去TP18书架看看有没有新书。TP18这一架图书，就是我与教育事业的"定情信物"。

做客校电视台读书面对面节目

　　可能是因为在图书馆借阅量大的原因，我成了学校电视台"读书面对面"节目的座上宾，还应邀参加了学校的"书香校园"活动。至今还记得在"书香校园"启动仪式上，我跟大家分享我的读书感悟：本科时，读书极大地激发了我的专业兴趣，给我打下了扎实的专业基础；读研时，读书极大地开阔了我的学术视野，给了我创新的动力和源泉；任教后，读书极大地促进了我的教学成

35

长，让我的专业课堂也能轻舞飞扬。

**缘定今生，每一堂课都是我的"痴情守护"**

爱因斯坦说"兴趣是最好的老师"，孔子说"知之者不如好之者，好之者不如乐之者"。如何让学生享受课堂、享受学习、成为"乐之者"，一直是我努力的目标。于是，我从走上讲台的第一天，就开始着手进行课程建设和教学改革，千方百计提高我的课堂魅力值，这算是我对"她"最长情的告白。

数字化教学资源建设是我送给"她"的第一份美颜大礼。我从前辈手中接过《人工智能》课时，就是一部教材、一本教案、一支粉笔。为了让课堂教学更生动、更直观、更形象、信息量更大化，我决定做多媒体课件。人文学院的金宏章教授是我做多媒体课件的启蒙老师，我还在上学时就与他合作开发课件，他是我们学校多媒体教学的先行者。功夫不负有心人，经过几年的建设、实践和反复打磨，我的《人工智能》多媒体课件还拿到了全国多媒体课件大赛工科组一等奖和最佳教学设计奖，我撰写的《影响多媒体演示课件质量和效果的四维模型》还获得了黑龙江省现代教育技术论文评比一等奖。为了突破课堂教学的时空局限，我同时还建设了人工智能课程网站，除了给学生提供在线学习资源外，还支持师生在线交流，把课程学习从课堂延伸到课外。经过多年的建设，《人工智能》课程也成了校级品牌课程。

教学方法改革是我与"她"最深情的一次内涵式修炼。美国学者沃德说："平庸的老师，说教；好的老师，解说；更好的老师，示范；伟大的老师，启发。"而我说："负责的老师，互动。"

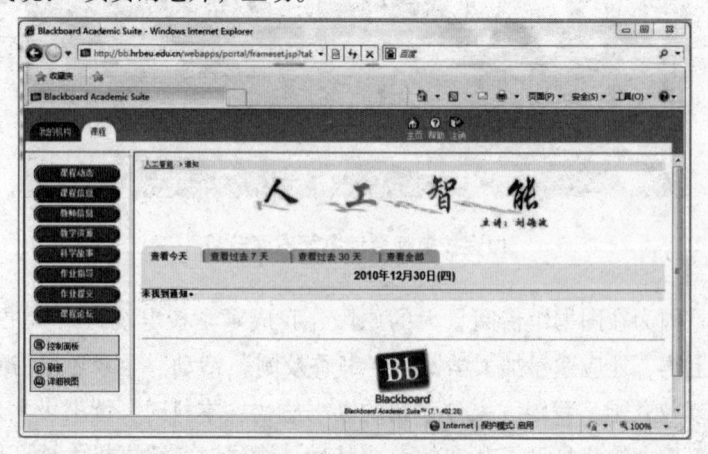

人工智能课程网站

互动不但可以充分调动学生的积极性、激发学生的创新能力，还可以让老师准确掌握学生学习的效果。我针对不同的课程类型，探索了不同的互动教学方式。

"跟着老师一起做游戏"，这是我《人工智能》课堂常说的一句话，游戏之后，是我和学生一起探究其中的智能算法。"灵魂发问"是我《皇帝新脑》课堂的经典标签，每一堂课的标题都是一个富有哲学意味的问句，"谁见过皇帝的新脑？""电脑与人脑也能心有灵犀吗？""人工智能的IQ是多少？""电脑能否战胜人脑？"……以此启发学生思考，引导学生展开课堂研讨。

翻转课堂则是我《物联网工程导论》课程的主打模式。我每次课前安排学生结合慕课自主学习，每堂课后布置一个与日常生活中的物联网技术产品紧密结合的作业，让学生去探究、去实践，然后回到课堂上来展示、来研讨。

此外，我将课堂与科创竞赛相结合培养学生的创新能力。《物联网工程导论》课还因此获评国家级一流本科课程，赛事驱动的创新人才培养模式还获得了黑龙江省级教学成果一等奖。

**课堂互动**

课程思政是我为"她"最浪漫的一次梳妆。在"课程思政"这个概念还没有问世的时候，我就开始研究如何把价值塑造融入知识传授和能力培养的过程中。我喜欢领着学生对一些重要的技术方法追根溯源，让学生不但知其然，还要知其所以然，更要知道催生这些技术方法的社会背景，让学生清楚工程与社会的关系，工程技术人员应该承担的社会责任。在讲完具体的理论、算法和技术后，我总想再拔拔高，上升到方法论、世界观的高度再去审视一下这些技术理论问题。

编程能力不过是"术"，算法能力也不过是"法"，而上升到世界观、方法论层面的计算思维能力，才是"道"，为人师者，我们的目标不仅仅是授业、解惑，还要传道。时事政治、科学故事、哲学原理、诗词歌赋，经常悄无声息地出现在我的课堂上，被我借用来弘扬家国情怀、传递科学精神、提升思维高度、阐释技术原理、启迪人生智慧。

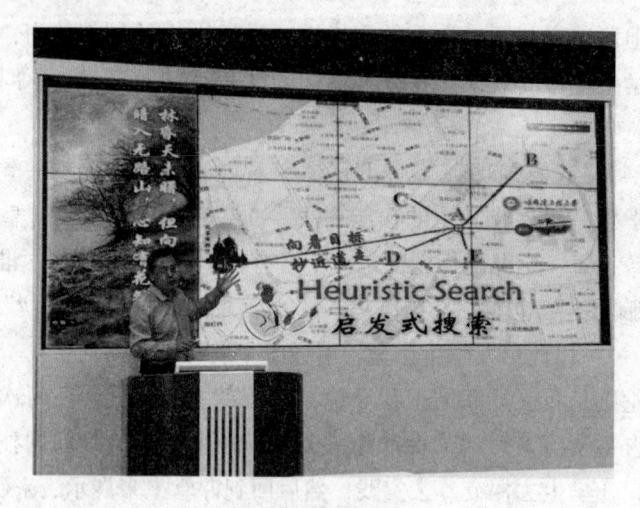

**思政融入课堂教学**

  我总结了这方法,撰写发表了《超越专业课堂 提升素质教育》《多学科交叉融合的课堂教学方法》等论文,还拿到了全国计算机教育优秀论文评比三等奖。后来,在省教改立项的支持下,我进一步凝练了多年研究和实践的成果,创建了全链条、闭环、基因式融入的课程思政实施范式,有效促成了课程思政扎实落地。凭借这一招,在黑龙江省高等学校首届课程思政教学竞赛中获得了一等奖和优秀教学设计案例奖,我《模式识别》课程获批省级课程思政立项建设课程,《人工智能》课获评校级课程思政示范课。

  与课堂演绎恋情其实很苦很累。"教师要把心放在高处,放在教育的理想和信念上,这样我们看见的就不是满身的疲惫和满腹的牢骚,而是满园的风景和无限的乐趣。"我痴情守护我的讲台,用心装扮我的课堂,我的课堂也回报我无尽的乐趣。我们缘定今生,我也乐在其中。我对"她"如此深情的守护,不仅仅因为"她"是我的职业、我的"初恋",还因为"她"已然是我生命中的诗和远方。

  **学生感言:**"学而不厌,诲人不倦",刘海波老师就是这样的一个人。治学严谨,谦逊有礼,他能够深入了解学生的学习、生活情况,循循善诱,平易近人,强调独立思考,同时也注意启发和调动学生的热情和积极性。对待学术,刘老师亦是勤勤恳恳,一丝不苟,各项事务亲力亲为,工作中毫不懈怠,看问题总是能一针见血。我有幸成为刘老师的学生,不仅能从刘老师身上学到学术知识,还能紧跟刘老师的步伐,从刘老师扎实认真的工作态度中汲取力量,成为点亮自己前方路途的一盏明灯。

——学生 陈南男

**同事感言**：刘老师的为人如同山间小溪一样，非常清澈，从不追名逐利，不与世俗同流合污，一种清孤不等闲，只求做最好的自己。他的大量心血都倾注在工作上，他对待工作就像田间耕作的老黄牛，踏踏实实，勤勤恳恳，任劳任怨，从不计较个人得失。他在教书育人方面有自己独到的见解和独门绝技，上课从不照本宣科，也不满堂灌，总是能把知识传授、能力培养和价值塑造有机地融为一体，从具体的知识点讲到解决问题的方法论，再上升到课程思政，给学生指点迷津，真正来传道、授业、解惑。我觉得他就是我们说的"大先生"。

——同事 沈晶

**学院党委书记点评**："吞学海波澜万顷，战词坛甲胄千兵"，学术上的通儒达士，生活中的浪漫诗人，既具科学研究的严谨睿智，又散发着飘逸儒雅的文人之风！

——院党委书记 刘冬

# "功夫"小子炼成记

编辑：史艳鹏

### 故事主人公简介

朱元清，男，九三学社社员，现为哈尔滨工程大学动力与能源工程学院副教授、博士生导师，学院青年学术联合会秘书长，主要从事船用发动机尾气后处理技术研究。作为项目负责人，主持国家重点研发计划首批青年科学家项目等11项。以第一完成人获省部级二等奖1项，出版学术专著1部、教材2部，发表学术论文60余篇，授权中国发明专利31件、软件著作权27件。

2004年本科就读于山东理工大学热能与动力工程专业，2008年考入哈尔滨工程大学动力机械及工程专业，攻读硕士研究生，2009年以硕博连读方式攻读动力机械及工程专业博士研究生，2014年6月博士研究生毕业，同年11月进入船舶与海洋工程博士后科研流动站，2018年4月博士后出站并留校任教。

收到"小程故事"思政创新工作室的采访邀约，我确实有些"忐忑"，印象中动力学院师生都不太擅长"讲故事"，而我又属于其中最不擅长的那部分。仔细回想一下，从2008年到学校读研算起，我在校学习工作已经有14个年头了，一路走来还真挺感慨的，今天就借着"小程故事"这个平台，把我的故事浅浅地讲给你听。

**一本秘籍练就"童子功"——从"译书"到"著书"**

2008年，我研究生入学报到没几天，导师周松教授便交给了我第一项工作——翻译英国轮机工程及海事科技学会2005年出版的 *Exhaust Emission from Combustion Machinery*。我本科阶段系统学习过车用燃料的相关知识，自认为也算"渊博"了。这本书仅仅开篇的"residual oil""heavy fuel oil""marine diesel oil"和"marine gas oil"等燃料类型就让我感到头皮发麻。再者说我是来读研生的也不是来做翻译家的！老师这是啥目的呢？干还是不干？我能干成吗？干不成咋整？……一个人漫无目的翻着书，犹豫了一整天。我最后一狠心、一跺脚，干，而且还得干好！

和现在相比，学校当时能提供的条件非常有限，图书馆是我最大的资源。为了高质量完成翻译工作，我需要先在图书馆查找专业资料、专业词汇，对照中文材料弄懂书中污染物检测方法及减排装置的工作原理，然后到机房翻译并整理文稿。这期间必须克服三个硬核问题：一是每天排队抢座儿，二是电脑不能上外网，三是时刻保存文件，以防电脑死机。很长一段时间，我基本"泡"在图书馆，上午图书馆，下午机房。有一天晚上，好友何郭靖来宿舍告诉我，导师到实验室找我好几次，我的电话也打不通。我翻箱倒柜找了半天，才从床底找到已经没电好几天的手机……

这本书内容涉及船用燃料、船用动力装置、废气污染物检测、排放控制技术等多方面知识，体系性、专业性都很强。如果弄不懂燃料的理化性质，就很难理解船用动力装置为什么污染严重，更不会明白为什么选择这么复杂的污染物处理技术。半年多的书稿翻译不仅提高了我的英文水平，还夯实了我的专业知识基础，更重要的是它帮助我打开了"一扇门"。我的工作获得了充分肯定，并在《内燃机排放与污染控制》2010版教材中得到了体现，这本书后来也成为许多其他高校的教材。

鉴于海事环保法规不断升级，船用发动机排放控制技术不断更新，迫切需要有一本新教材补充到《内燃机排放与控制》课程教学中。所以在 2016 年试讲这门课的时候，我"斗胆"向课程负责人、学院督导提议"教学内容应当聚焦船舶特色，更加系统地讲授船舶动力装置的污染技术路线"，并自荐编写新教材。从编订目录大纲、搜集素材到整理相关成果，再到多次校稿，历时近 3 年，我主持编写了面向船舶柴油机污染物排放控制的专著《船用柴油机超低排放控制技术》，它成为多个高校专业课的参考教材。

我从"译书"到"著书"，虽然仅仅是换了一个"字"，但却经过了整整 10 年，贯穿了我读研到博士后出站的全过程。回顾这段经历，最大的收获就是我读了很多书，包括国际法规、国家规划类文件，还养成了睡前必须读书的习惯。如今，阅读大量经典的和最新的科研文献，掌握该研究领域成果和最新动态，最大限度进行理论知识的输入和储备，也是我对学生基本的要求。

**路径之争碰出"铁头功"——从"看到"到"做到"**

2008 年，导师周松教授敏锐地发现了船舶尾气脱硫技术的"方向性"需求，从此我们便开始关注船舶尾气脱硫技术。由于当时尾气脱硫系统市场需求尚未打开，国外 1 套脱硫系统售价非常昂贵。船企普遍不看好这种造价昂贵的处理设备，他们认为采用低硫重油是最佳解决技术的途径。做还是不做，继续坚持还是改变方向？经过一番激烈讨论，我们最终达成共识：不能总吃人家嚼过的馍，必须把眼光放长远，扎扎实实地搞点儿"真东西"出来。

从 2010 年到 2012 年，导师带着我走访上海、北京、江苏、浙江等地的船厂、电站，调研海水脱硫工艺并与科研院所、企业寻求合作。四处碰壁后，我们索性自己开展探索性研究。2012年，工信部发布了相关指南。导师带着我和刘佃涛博士，加班加点熬了数不清的通宵，最终确定了"两级三效"一体化设计方案，并顺利完成了项目申报书撰写。为了赶时间并节省打印费，答辩前一天，我凌晨3点多钟就赶到导师家中，整理导师自己彩印的申报书页，然后到打印社装订，忙活了一整天。我们原计划晚上飞到北京，但因为北京天气原因导致飞机无法着陆，只能半夜备降沈阳，而且起飞时间无限期延迟。无奈之下我们改坐火车"接力"，为了赶上当晚最后一班火车，我们和时间来了场"惊心动魄"的赛跑。我们好在以7分钟的"微弱优势"取胜，并在答辩当天凌晨到了北京。由于时间仓促，便在一个半地下室宾馆住下，对答辩方案做了最后的预演，最终，我们搭上了技术创新的"首班车"。

唯一遗憾的是，2013年2月2日为了赶项目进度，和爱人早上到民政局领完结婚证，我就火急火燎地赶往车站，到工厂调研脱硫装置的运行工艺。我和爱人领结婚证既没有像样儿的仪式，也没有影视剧里的浪漫……

回想这段经历，我想到一句话"生存法则很简单，就是忍人所不忍，能人所不能。忍是一条线，能是一条线，两者之间就是生存空间。如果我们能够做到忍人所不忍，能人所不能，那我们的生存空间就比别人大"。在学术道路上，发现问题并不难，难的是"分析真问题"和"解决真问题"，"看到"与"做到"之间的距离，往往可能就在于"忍"和"能"这两个字。

**内外兼修炼成"点穴手"——从"杂牌"到"品牌"**

2015年是国家重点研发计划实施的第一年，青年科学家项目更是第一次出现。同年底，团队研发的尾气脱硫装置成功参展，这件事让自己信心"爆表"，所以，我抱着试试看的态度，开始着手准备申报。随着与团队中两位老师的讨论，对指南的深度解读，以及对自身特色优势的充分挖掘，我惊喜地发现"大气圈里，我们是最懂船的"，这也成了我们申报的基本原则。所以整个项目申报深度聚焦船海特色，我们直接抛出船舶尾气处理特殊问题，并给出了切实可行的解决途径。经过十几轮打磨，项目在竞逐过程中引起网审、答辩环节专家的共鸣，最终从百余名竞争者中脱颖而出。其实，视频答辩当天是出现了突发情况的，团队仅有的3名老师，有1人无法参加。按照答辩要求申报团队至少有3人参加，迫不得已，我临时拉了佃涛博士救场，组成了讲师、副教授、博士生的"杂牌军"。项目获批后佃涛告诉我，他当时坐在那，啥也没干都紧张出了一身汗。

青年科学家项目的获得不容易，年轻人挑大梁主持这类项目压力颇大，但咬牙坚持下来后收获也确实足够多。这个项目在实施过程中，我们尝试了多种方案，虽然各种小毛病也不少，但顺利结题不存在任何问题。我们并没有满足于仅仅为了结题，冒着推倒重来的风险，将效果做到了最优。所以该项目顺利结题，该方向又获得了国家自然科学基金面上项目支持，这也是我以讲师身份主持的第3项国家级项目。

仔细回忆这段经历，我们团队大部分项目做到了一次性中标，这主要得益于两点：一个是熟悉国家和行业需求，做到"顶天立地"，另一个则是近乎偏执的自我挑剔的"口碑"。我们时刻关注国家、省区市级规划需求，将科研更好融入行业大背景，并在申报书撰写过程中紧密结合国家和行业需求，100%把自身的优势和能力展示出来。项目执行过程则是为自己赢得"口碑"、打造"品牌"的过程，只有两者融合起来才会增加"中靶"概率。不论是申报书还是结题报告，这些"本子"虽说是给别人看的，但前提是它必须能够说服自己。

### 因势而动修炼"太极功"——从"科研"到"育人"

2018年，国际海事组织提出了温室气体减排要求，海运碳减排需求开始凸显，低碳、零碳燃料动力以及碳捕集技术等成为研究焦点。基于前沿技术发展趋势和团队前期科研基础，如何将科研成果更好反哺于课程教学，以应对能源技术变革对传统动力技术的冲击与影响，团队冯永明老师提出开设绿色船舶和替代燃料的课程，补充到现有专业课程教学中。

经过团队反复讨论课程定位、课程目的及讲授内容，我们最终决定分别开设通识课"国际海事公约与绿色船舶发展"和专业课"替代燃料与碳排放"。上好一门课不容易，开设一门好的新课更难，同时开设两门课程，个中滋味只有经历过的人最能体会。好在功夫不负有心人，《国际海事公约与绿色船舶发展》课程以政策法规的"准"、时事热点的"火"、技术前沿的"快"，深受学生喜爱，选课人数年年爆满。

《替代燃料与碳排放》课程涵盖了低碳/零碳动力燃烧基础及动力系统知识、企业最新技术进展和行业前沿动态，以及新动力工作循环差异等内容。经过两年的探索与实践，课程以理论知识的"专"、行业动态的"新"、教学相长的"活"得到了越来越多师生的关注。课程教学体系逐渐完善，并先后融入烟台研究院、青岛创新发展基地的研究生培养课程中。

如果说"教学没有科研做底蕴,就是一种没有观点的教育",那么"教学没有育人作为导向,就是一种没有灵魂的教育"。所以,站在"双一流"建设新征程上,作为年轻教师,我更有责任和义务扛起"为党育人、为国育才"的旗帜,敢行敢试、先行先试,不断推动科教融合、产教融合,将"科研的厚度"转化为"教学的深度""育人的高度",努力培养出更多、更好、更顶用的创新人才,为学校、学院高质量发展贡献力量。

**学生感言**:朱老师是我学习的榜样,他将人和事做到了极致。正如文章中的那句话:"生存的法则很简单,就是忍人所不忍,能人所不能。"他宁愿自己多吃点亏,也不让他人吃亏;他宁愿自己多干点活,也不把活强加给别人。老师的故事,让我看到了那种夜以继日、夙兴夜寐、殚精竭虑的付出与拼搏,这种锲而不舍、自强不息的精神值得我学习。同时老师对科研和教学非常认真负责,他对待科研眼光长远,想法独特,思路新奇,一心一意把项目做扎实,坚决不弄一些虚无缥缈、空中楼阁的东西。他对待教学一丝不苟,也常常对我们讲,自己站在讲台上,知识储备量必须是学生的 3 倍以上。能成为朱老师的学生是我一生的骄傲与荣耀,感谢老师的培养与付出!

——学生 夏冲

**同事感言**:仔细阅读了朱元清老师的成长故事,感慨万千,科研过程中的苦和累,我也感同身受,历历在目。朱老师能以讲师身份主持国家重点研发计划青年科学家项目等 3 项国家级科研项目,并且一次成功,这和他紧跟国家需求、踏实科研、坚持"坐冷板凳"默默付出的数年是分不开的。而且,他还能想着把优质科研资源融入教学,反哺教学与人才培养,且教学效果良好,深受学生喜爱,这一点更是难得。他以实际行动践行了新时代教师立德树人的初心使命。为朱老师点赞!祝愿朱老师在以后的时光里取得更好的成绩,为学校、学院高质量发展贡献力量。

——同事 高杰

**学院党委书记点评**：朱元清同志是动力与能源工程学院杰出青年教师的代表之一。他的成长故事是学院一大批优秀青年教师拼搏、奋进、成长、成才的缩影，体现了"敢为必成，开放合作"的创新精神，诠释了"为船为海为国防"的责任担当，践行了"为党育人、为国育才"的职责使命。他的成长经历具有较好的可复制性，对于青年师生来讲，在如何寻找和定位科研方向，快速适应新的形势任务，积极应对困难挫折，妥善处理教学与科研的关系等方面具有较强的借鉴意义。

——时任学院党委书记 任义君

# 刀尖上"跳舞"的科研探险者

编辑：张羽鑫

## 故事主人公简介

李亮，男，工学博士，教授，哈尔滨工程大学智能科学与工程学院博士生导师，入选国家级人才项目。

2007年考入哈尔滨工程大学，硕博连读，2010年受国家公派资助在英国拉夫堡大学完成一年的联合培养，2012年博士毕业后在中国科学院空间科学与应用研究中心完成两年的博士后研究工作。

在接受"小程故事"思政创新工作室采访时，我才恍然发现忙碌间自己已经在学校度过了14年。回顾这14年的时光，我觉得自己就像一名"探险者"，朝着科技前沿方向、在少有人走过的路上艰难前行，朝着一个个全新领域不断前进。

### 做"探险者"还是"游客"？

2008年我跟随赵琳老师，开始了我的博士生涯。一开始，我满怀信心，立志要在博士期间取得一番成就。但不久，博士研究课题方向的探寻就给了我重重一击，赵老师帮我确定的研究课题方向，当时研究的单位很少，国内外只有北京航空航天大学、解放军信息工程大学以及斯坦福大学开展了相关的研究。

另外，我自认为本科期间，英语水平很不错，但是当开始看英文文献之后，我发现我根本读不懂文献中的内容，那些词汇和语法在我看来仿佛天书一般。课题研究的瓶颈让我备受煎熬，我越来越觉得，前方科研路上的风景并不属于我。

纠结了很长时间，我找到赵老师表达了我想退学的想法。赵老师耐心听完我的各种"吐槽"后，鼓励我差不多两个小时。他在明确表达自己"不同意"之后，语重心长地对我说："每个人成长过程中都会遇到坎坷，你如果放弃了，可能以后就没有机会再证明自己了。但你如果能多坚持一下，把这个坎儿迈过去，之后的路就很光明了。"就这样在老师"恩威并施"下，我决定再试试。

我先从解决阅读英文文献的困难开始。赵老师当时正好在上《专业英语》课程，我想申请跟着赵老师上这门课，但是赵老师说："这门课会对你有一定的帮助，但是你如果想在本质上提升专业英语水平，最快速有效的办法就是阅读文献。用不上三个月，你的阅读能力肯定能有很大的提高。"于是，我回到实验室，便开始下载与课题方向相关的文献，一边查字典，一边做笔记，认真阅读。一开始阅读一篇文献大约需要几天的时间，最后能够流畅地阅读，我用了近5个月的时间，50余篇英文文献阅读量，百余页的笔记见证了我的成长和变化。

解决了英语问题之后，我的课题研究再一次遇到了瓶颈。在一个模型的处理上，我尝试了很多算法，都行不通，那段时间我进入"疯魔"的状态，白天晚上吃饭睡觉都在想着模型。有一天晚上，我在实验室学到很晚，离开实验室时像往常一样，将几篇打印好的文献和几张白纸带回寝室，想在睡前把文献阅读完、做好笔记。到寝室之后，我一边洗脚一边看文献，突然发现一篇文章中有对极值最优化方法的研究，和我设计的思路是相似的，如果我能够将这篇文章的思路研究清楚,并同我的想法加以结合,没准就能解决我研究中存在的问题。记得,我当时特别兴奋,拿出白纸就开始计算、推导公式,一直到凌晨3点多,终于理解了这篇文章中的极值最优化理论,且结合我的想法,得到的结果完全适用于我课题的研究对象。那种喜悦就好像一个迷路好久的人突然发现了方向一样。

这段经历带给我的最大收获,就是让我更进一步理解了创新与传承的关系。创新的基础是传承,托尔斯泰有言:"正确的道路是这样,吸取你前辈所做的一切,然后再往前走。"我们要善于从学过的知识中去寻求解决办法。在之后的课题研究中,我也一直沿着这个思路去钻研,都取得了不错的成效。在博士毕业时,我顺利发表了3篇SCI论文和6篇EI检索论文。

前不久在看新闻时,中科院的蒲慕明院士的一句话让我印象深刻,他说:"要成为科学家首先要做探险家,要鼓励年轻人立志做探险家,将来成长为科学家。"这让我想起了在英国拉夫堡大学留学期间,我的国外导师Mohmmed Quddus告诉我的一句话:"做科研、做创新就是为了在人类的科技发展中留下一个浅浅的脚印。"在科研的世界里是做"游客"还是做"探险家",这是我们先要确定的问题。

**在刀尖上跳舞**

2013年,我博士毕业留校任教之后,申请去其他单位读博士后,想看看别的学校都在做什么。我陆续收到了清华、北大、中科院等多个学校博士后培养的offer。最终打动我的是中科院,袁洪老师对我说:"你的博士课题就是聚焦前沿领域,在你博士后期间,我们共同继续在前沿领域上学习探索,这将会对你未来成长有很大的帮助。"正如老师所说,在中科院的两年时光中,我接触到了很多前沿领域课题,让我坚定了我以后要做前沿领域课题的信念。

2015年,我结束了在中科院博士后的旅程,回到了学校,投入到了科研工作中。我回校不久,便开始船舶行业的一项专项预研项目的申报。经过详细调查研究后,我选定了研究方向。在当时,这项技术被业内称为"刀尖上的舞蹈",技术难度特别大。

我对申报这个项目可能遇到的困难有了心理准备,但是在申报项目的过程中,还是让我备受打击。因为项目内容过于前沿、难度太大,而作为一名刚留校的教师,我之前在项目基础研究上业内认可度并不高,导致在项目前期合作、论证过程中,多次遭到直接否决,甚至一些专家都认为我的课题被选中的可能性很小。当时的我,受到极大的打击,心气也快被消耗殆尽。但是我一想到,这个项目代表的不仅是我自己,还代表着哈尔滨工程大学在该课题方向的研究水平,于是,我抱着破釜沉舟的心态去试一试。我用了接近两个月的时间,根据专家们提出的建议,把申报材料中的问题逐项修改,修改了20多轮之后,我带着修改后的课题材料参加了评审。

评审当天,我按预先准备的内容,完成了申报答辩的全过程。等待评审结果时,我心态十分平和,已经做好了"陪跑"的准备。但评审结果出乎我的意料,在参评的17个项目之中,我的项目排名第一。当时主审专家的评价至今我都记忆犹新,"所有的项目之中,只有你们哈工程的项目让我感觉技术方案最清晰"。在那天之后,业内不仅知道了我们在开展这方面的研究,还证明了,哈工程在这个方向的前沿科技领域研究上是有一席之地的!

我之后也申报了很多项目,唯独这段经历给我的印象十分深刻。回望这段经历,让我坚持着走下去的,不仅是我对从事前沿科

技研究的信心，还是一代代哈军工人为我国前沿科技不懈奋斗的决心和追求卓越的创新精神。在努力实现高水平科技自立自强的今天，我们更要传承好哈军工精神，在科技创新的道路上踔厉奋进，取得更大的成就。

## "魔鬼导游"的故事

2015年，我回到了学校，踏上了讲台，饱含着对教学的热情，面对着台下那一双双求知的眼神，开始了从教生涯。我给学生上的第一门课是《导航定位系统》。在课堂上，我倾囊相授，给学生们一遍遍讲原理、一步步推导公式，生怕学生们听不懂、学不会。可是，到了下个学期初选课的时候，我的课几乎没有学生选，同时，在我招收新一届研究生的时候，也无人问津。我很诧异是不是自己在教学上存在什么问题，便找到一些学生寻求答案。答案很统一："老师您讲课的内容太深了，您对我们的要求太严格了！"

学生的话，让我陷入了沉思。回到家中的我，靠在沙发上琢磨学生们给我的答案，我想起在我的成长经历中，正是因为老师们用"严谨、求实"的精神严格要求我，我才能够在科研上取得成绩。作为老师，我不仅要了解学生们的所思、所想，还要在带学生的过程中，引导学生形成追求真理的态度，做科研上的"探险者"。于是，我下定决心，要坚持为师为教的本心，从第一个学生开始，学着用学生们能够接受的方式，一点一滴培养学生，有一天学生们总会理解我"严格"背后的良苦用心。

于是，我便带着我的学生们，开始了学生们口中的"魔鬼之旅"。本科生、硕士和博士，我总会找他们谈心，听一听他们对课题的理解和想法，常常为了一句话的表述讨论到很晚。我会一句一句研究、一点一点批注学生的论文，7年的从教时光，我指导了17名博士，我为他们批注论文256稿。大大小小项目中的各种展示答辩环节，我都会让我的学生们上台答辩、接受评委的提问。我常对他们说的一句话是："放心吧，有我呢。"

开始带学生时，我常听学生们说"这里有必要耗时间么""我不想上去讲"，现在学生们说"老师我觉得这里还不完美，我得再修改""老师您放心，这次评审我去答辩一定没问题"。学生们的改变更推动着我要坚持守好当年留校从教时的初心，在科研"探险"之路上我要与学生共成长，努力成为学生的良

师益友，为学生的成长保驾护航。

回望 14 年科研"探险"的经历，我越来越坚定，无论遇到多少困难，做科研就要做前沿的事，要做国家最需要的事，要让自己研究的项目成为"国家队"的一员，要有为国家科技事业发展做出贡献的决心。如今，立足第二个百年奋斗目标和学校"双一流"建设新的历史节点，正值学校科研工作研讨会召开之际，作为一名高校教师、一名科研工作者，我们更要在"新阶段、新理念、新格局"下展现"新作为"。

**学生感言**：与李亮老师初识于《导航定位系统》课堂，李老师沉稳扎实的上课风格给我留下了很深的印象。在研究生选导师时，听闻李老师对学术与学生要求极为严苛，我的自我约束能力较差，想跟着导师学真本领。我的考研成绩并不高，但是李老师并没有在意，叮嘱我加入团队之后要好好学习。如今，跟着李老师学习了近两年，他渊博的学识、严谨的学术态度无不影响、激励着我们学生不断成长、前进。风雨磨砺人生路，幸得良师引前行。祝愿李老师科研道路一路顺风，工作生活幸福美满！

——学生 王柳淇

**同事感言**：我已与李亮老师共事 8 年，李亮老师于我而言，既是同事，又是榜样。李亮老师对学生的指导从不会受时间和空间的限制，每次和李亮老师一同出差，他总会在飞机上打开自己的笔记本电脑，为学生们逐句修改论文，可以说，指导学生是他最快乐的事情。同时作为一名科研工作者，李亮老师多年来坚持秉承"学术研究要脚踏实地,要耐得住寂寞,不要急功近利,不要轻易放弃"的原则,10年如一日,只要不出差,每天工作到晚上9点或晚上10点就是他的"家常便饭",他教学和科研认真严谨的态度正是我们作为教师、科研工作者所需要学习的。

——同事 杨福鑫

**学院党委书记点评**:李亮教授是智能学院重点培养的青年教师之一,他继承了学院老一辈教师敢为人先的创业精神。他将爱国之情、报国之志融入攻坚进程之中,融入培育国之大者的三尺讲台之上,融入艰苦试验冲锋在前的党员先锋精神之中,争做科研路上的"探险者",做学生成长路上的"四个引路人",是青年教师学习的典范。

——时任学院党委书记 李洪波

# 文工融合的求解者

编辑：李颖超

**故事主人公简介**

侯博文，男，党员，博士，33岁，哈尔滨工程大学人文社会科学学院社会学系副教授，中国社会学会工业社会学专业委员会理事。主要从事劳动与经济组织、国企改革与社会发展方面的研究，发表学术论文11篇。主持国家社科基金一般项目1项、中央高校课题2项。参与省部级项目7项、国家级教改课题2项。曾受邀参加社会学学术会议世界社会学大会（ISA）及美国社会学年会（ASA）。指导学生获得了省"挑战杯"社会调研一等奖、省"互联网+"银奖等荣誉。2006年至2018年就读于哈尔滨工业大学取得社会学学士、硕士、博士以及英语文学学士学位。2018年博士毕业，到哈尔滨工程大学社会学系工作。

2018年，我从哈工大博士毕业，来到哈工程人文社会科学学院社会学系，成为一名青年教师。我还记得我第一次来校试讲之后，有位老师对我说："这孩子可以，一点都不紧张。"我开玩笑回答道："我回家了紧张啥？工信七子是一家！"

作为工科行业特色型院校里的文科专业，文工融合始终是一个绕不开的主题。如何立足本专业，借助优势学科，找到专业生长点、贡献点，服务国家，一直是我求索和努力的方向。

**立起来——一次招生培训会强化"文工融合"意识**

自我入职以来，学校学院的各种新教师培训，都在不断地告诉我，要把自己的研究方向融入船海核等优势学科领域中。说实话，对这个说法，我一开始是有些反感甚至抵触的。我总感觉，按照这个说法来看，我所在的学科就变成了非优势学科，对于刚刚入职的我来说，这无疑是一个打击。因此，工作初，我对文工融合并不积极。

一直持续到 2019 年 6 月，我参与招生宣讲工作，这种情况才结束。在招生工作宣讲培训会上，培训老师强调，在招生现场，很多考生和家长可能会反复问我们一个问题"哈工程的特色是船舶海洋工程，我们如果去学机械、学动力、学材料，将来的就业会不会很受限制？其他专业的前景如何？"我一听，这不正是我的困惑吗？我集中注意力仔细聆听培训老师的解答。

**在呼和浩特市现场招生**

培训老师告诉我们，在船舶海洋工程等优势学科的牵引下，各个专业都能找到适合自己的结合点，扬长避短都能培养出可靠顶用的人才。很多家长都希望孩子进央企，我们哈工程培养出来的这些可靠顶用的人才，都符合这些央企的用人需求。专业虽然不同，但是解决问题的能力都会得到认可，工作去向也都非常好。

培训老师虽然讲的是招生就业问题，但却让我悟到了进行文工融合的必要性和紧迫性！所谓的主体学科，是学校的优势学科！每个高校都有自己的优势学科群，对于非优势学科来说，这是一个机会满满的平台，每个专业都可以在其中找到结合点，通过深度融合，助力自身专业研究的同时，也给学校特色学科拓展边界给予正向反馈。

有了这种认知和意识，"文工融合"理念渐渐地渗透到了我的工作中。进入大数据时代，面对呈几何式增长的社会研究数据，例如老龄社会中的人体健康监测、网络平台的社会热点事件舆情、平台经济下的个人消费画像等，传统的社会统计软件如 SPSS、STATA 处理起来都会困难。面对大数据时代的新技术、新问题、新需求，我们社会学自然也需要借助"专业+统计学"的人工智能思维和手段，处理数字时代的海量数据。在这种情况下，学校就需要社会学专业的同学掌握人工智能领域较为流行且容易上手的 Python 应用软件。学院进行教学大纲改革时，我带着"文工融合"理念向学院提出了自己想开设一门 Python 软件应用课程的想法，得到了学院的大力支持。

Python 软件应用对于我来说也是一个全新的领域，为了让课程符合文科同学的思维逻辑和接受能力，我在英文的编写语言下，找了大量跟社会学结合的具体应用场景，编写了具有文科特色的 Python 软件应用课程教案。由于研究生选修课是全校任选课，大约40%的同学来自其他工科院系。照顾文科同学的同时，也考虑到工科同学可能觉得课程内容太过简单，我在课堂上采用了工科学生和文科学生结对子的方式，即工科同学在文科同学有困难的时候以自己的方法给他们讲解。这一方式不仅让文科同学以更易接受的方式学到了新知识，而且充分调动了工科同学的参与热情，使他们感受到了教授知识的不容易。

有一次，我给同学们讲如何利用 Python 软件自动抓取网站信息，但不知道是什么原因，抓取信息一直不成功。Python 软件应用课是三节连上，下课的时候已经晚上5：30。为了解决这个问题，我从晚上5：30一直琢磨到了晚上9：30，突然发现了问题所在，原来是网站域名今天更新，相比原域名，多了一个反斜杠。我非常兴奋，立刻在群里告诉大家 BUG 找到了，同时发了个腾讯会议号，建议有兴趣的同学进入，我给大家现场讲解。让我没想到的是，不到一分钟的时间，所有同学都上线了。我逐一给同学们进行辅导，终于在晚上10：30结束了这节课。有一个同学腾讯会议期间没有做成功，就自己一直反复尝试，半夜12点的时候，终于成功了，他兴奋得立刻给我打电话："老师！我做出来了！"于是，一个在睡梦中被电话吵醒的老师和另一端学生都傻乐着，我现在想象到这个画面，都能感觉到溢出来的幸福。

这件事一直深深影响着我，都说教育是一棵树摇动另一棵树，一朵云推动另一朵云，一个灵魂唤醒另一个灵魂。我也不停地提醒自己，要以自己对工作投入的热情，帮助、带动学生建立、掌握并利用技术带来的全新研究方法和工具应用，去创新固有的研究方式，逐渐适应快速发展的经济社会对文科生的新需求。

### 走出去——8天9场会议迈入"文工融合"正向循环

入职第一年，我以讲师身份主持了国家社会科学基金一般项目"大企业对社会结构的影响研究"。这个项目着重关注大型国企与地方社会经济的发展问题，我需要走近大企业调研。非常巧合的是，2019年12月，我被短期借调到工信部，参加工信部相关项目检查工作。检查过程中，我们需要在8天的时间里，去9个城市，举办9场现场验证会。

**在中集来福士海洋工程有限公司调研参观海上石油钻井平台**

一次，在检查现场，与会老师跟我聊天，他比较了解我们学校，知道哈工程在"三海一核"领域比较强，顺势问我是做"海洋"还是"核"的。当听到我的专业是"社会学"的时候，他提出了我经常听到的那个疑问："社会学是个什么专业？跟我们有啥关系？"对这个问题，我可是有备而来，谦虚而又谨慎地解释道："一个工程里边有技术攻关课题和软课题，验收、稳定性、影响评价等都属于软课题，也是社会学的研究范围。"

我一边说，大脑一边急速运转，想让他了解到社会学对工科支撑的重要性。"产品集成、工程集成、社会工程集成是不同的三个维度，社会学可以研究如何提升工程社会接受度，提高工程社会适应度，降低工程的社会风险……"直到他跟我说："我明白了，你们这个社会学确实是很有用的。"我才松了一口气，感觉自己仿佛完成了一个神圣的使命。

我意识到这个问题可能带有普遍意义，于是我开始有意识地在工作中向大家介绍哈工程社会学专业，让社会学借助船舶海洋工程的招牌走出去，让企业意识到在"政产学研用"协同发展的趋势下，社会学在战略规划、工程进展评估、后期验收社会影响等工程必须环节，都发挥着不可或缺的作用。

经过会上交流，我与多家单位建立了联系，先后参与多家企事业单位委托的横向课题项目4项。在合作单位的推介下，越来越多的政府部门、企业、其他院校、科研院所知道了哈工程社会学专业。

哈工程船海核优势是一个招牌，也是一个需要大家一同努力的平台。在走出去的过程中，其他专业获得了行业内的认可，哈工程的平台也会水涨船高。学校影响力提升后，会给我提供更多的机会，助力我们自身科研工作，为我们下一次"走出去"打好基础。

**强起来——30天翻译30万字找到"文工融合"结合点**

为了在专业领域发力服务国家，学院着手打造军事社会学方向，选定了10本军事社会学外文经典书籍，打算编纂译著后出版《军事社会学译丛》（十卷本），我是其中《战争、国家与社会》的第一责任人。

《战争、国家与社会》共有8章，前4章是战争理论与社会理论，语言非常晦涩，书中有很多大长句，常常是一页10行文字，一共2句话。有的涉及政策介绍及相关部门名称简写，需要一一查询辨别。这些给我的翻译工作带来了很大的挑战。

接下任务后，2年里的4个寒暑假，我都在埋头翻译。在追求"信达雅"的过程中，我一个一个地敲定主语、谓语、宾语、定语、状语、补语，将长句子拆解成短句子，把语言修整到既能表达战争与社会的专业理论思想，又能符合汉语学术思考的审美逻辑。

但是在译书过程中，如何在尊重原著意思的基础上，对军事社会学内容进行符合中国国情的翻译处理，我们一直没有寻找到合适的解决办法。有一次，学校通知学院，某位专家想邀请我们一起探讨问题。

这是我第一次这么近距离接触专家，心中不免有些紧张，我还是抓住了机会，在交流中向他提出了译书过程中的困惑。他告诉我们，翻译专业书籍要进行合理中国化，换言之，就是要在符合中国语境的情况下，兼收并蓄，译介世界各国的优秀文化。在他的指导下，我对文稿进行了大幅度修改，力争呈现战争、国家与社会的优秀理论和文化。

2019年12月《战争、国家与社会》定稿完成，终稿17.98万字。《军事社会学译丛》受到了学界的一致好评。2020年，人文学院承办教育部高等学校社会学类专业教学指导委员会全体会议暨全国社会学类专业教学单位负责人联席会议，我们将已出版的5册《军事社会学译丛》放满展台，供学者们免费领取。不一会儿，书就被一抢而空，不少学者当场就预定了还未出版的几册。

在跨专业领域，我们也在积极引进消化再吸收。2020年暑假，学校又承接了

《军事社会学丛书》(十卷本)已出版图书

一些翻译工作,而且一个月后就要结果,学校找到了郑莉院长,"时间紧,任务重,要不要做?""学校需要我们,我们就得顶上!"郑莉院长带着赵岩老师、王立秋老师和我接下了这个任务。

我们即使有前期翻译丛书的工作经验,翻译过程还是比我们想象得要困难很多。为了按时完成任务,我们带着博士生、硕士生几乎住在了办公室,日夜兼程,伏案工作。除了我们自己,能帮上忙的家属也都被"征用",郑莉院长的女儿大学学习的是人机交互软件专业,因为专业相关,她暑假放假就被拉过来帮忙翻译,我爱人在哈工大工作,也一起过来帮忙。长时间的低头,让大家的颈椎开始疼痛,为了不耽误进度,大家把硬纸壳垫在电脑下站着工作,用充电宝加热艾灸缓解脖子疼痛。实在太困,我们就去党务办公室角落的单人床上躺一会儿。

还记得交稿前一天晚上,我们在互相校对后,又发现了一些可以改进的地方。郑莉院长召集大家,决定用一晚上的时间将所有问题修改完。修改到半夜1点左右,我去各个办公室看修改进度,老师们已经困得迷迷糊糊了,过来帮忙的硕士生和博士生睡着了,两个1米8高的大男生,蜷缩在党务办公室角落的一张单人小床上,鼾声此起彼伏,让人既心疼又辛酸。我还是得把他们"薅"起来,一人一杯热咖啡,继续奋战。终于,在凌晨2点半,我们完成了30万字的翻译工作,顺利完成了"摆渡人"的任务。回家路上,在凌晨3点的校园里,太阳即将冲出地平线。

文以载道,文以化人。文工融合的过程中,文科教师的根基是自己的专业能力。只有干好自己的业务,让自己强起来,才有资本参与工科的任务,文工融合时才能有增长点。

与成长对话　为青春启航　>>>

下班回宿舍路上拍摄的校园

**融进去——一场党日活动打开"文工融合"新格局**

刚入职的青年教师，除了教学和科研任务，还会有很多事务性工作。当我们投入大量时间去做我们不擅长的事或者看似"无用"的事时，我们有时常常会问自己："我做了很多事情，但是并不知道未来结果如何？我现在每天正在重复做的工作是不是在浪费时间呢？"

2021年，我开始担任人文学院社会学与应用心理学联合党支部书记。这是一个我不熟悉的领域，但正是在一次党日活动的准备过程中，我找到了这种解决焦虑的方法。

**2021年社会与应用心理学联合党支部获得校"优秀基层党组织"荣誉称号**

作为人文学院社会学与应用心理学联合党支部书记，为了做好党建与业务融合工作，我策划了"我的十四五"融合三讲党日活动。在准备过程中，我仔细研读了"十四五"规划文件，当我看到文件中"做好国富军强""发挥大企业的带动作用，让企业成为创新主体"等内容时，我突然有一种"格局打开"的感觉，这不就是我正在研究的方向与内容吗？我正在做的就是国家需要的，我还有什么要焦虑？

我以前总觉得"党建与业务融合"离自己太远，甚至有过压缩自己做科研的时间去理解政策文件是在浪费时间的想法。但是当我以党支部书记的身份重新理解政策文件时，我才发现，自己之前"格局太小"。我觉得，作为高校教师来说，党建与业务融合的过程就是帮自己找到正确科研方向的过程。将个人命运与国家命运融合在一起，站在服务国家的角度思考问题，才不会被眼前的事务性工作迷惑双眼。也只有站位提高了，才能找到本专业服务国家的关键点，形成"文工融合"的贡献点。

**2022年社会与应用心理学联合党支部全员主讲、融合三讲现场**

截至目前，我主持或直接参与服务船海核、服务龙江项目10余项。我先后走访21家企业，相关报告获得省领导批示。服务龙江振兴，"矿嫂再就业"的对策建议获得省妇联采纳。我进行黑龙江省"新冠肺炎"疫情公众认知调查，成果三次被省委宣传部转发。

作为文科的青年教师，我能够融入学校的优势平台，这不是一个容易的过程，但是这个过程给我带来了很强的回馈感和自豪感。当前，学校正积极推进新文科建设，更加需要我们这些青年教师主动作为，促进文工融合。我们在学校发展总体布局中找准自己的位置，探索出一条适合自身发展之路。独行快，众行远！让我们共同担负起新工科与新文科建设的历史重任，成为"中华文化的传承者、中国声音的传播者、中国理论的创新者、中国未来的开创者"。

**学生感言**：刚步入大学时，我对社会学并不了解，更对在工科院校中，文科专业学生的未来出路深感迷茫。但在跟随侯老师学习的四年里，我的迷茫与焦虑在逐渐消散。作为我的导师兼班主任，侯老师不断地引导我将"文工融合"的思维运用到大学生创新创业之中，我的成果获得了校"五四杯"一等奖、省"互联网+"银奖等殊荣。在老师的指导下，我有幸保研继续深造。严谨、至真、勤奋这些品质，也在侯老师对我的"传道授业解惑"中得到传承。时光荏苒，在四年的哈工程岁月中，我逐渐明白了侯老师教师主页上那句简介"静水流深方知工程人文，育人科研无愧家国军魂"的含义。

——学生 夏琳

**同事感言**：作为入职还未满 4 年的年轻教师，侯博文老师的成长可以用"飞速"来形容。从承担自己擅长的劳动与经济组织国社科课题，到承担智库研究项目，从精于发表学术论文到强于撰写智库报告，从单纯讲授专业课，到积极投身"文工融合"的国家级新文科教改，从一个稚嫩"青椒"成长为一个敢为争先的青年学者，侯博文老师以自己坚实的脚步和扎实的业绩探索出一条"工科行业特色型大学中文科专业的融合发展之路"。

——院长 郑莉

**学院党委书记点评**：社会学与应用心理学联合党支部书记侯博文同志，始终不忘教育工作者立德树人的初心，牢记"为党育人、为国育才"的使命，深入学习国家、学校"十四五"规划，将文字转化为图片供大家反复研讨，积极参与学院"十四五"规划的制定，在探索"文工融合"的道路上做到心中"有数"，心中"有谱"。在服务龙江社会经济、服务"双一流"大学建设中，他积极响应我校倡导的探索支部层面的校地联建、校企共建、校内共建，从文工融合的角度切实推进所在支部的党建与业务融合，成果丰硕。侯博文同志以"社会的广度""人文的热度"抓机遇、做实事，从实际出发践行了一名共产党人"家国天下"的情怀。

——院党委书记 崔彬

# 一名思政教师的跨界式成长之路

编辑：霍萍

故事主人公简介

魏俊斌，男，哈尔滨工程大学马克思主义学院讲师，烟台研究生院新时代爱国主义研究中心副主任，《浙江理工大学学报》审稿专家。在《思想教育研究》《情报杂志》等CSSCI、中文核心期刊发表学术期刊论文8篇。主持国家社科基金青年项目、黑龙江省高校人文社科重点研究基地基金重点项目等4项，参与国家社科基金重大项目、中央宣传部马克思主义理论研究和建设工程重点项目子课题等国家级、省部级项目10余项。获黑龙江省马克思主义理论学科优秀科研成果二等奖、教育部高等学校社会科学发展研究中心学术研讨会优秀论文奖。2013年就读于哈尔滨工程大学法学专业，2017年就读于天津大学法学院，2019年入职哈尔滨工程大学马克思主义学院担任思政课教师，同年攻读博士学位。

2019年，即将在天津大学法学院硕士毕业的我，手握多个"offer"，可以继续留在天津大学攻读法学博士，可以成为一名检察官，可以入职国企工作……直到了解到母校哈工程马克思主义学院招聘需求，我放弃了所有的"offer"，孤注一掷，终于"过关斩将"幸运地成为学院"优硕计划"支持的"第一人"。入职3年来，我一边继续攻读博士学位，一边努力成为一名合格的思政课教师，在完成跨行转变过程中，把非专业出身的劣势变成优势，逐渐构建起自己的科研"元宇宙"，总结出一条思政教师的跨界成长之路——思政研究的运算法则。

**法学×思政**

初回母校任教，欣喜之余，我面临着重重压力。最大的压力就是跨专业的挑战。虽然"文史哲不分家"，但我的本硕专业都是法学，毕竟没有系统地学习过思政专业的知识，要补齐这方面的短板是摆在我面前的第一道难题。科研方面也不像上学时那样有所依靠，没有了导师的指导，我需要自己独立去蹚路子。再加上父母亲朋的不理解，他们常常问我为什么放弃"经济发达地区公务员"的"金饭碗"或者为什么不顺理成章地继续在"双一流"高校深造"老本行"，偏要选择这样一条最难的路，"压力山大"的我一时之间摸不到头绪。

在中国社科院法学研究所参加学术会议

为了重拾信心，我那段时间总是时不时地回顾自己在天津大学读研时曾经奋斗的岁月，在心里给自己默默打气"我能行""不能服输"。一次，我烦心时又点开了我引以为傲的首篇CSSCI期刊论文《冲突与弥合：大数据侦查监控模式下的个人信息保护》，细细品读起来，那是关于人工智能、大数据与个人信息保护相结合方面的研究。我还记得这个论文的灵感是我在2017参加一次"网络规制与犯罪治理"学术会议中获得的。

2017年是"人工智能元年"，当时还没有个人信息保护的专门法，将个人信息保护引入到人工智能、大数据实践应用领域还是很少有人研究的前沿课题，这个选题还获得了导师的表扬。经过导师的"魔鬼式训练"，我提前1年"超额"完成了毕业所要达到的论文要求，印象最深的是当时打印出来的学习资料摞起来足有2米高，为此还跟室友开玩笑说这是我的学问新高度……想到这儿，我突然意识到研究生阶段就尝到过学科交叉的"甜头"，为什么不继续把曾做过的人工智能、大数据、法学等相关研究拓展应用到思想政治教育研究领域呢？利用交叉融合，以一种更开阔的视角、更有力的工具，跳出思政专业本身，去分析、解决思政问题，我把非思政专业出身的劣势变为优势。

于是，我马上开始系统梳理有关人工智能、大数据在思想政治教育方面应用的研究，在学习其他专家学者的研究范式的同时，寻找自己的切入点。我觉察到当时全国都在推进智慧图书馆建设，这是一个很有创新性的载体。我通过SWOT分析方法系统梳理了智慧图书馆当前发展现状和研究现状有哪些优势和不足，挖掘其中思想政治教育元素，研究其如何为思想政治教育服务，由此写出的论文《智慧图书馆思想政治教育职能实现路径优化探究——基于SWOT分析》在CSSCI扩展版期刊《图书馆工作与研究》上发表。这样就把自己既往的法学、人工智能等方面的优势基础与知识积累，比较"丝滑"地转化到思想政治学科领域。

当时采取学科交叉的方式进行研究还只是一次"投石问路"的"冒险"尝试，不过良好的开局让我树立了信心，逐渐找到自己较为稳定的研究方向——网络思想政治研究。

**政策法规+思政**

2017年以来，我就一直关注人工智能的应用研究，特别是对人工智能在应用过程中可能存在的问题及怎样避免这些问题的产生，有着浓厚的兴趣。随着思考的不断深入，关于网络思想政治教育中如何治理网络智能环境的研究，在我心中逐渐萌生成型，但苦于一直没有找到一个好的研究切入点。我注意到网络智能应用最根本的是算法框架，但当时国家没有出台专门的文件，只有在一些法律法规中零散提到，并未形成完整的政策体系。而理论性、思辨性的研究已经有人在做了，我接着做意义不大，只能暂时将想法搁置。

直到2021年7月，国家相继发布了《关于加强科技伦理治理的指导意见（征求意见稿）》《关于互联网信息服务算法推荐管理规定（征求意见稿）》（以下简称《征求意见稿》）等一系列有关算法综合治理的政策规定，仿佛一束光，一下子激活了我头脑中酝酿已久的idea。我就以此为切入点进行相关的研究与解读，同时我密切关注着国家这方面最新的政策动向。

2021年12月份，相关规定正式出台。我立刻把文件打印出来，仔仔细细、认认真真地看了很多遍，文件从头到尾都让我做满了标注。我又找到我国关于

**参加学术论坛**

  人工智能算法的所有相关法律法规进行汇总、做成表格，结合之前的《征求意见稿》对比分析，综合专家的解读进行梳理，深入解读文件将对思想政治教育网络智能环境治理有哪些帮助、起到哪些作用。在对规定演化、出台过程的梳理中，我逐渐明晰了研究思路。

  我借鉴了法学的研究逻辑，采取了与以往思政学者完全不同的研究逻辑和角度，坚持目标导向，从权利和义务角度进行论述，阐明教育者和受教育者的知情权、自主决定权等权利保障，表明、界定了程序方面的治理规则，提出网络智能环境治理未来应该怎么做，撰写论文《治理算法：思想政治教育网络智能环境治理的政策与趋势论析》。因其研究题材及视角的新颖，这篇论文很顺利就在专业类 CSSCI 期刊《思想教育研究》上发表了。

  3 年来，我深刻认识到高校思想政治理论课，教师在育人体系中的重要作用，我们不仅是知识的传播者、思想的布道者，还是政策理论的宣讲者。这个角色定位不仅要求我们要关注、研究国家政策法规，做好相关政策理论的宣讲，其实还给了我们一个全新的研究视角——政策法规视角。这也是我的"老本行"法律专业帮助我形成的一种"惯性"，就是要善于以问题意识关注国家相关部门出台的各种政策文件，并悉心分析研究其中自己可以"学以致用"的切入点。这既帮助我解决了科研"选题"的苦恼，同时也助力文件政策的施行。

  一个问题解决了，总是伴随着新问题的出现，追踪不断衍生出的新问题深耕下去，就会逐步形成自己的研究体系。其实上面所说的《治理算法：思想政治教育网络智能环境治理的政策与趋势论析》，这篇 CSSCI 期刊论文研究的问题，是源自 2021 年暑假，我写的一篇关于网络舆情治理论文所触及的智能算法

在苏州大学参加暑期实践研修

问题。如果说之前确定的研究方向——网络思想政治教育，是一个研究"面"的话，那么随着研究的不断深入，我找到了研究"点"——如何治理网络智能环境。

**我⇔"成长导师"**

伴随着研究"面"的确定和研究"点"的形成，2020年初，我着手准备申报国家社科基金项目。说实话，我也纠结过，一个初出茅庐还是跨专业的新人，申请"国字头"项目是不是有点"不自量力"了？后来"尝试才希望，不尝试就一点希望都没有了"，这碗"鸡汤"说服了我，于是，抱着试一试的心态，我开始了艰难的"国字头"申请之旅。

"看花容易绣花难"，项目申报书撰写的过程，是我专业生涯成长的关键一课。我虽然读研时曾经协助导师申请过地方类项目，基本了解项目申报书的写作规范、流程事项，当真正独立研究更高层次的国家社会科学基金项目时，才感到已有经验严重不足。申报书撰写的那段时间就像又回到了当年导师指导论文的日子，而王景云院长就成了我的"成长导师"，项目申报的每个环节她都亲自指导。

选题时，景云院长"要结合疫情时事背景才更有价值"的建议，拓展了我最初网络舆论方面的研究视角。搭建逻辑框架时，她提醒我，做项目需要对国内外的相关研究有一个总体的了解和把握，要讲明白"为什么要研究这个问题"

"现在有什么问题"以及"如何分析、解决问题",搭好、搭稳问题研究的基本"骨架",再以广阔的视野做支撑,补充丰满"血肉"。特别是研磨"本子"时,辛苦写好的文章被反复否定、否定、再否定,修改、修改、再修改时,我几近崩溃,本来就是抱着试一试的心态,以为"差不多就行了",可是她却比我更"上心"。记得一天晚上8点多,她又给我打来电话,从头到尾、从理念到逻辑结构给我讲如何修改,并且鼓励我:"选题很贴合实际,很有希望能中,一定要好好做。"院长都这么用心,我还有什么理由退缩呢?从那之后,无论是学院组织的专家反馈意见还是院长的反馈意见,我都认真对待,仔细修改,及时反馈。我从"要我改"变成主动的"我要改了",就这样项目书大大小小修改10余次,《疫情背景下网络舆情法治化治理研究》成功获得国家社科基金项目立项资助。

晚上在家查阅相关资料

　　申请获批之后,我与景云院长有过一次深入的沟通,我特别感谢院长"无时无刻"给我的修改意见和"不离不弃"的指导。而她感叹的却是,给予我的修改意见,我件件都有高质量的回应,她认为这是一个青年人做学问必备的品质。我才明白,其实成长从来都是一场双向奔赴,每一份意见和建议都是我们成长的台阶和进步的基石,只不过常常被我们忽略罢了,"件件回应"得到的"不离不弃"、"无时无刻"地鞭策着我继续前行下去。

　　"疫情之下网络舆情法治化治理"这个项目,涉及跨学科法学、人工智能、大数据、传播学的知识交叉。在这个过程中,我也找到了下一个基金申报的选题——"关于思想政治教育网络智能环境的治理体系和治理机制的构建"。

　　3年来,我有过一篇论文屡投不中,前后写了2年才发表的"至暗时刻",有过一篇论文"退修"11次的"悲惨遭遇",但这是自己最钟爱的人生道路,就要一往无前、坚持到底，道阻且长，行则将至，行而不辍，则未来可期。

**学生感言**：跟随魏老师学习的 2 年来，老师始终言传身教，以渊博的专业知识、严谨的学术思维来培养我的科研能力。我犹记得第一次写论文时的手足无措，魏老师牺牲休息时间批注，逐字逐句帮我修改。老师的指导和鼓励让我找到了方向，给予我无尽启迪，收获颇多，受益匪浅。在魏老师的指导下，我参与了启航杯、五四杯、互联网+、重大型立项、全国大学生创新创业训练计划等科创活动，取得了一些成绩，科创能力得到了提升，对思想政治教育专业、网络思想政治教育研究方向也有了更深刻、更清晰的了解。我很幸运能够遇到这样有温度的导师。

——学生 张楷旋

**同事感言**：作为入职刚满 3 年的青年教师，魏俊斌老师的成长实现了跨学科成功转型。曾经是思政学科的门外汉，他不断探索学科交叉，把非专业出身的劣势变成了科研优势；从初出茅庐的焦虑迷茫，在前辈的建议和指引下找到了较为稳定的科研方向；从学院"315"超常规举措"优硕计划"引进的第一人，他勤奋刻苦，成为学院里"90后"学霸担当。在成长过程中，他完成了与自身、与前辈、与学科的双向奔赴。魏俊斌老师是学院青年教师的优秀代表，学院还有许多青年教师在各自的岗位上努力奋斗着，这些默默努力、勤于钻研的新生代，是思政课教师队伍薪火相传的有生力量！

——院长 王景云

**学院党委书记点评**：魏俊斌，是 2019 年学院实施"优硕师资"引进政策第一人，在破格成为一名思政课专任教师的同时，也成为新时期在读博士青年教师，是一名"双料"新青年。三年的时光转瞬即逝，作为一名青年教师，他已经开启了新征程，聚焦大数据、人工智能与思想政治教育学科交叉领域，借鉴法学的研究逻辑，探索出"网络思想政治教育中如何治理网络智能环境的研究"新视域，成功解锁科研密码。三年来，他成功申请并获批国家社科基金青年项目，创造了新纪录，达到了新高度。"不离不弃、一以贯之"是魏俊斌同志敬业精神的真实写照，期望他在未来书写更加绚丽的人生篇章！

——时任学院党委书记 刘振宇

## 数学人浪漫与现实的奇妙碰撞

编辑：张德伟

### 故事主人公简介

郑雄波，男，流体力学博士，哈尔滨工程大学数学科学学院副院长、教授、博士生导师。现从事流体数值计算、海洋波浪能利用技术方向的教学和科研工作。主持或参与了国家及省部级科研项目10余项。发表学术论文40余篇，获得国家发明专利授权6项，参与出版论著1部。相关研究成果获得中国海洋工程咨询协会海洋工程科学技术奖一等奖、中国电力工程协会科技进步奖一等奖、中国造船工程学会科技进步奖二等奖、黑龙江省高校科学技术奖、一等奖各1项。

1996年考入哈尔滨工程大学数力系应用数学专业，2005年考入本校理学院数学与应用数学专业攻读硕士，2007年硕士毕业留本校理学院数学与应用数学专业担任教师，2010年考入本校船舶工程学院流体力学专业攻读博士。

数学有"大美"，数学人也追求浪漫之美，追求把各种理论研究到极致的美，沉迷于数学中的对称性、完备性、统一性和简单性。数学亦有"大用"，"宇宙之大、粒子之微、火箭之速、化工之巧、地球之变、生物之谜、日月之繁，无处不用到数学"。

各位"小程故事"读者，大家好！我叫郑雄波，同事们开玩笑地说看到我的名字就知道我会与"波浪"结缘，今天我想讲述的是我和波浪能的故事，我把它称之为一个数学人的浪漫与现实的奇妙碰撞。

**毕业后"蹭"课的日子**

我本硕学的是"理"科，博士读的是"工"科，是一名真正的"理工"男。2007年在本校理学院数学与应用数学专业硕士毕业后，我有幸留在了学院工作，3年的教师工作经历让我深感自身专业不足，渴望进一步提升自己。

机缘巧合，那时候我校船舶学院张亮教授的团队，正要开展波浪能领域的研究，想寻找数理基础扎实的人。于是在硕士导师张晓威教授的引荐下，我于2010年初与张亮教授建立了联系。在与张亮教授的交谈中，我了解到原数学系的戴遗山教授从数学转到水动力，后来成为国家水动力学泰斗，现在想想戴先生的故事在我心中埋下了"理工融合"的种子。

那时候，我对"理工融合"并没有太多的概念和意识，只是觉得流体力学的研究在许多领域都有着重要的作用，能将理论用到实际工程中去应该是一种很奇妙的体验。

2010年9月，我正式入学，成为船舶学院的一名博士研究生，作为"跨界科研人"，不可避免会遇到很多难题。第一大难题，就是专业知识体系和背景的缺乏。我本科阶段没有经过船舶与海洋工程力学的系统训练，唯一能做的就是下苦功夫去补相应的知识。我认真研究了船舶与海洋工程专业的人才培养方案，结合实际研究需求，对《流体力学》和《船舶与海洋工程》两门课程进行深入学习。

可是最开始看书，自学的效果并不理想，效率低、进展慢，而且有些知识点不能很好地理解吸收，迫切需要有人给予指导，于是，我便开启了毕业后"蹭"课的日子。那半年，我经常出入21B教学楼，在流体力学课上奋笔疾书，也经常在船舶与海洋工程课上埋头深思。由于是抽时间蹭课，我甚至记不清授课老师的名字，但老师亲切、专业的教导使我受益匪浅。

老师会将书本上的知识和工程背景结合，使得我对知识点理解得更加透彻、深刻。10多年的上课经历，这是第一次不为获得学分而听课，体验格外不同。这些我们曾经觉得"唾手可得"，甚至有些厌烦的"课堂"，会随着我们学习生涯的结束，而成为我们"遥不可及"的"珍藏"。

作为"跨界科研人"，第二大难题就是要打破数学人的思维定式。以前的我一直是纯数学思维，举个简单的例子，流体力学里面的N-S方程，我可能首先想的是根据不同的边界条件，从数学方面研究证明解的存在性、稳定性和收敛性等。

但是工科思维可能会认为,既然是在工程领域中存在的方程,物理现象就是发生的,那么就认为这个解是一定存在的,所以不用研究解的存在性和稳定性,直接解出来并进行应用。

数学追求完备,而工科追求实用,二者互为补充,相辅相成,数学思维使工程问题解决起来更加轻便,工程思维使更多数学问题显露出来。这种思维定式的打破是需要在解决实际工程问题中来完成的。我要研究的波浪能转换实际上就是一个工程问题,其中涉及水动力计算和优化,从数学角度,波浪能高效转换能更好实现,让关键技术不再成为难题。

**穷尽办法的最后一招**

2018年,博士导师突发重病,在研究的科研项目一下子落在我的肩上,虽然在此之前我有过主持项目的经历,但这是个大项目,而且是独挑大梁,我的压力是空前大的。

项目要求在海洋区域组装形成一个完整的样机,并且需要测试样机至少一年的时间。理论上的优化创新、实体样机的实操试验、对实际海洋环境与气候变化的掌握以及与相关合作单位的逐一沟通协调……感觉每一个困难都足以成为阻碍我前行的理由。

那时候失眠是我生活的常态,躺在床上辗转反侧,身体和心理的双重疲惫让我有种从未有过的无力感,我几次产生放弃的念头。我将苦恼和压力与硕士导师张晓威老师交流,张老师说"你可以寻求帮助呀,任何时候寻求帮助是你自己穷尽办法的最后一招。生活中很多道理是相通的,生活如此、工作如此、科研也是如此"。于是,我将样机试验在计算机上一遍遍地模拟,总结出可能遇到的各种难题再去寻找电路、控制和机械等方面的专家、学者,向他们一一请教、学习。

记得有一次,样机的组装试验已经进行到了近乎80%的程度,突然指示灯开始出现异常闪烁,测试系统一瞬间陷入了崩溃。组内的专家也纷纷摇头,表示这个问题未曾遇见过,也没有提出什么好的办法。

我看着倾注了自己无数心血的试验马上就要"归零",那种心情又何止"崩溃"二字能够形容。好在我还有"穷尽办法的最后一招",那段时间我开始通过各种关系联系控制电路等方面的专家,学校十几位"科研大牛"都被我"骚扰"过,最终发现是电路的布线设置和控制方程的微小项处理出现了问题。当样机重新恢复试验状态、指示灯正常地闪烁、正确的数据不断传回系统的时候,那感觉就像找到了失散已久的孩子，我至今都认为"失而复得"是人生中最美好的词语。

我那段时间不是在与专家沟通，就是在飞去寻找专家的路上。就这样，在专家们给出的建议帮助下，我不断完善样机试验，进一步提高试验的成功率。在寻求帮助和自身努力的过程中，摆在我面前的难题一个个被解决，样机顺利进行海试。

我感觉一个人的自我进化可以有两种形式，一种是自助，一种是求助。自助是依靠自己擅长的能力向内生长，求助是弥补自己缺乏的能力，向外生长，所以，善于求助是一种很优秀的能力。求助看似示弱，实则是发起协助，是我们打开自己的界面让别人走进来的一种成长方式。

领悟到这个成功密码后，我经常穿梭在各个研究所之间，交流获取先进的经验，把我们的想法进行沟通、细化。我主动通过各种途径开展密切的交流和合作。注重并加强人才培养方面的联系，团队的成员会进入研究所进行深入学习研究，研究所也有学生来读我的工程博士，在获得更多知识的同时，进一步促进理工结合，使得数学与工程更快、更好、更高效地融合。

**乘风破浪的数学人**

将理与工进行交叉融合，在项目中凝练数学问题，在数学理论中寻求可以付诸行动的项目，这样才能将数学的浪漫之美融于工程的现实主义之中，实现这奇妙的碰撞，让关键技术不再成为难题，这不只是一个人、一代人的事业，需要几代人接续奋斗。

我非常庆幸遇到勤奋努力的自己和一群刻苦可爱的学生们，学生们迫切的求知欲推动着我。每当清晨来到逸夫馆，我总能看见实验室的灯光，推开门进去，发现学生们也早就进入了学习状态，标记的论文文献和一行行代码见证着他们的付出。

对于学生们来说，理工结合也并不是一件容易的事，不但要学习流体方面的知识还要将数学与其结合起来。有些时候，学生们修改程序代码会进行到很晚，不断重复进行实验论证，也让我明白不只是我一个人在努力。

清晨的零星晨曦，夜半的皎洁月光，我常喜欢到实验室去看看，与同学们谈谈最近学习和生活的情况，问问最近科研学习上遇到的问题，在探讨中解决问题，拓展思维。我和我的学生们互相陪伴、相互促进，共同探索未知的征程。

频繁的出差和繁多的工作使得我没有很多的时间可以利用，我经常凌晨拎着公文包登上飞机，在旅途中翻阅学生发给我的论文，帮他们分析实验数据，整理创新点与结论分析，下了飞机立刻投身于研究工作。从理论实践到投入实际生产的过程中，一点瑕疵都不容许存在，就这样一点点、一步步，通过点点滴滴、空闲时间的积累，团队的科研水平得到了显著的提高。

2022年是全新的一年，我们团队基本已经成熟，有了比较坚实的基础，并掌握了清晰的前进方向，每个人的脚步都更加匆忙而稳健。这一年我接了更多的科研任务，每当有新的任务时，实验室都异常得安静，因为我会把零碎的任务交代给他们实验室敬称的"大师姐"，然后"大师姐"将任务细化分类交代给研二的"师兄师姐"，每个"师兄师姐"再带两个"师弟师妹"完成具体的任务。高效有序的分工使得我们如今有了更多的科研任务但却能以更快的速度完成。

这就是我的故事，将微分方程建立在祖国的万里海疆，通过数值方法探索海洋环境的奥秘，去领略数值世界的无限风光，是数学人独特的浪漫，你不来吗？

**学生感言**：与郑老师的缘分，起始于硕士阶段，那时郑老师给我的印象是睿智、博学、严谨、认真。他让我们认识了什么是严谨求实的态度，什么是锲而不舍的精神，什么是科研的真谛。老师的言传身教一直是我们的指路明灯，指引我们迈向属于自己的未来。俗话说"一日为师，终身为父"，郑老师给我们的安全感不仅来自在科研上对我们的保驾护航，还来自在生活中对我们的深切关怀。从待人处事的道理，到积极乐观的生活态度，郑老师身上的东西让我们受益终生。

——学生 姬铭泽

**同事感言**：郑老师是一个做事认真、积极主动、工作能力很强的人，对待工作具有高度责任感，同时也深受同学们的喜爱。郑老师勤恳务实、善于学习、以校为家、尽职尽责，他始终坚持现代化教育教学思想观念，保持教学观念和教学方式与时俱进的步伐，且注重培养学生的独立性和自主性，培养学生掌握和运用知识的态度和能力，使每个学生都能得到全面发展。除了有很强的事业心和很高的领导能力以外，郑老师也有着良好的交际能力，性格友善，在日常生活中能与其他同事团结友爱、互相帮助，在科研工作中态度端正、业绩突出，能够同他人一道很好地工作，是值得我们学习的榜样、标杆。

——同事 凌焕章

**学院党委书记点评**：郑老师是符合哈工程价值追求的新时代人民教师，以祖国需要为第一需要，以国防需求为第一使命，以人民满意为第一标准，有坚韧不拔的事业心和责任感。作为教师党员，他把为崇高理想奋斗的实践落实到日常点滴教书育人工作中。按照"四个面向"的要求，他以共产党人无私无畏的奉献精神，把许党报国、履职尽责作为人生目标，实干苦干、拼搏奉献。愿他以"逢山开路，遇水搭桥"的意志，在磨砺中走向更大的成功！

——时任学院党委书记 王锐

# 混凝土"奶爸"的养育心得

编辑：高明

## 故事主人公简介

吕建福，男，哈尔滨工程大学航天与建筑工程学院副教授，硕士生导师。主要从事海洋混凝土生物防腐蚀机理与应用技术、混凝土体积稳定性等方面的教学和研究。承担和完成省部级科研项目10余项。发表高水平论文30余篇，以第一发明人授权国家发明专利27项，获得船舶与海洋工程行业专利金奖1项。指导学生获得中国国际"互联网+"大学生创新创业大赛国家级铜奖、"挑战杯"中国大学生创业计划竞赛国家级三等奖、全国生态混凝土创新设计应用大赛一等奖等10余项。本硕博均毕业于哈尔滨工业大学，先后进入哈尔滨工业大学、美国弗吉尼亚理工大学、哈尔滨工程大学等三所高校博士后流动站开展高水平研究。

你知道一粒沙、一捻土要经过怎样的变化，才能变成坚固的混凝土吗？新拌混凝土就像临产的宝宝，终凝到7天是"婴幼儿期"，8到27天"是青少年期"，28天到服役结束是"壮年期"及"老年期"，就像孩子成长一样，不同时期要给予混凝土不同的细心呵护，"他"才能快乐健康地长大，长成我们需要的"栋梁之材"。

大家好！我是航天与建筑工程学院的老师，吕建福。说起对混凝土的研究，特别是对生态混凝土的研究，我很是感慨，因为"他"不仅承载着我过往的青春，还接续着我对未来的憧憬。从科研火花的点燃到研究方向及路径的基本形成，从意气风发到两鬓斑白（虽然我年龄并不大），呵护"混凝土"20余载，我被同事称为混凝土"奶爸"！

**与导师的辩论**

2005年底，刚读博士的我在跟随我的导师巴恒静老师去南海进行海洋工程调研时，发现在一些工程上附着有致密的海洋生物膜，与同类未附着海洋生物膜的工程相比，其抗腐蚀性明显增强。这种大自然和混凝土巧妙结合产生的现象，激发了我浓厚的研究兴趣。那时候如何增强海洋环境下混凝土材料的耐久性是一个前沿方向，国内外相关研究都处在一个探索阶段。

回到学校正赶上国家自然科学基金项目的申报，在导师的指导下，我开始着手准备有关海洋生物对混凝土腐蚀影响方面的基金申报。申报书撰写的过程就是"自虐"的过程，推翻、重启、查找、阅读、分析、打磨，再推翻、再重启……我进入了一个无限循环的"怪圈"，感觉时刻游走在崩溃的边缘，因此，跟导师"犟嘴"，或者也可以叫"辩论"就成了那段日子的"调味剂"。之前从来都是导师说什么我做什么，没有意识，也没有底气去跟导师争论，随着我在海洋生物对混凝土腐蚀影响方面研究的深入，我产生了很多疑问。加之我较真的个性，在基金本子打磨沟通过程中，常常与导师争得面红耳赤，我甚至感觉导师有时候在故意跟我"抬杠"，他乐在其中。

记得一次，我跟导师在讨论申请书中是否将"混凝土碳化作用作为海工混凝土性能评价指标之一"方面产生了争执，当时巴老师直接说："海洋环境下混凝土的碳化作用不明显，为何要加入？"幸亏那段时间我把海洋环境下混凝土耐久性进行了突击学习，立即回复道："虽然碳化在海洋环境下，表面上看来不是主导的破坏因素，但是碳化使混凝土碱度降低，会促进氯离子的渗透，从而加剧钢筋混凝土的腐蚀"，巴老师又接着问："即使是这样，测氯离子不就够了吗？"我继续提出我的观点："氯离子和碳化作用同时评价才能更清晰海洋环境下氯离子的传输机制，才更可能制备出更适宜海洋环境的混凝土。"……我感觉自己都要急了，说到这里老师突然乐了，"理不辩不明，你不会仅仅因为我的或者哪个专家的一句质疑，就轻易否定自己的观点，做学问就应该有这种敢于质疑的精神。"

指导过程中，巴老师从不直接告诉我答案，反倒是经常问"你是怎么认为的？你想怎么解决？为什么？"当时这种问题常常弄得我"抓狂"。随着研究的深入，我逐渐领悟到巴老师是有意识地培养我独立思考、敢于质疑的能力。今年我的导师巴恒静已经84岁高龄了，但他老人家仍然坚守在工作岗位上，致力解决很多高难度的工程问题。我也还会跟以前一样，与他保持这种互动，常常因为某个问题在电话中辩论，争得"乐此不疲"。

我记得这个基金申请书是在截止日期的早上8点才打印提交，项目最终成功立项，它也顺理成章地成为我博士研究的课题。

"愿你阅尽千帆，归来仍是少年"，这是我的研究生毕业时，我送给他们的12个字。这句话同样也是生活对我的馈赠，"世界上只有一种真正的英雄主义，那就是在认清生活的真相后依然热爱生活"。当我真正爱上"混凝土"时，我看见的就不再是满身的尘土和疲惫，而是满园的风景和无限的乐趣。

### 陌生人的帮助

2006年基金成功立项，短暂的欣喜之后，我立刻投入到了研究中。因为当时学校没有海洋微生物的实验条件，在导师的引导下，我转战青岛中国科学院海洋研究所，跟随莫照兰研究员进行微生物的相关研究。

微生物对于我来说是一个完全陌生的领域，一直用铁锹取原材料的我要迅速适应使用高精度移液枪来取几微升试剂的转变，一切需要从零开始。那段时间，我寻找一切可以学习、提升的机会，从微生物的分类、海洋微生物种属、青岛近海微生物种属的自学开始，积极参与莫老师实验室同学做的各种实验，甚至去听过生化试剂销售的讲座。就这样分秒必争地生活了两个月，我可算基本分清楚了微生物、细菌、病毒的区分，同时也明白了引物设计、PCR、测序等核心的概念，以及试验的一些操作要点和步骤。细菌的分离和鉴定在莫老师课题组的帮助下也有很大的进展。

一切仿佛都很顺利，突然间卡在藤壶的种属鉴定问题上。当时国内藤壶种属鉴定方面的学者较少，可参考的资料有限，特别是对于我们非生物专业来说，更是无从下手。于是，我就去海洋所里的标本馆参观学习，看到了很多藤壶的标本都是任先秋老先生取样和制作的。我非常兴奋，终于找到一个可以为我很好答疑解惑的先生，便迫不及待地去拜访他，但不巧的是，一个月内找了他5次都没有找到人。

直到第六次，我去找他的时候，一个女老师可能是被我的执着打动了，就告诉我，原来任老一直在南海出差，大约3个月后才能回来。我无奈只好把样品给她，她答应帮我冻在样品柜里，等任老回来帮我鉴定。我失落地走了，说实话当时对这事儿也没抱太大希望。就这样，过了3个月左右，我自己都把这件事情忘记了，2008年正月的一天，我正在家聚会，突然接到一个青岛的陌生电话，我茫然接起，"你好，是吕建福吗？我是海洋所任先秋，你留在所里的样品我分析和比对了之后，混凝土试样表面的藤壶种属为白脊藤壶和东方小藤壶，没有其他的种属，其中东方小藤壶为优势种属……"

就这样两个操着不同方言的人，就藤壶的问题聊了好久，直到放下电话时，我还处于惶恐之中，真是有点"受宠若惊"。一位素未谋面的长者、专家，一份并不相识之人的嘱托，3个月之久的间隔，任老和那位不知道姓名的女老师可能并不知道，他们这个"无意"的举动，给刚刚走上科研道路的新人莫大的鼓励。我每每想起此事，心中总是一股暖流涌现……

这个照片是我博士论文的致谢部分，当时参加答辩的评委老师看了致谢后调侃道："看来，你做课题时麻烦了不少人啊！"在青岛进行实验的两年时间里，不管是取样工程的选择、取样设备的支持、试件成型实验室的提供，还是海洋微生物、生物鉴定，实海暴露试验场地的提供和实海实验试件的固定和看护等，数十位老师、师兄和校友，10余家单位都给予了极大的支持……我无以为报，唯有即使风尘仆仆也要孜孜不倦，方可聊慰己心。

**自掏腰包的科研**

随着研究的逐渐深入，我发现牡蛎不仅可以大幅度提升海洋钢筋混凝土的耐久性，还可以很好地对海洋生态环境进行修复，是海洋生态修复的天然"工程师"。

但是由于项目不是很成熟，我的研究没有得到任何的资助，所有实验的经费都是我自己掏钱进行研究的。为了保证研究的可持续性，我必须自己在实验室建立海洋生物附着实验平台。那段时间因为需要购买不同品种的海藻、消毒剂、养护箱，我成了道外区花鸟市场的常客，那里的小商贩都认识我，他们把我当成退休遛弯的老大爷。

同时，我还通过各种渠道从各沿海地区寻找牡蛎苗，反复做着相同的实验，尝试找到牡蛎苗能成功附着在混凝土表面的实验条件，检验混凝土是否能快速诱导附着牡蛎，等等，很可惜几次实验都失败了。这期间前前后后投入了近10万元，我爱人调侃我说："你这做的是不一样的科学研究啊，忙得看不到人不说，还得自己往里面搭钱。"每当听到这些话，我也只能苦笑一下。别看爱人这么说，但是我掏钱她从不阻拦，我想，爱我的她，更明白我的热爱。

失败了也不能放弃呀，我还是要寻找失败的原因，是不是碱性太强影响了牡蛎的生长？需要进一步验证，这就意味着又一轮财力、人力、物力的投入。天有不测风云，一向健康的母亲突然被查出癌症住院，几乎同时岳母也被查出癌症住院，家里还有我那可爱的、刚出生的丫头需要照顾……增加的经济、体力、思想的压力让我着实体验了一把"中年危机"，实验研究不得不暂时停止。在我成长的过程中，爸爸妈妈坚毅的性格一直影响着我，特别是在妈妈的抗癌过程中，妈妈以其乐观的心态和坚毅的性格与癌中之王的胰腺癌抗争了一年、两年、五年，到现在已经十年过去了，这几乎是一个奇迹。妈妈可能不知道，年老多病而又乐观坚毅的她一直以她特有的方式支持和鼓励着我，给予我极大的帮助和保护，让我做着自己喜欢的事情，无惧风雨与坎坷。

黎明之前总是最黑暗的，这样才能显出日出的耀眼。家里老人身体逐渐恢复，经济压力有所缓解之后，我又投入研究。随着研究成果逐渐显现，我获得了相关资助。经过多年的积累，我和我的课题组成员共申报21项国内专利，目前已授权14个。但在此过程中，一些科研项目经费减缩，使得我不得不再次自筹50万元才保证专利申请顺利完成。目前，相关研究成果也开始在各个海岸线上进行工程应用实验，工程应用正在加速推进。这在大幅度提升海洋钢筋混凝土工程结构抗腐蚀能力的同时，也进行着海洋生态环境的修复，从而大幅度降低碳排放。

**混凝土宝宝的诞生**

2017年我负责土木工程材料课程的讲授，这门课是专业核心课程。上课时，我发现学生们对"水泥水化"理解起来很困难，甚至影响到对课程的兴趣。"怎么样才能够让学生们更好地理解这个现象呢？"这个问题困扰了我好长一段时间。有一天，我在家里的电脑前，盯着屏幕，思考一个问题入了神，3岁的女儿来到我身边说"爸爸抱"，我一时间没有反应过来，"姑娘，来妈妈抱"妻子嗔怪道，"你爸哪里还顾得上你，混凝土才是你爸的孩子。"我突然被触动了，是啊，"水泥水化"的过程就像一个孩子成长的过程，"混凝土宝宝"就这样诞生了！

"水泥、水泥混凝土与人一样，具有感知环境的能力，在适宜的温度和湿度环境下，其强度随着龄期增加而增加，特别是新拌混凝土（刚搅拌好，还具有流动性）像临产的宝宝，浇筑后终凝的混凝土则是新生儿，需要好好养护，才有可能变成高强、耐久的高楼大厦、道路桥梁。"我把知识这样讲给学生们，学生们原本茫然的脸柔和起来，一些同学抬起头来，身体慢慢靠向桌前，学生们感兴趣了。

我接着顺着这个思路讲下去："混凝土根据龄期进行分类，可分为新拌混凝土（临产的宝宝），终凝到7天（婴幼儿期），8天到27天（青少年期）和28天到服役结束（壮年期及老年期）。水泥混凝土中的水泥在很长时间内都会持续水化，强度逐渐增加，就像婴儿慢慢长大一样。""水泥混凝土中的水泥水化可以持续多长时间？"突然间一个学生提问到，"从几天到几个月，几年，几十年甚至到一万年都有可能。"我回答。"那水泥水化需要的温、湿度最好是多少？""水泥水化放热使水泥混凝土的温度可以升高到多少度？""为什么大体积混凝土内会有这么高的温度？"学生们五花八门的问题不断涌现，课堂被瞬间激活。

为了持续推动学生们对土木工程材料的认知和热爱，2017年，我创建了混凝土俱乐部并担任指导老师。俱乐部成员参加的每一次比赛，大赛规则解读、实验方案制定、试件成型指导、实验数据分析以及实验再次优化，包括答辩PPT的制作，每个环节我都一定亲自参加，跟进指导。五年来，俱乐部的成员获得中国土木工程学会高校优秀毕业生奖和提名奖各1项，获得中国国际"互联网+"大学生创新创业大赛国家级铜奖、"挑战杯"中国大学生创业计划竞赛国家级三等奖、黑龙江省"互联网+"大学生创新创业大赛金奖、"挑战杯"黑龙江省大学生创业计划竞赛、全国生态混凝土创新设计应用大赛一等奖等10余项奖项。俱乐部指导的本科生发表高水平论文2篇，参与申请国家发明专利15项和国际专利5项，等等。

一位混凝土俱乐部毕业的学生说，11号楼靠近启航一侧三楼的第六个窗户的灯光每天都会陪伴他们放学，在他们想放弃或者不努力的时候，想到了那盏灯光和可能仍在实验室里穿梭的老师身影，就很快会振作起来，这也成为他们的信念和坚持的明灯。我想，这或许就是教育的魅力所在，"教学最后的产物不是老师得到了什么，而是学生到底学到了什么"。

"驼铃响过之处，宝船扬帆的那片海，更大的梦想正在竞发。"生态混凝土研究凝聚着我20载的人生，也指引我这不"砼"的人生。我愿将毕生之学，付于砼土之中，呵护"混凝土"成长。

**学生感言**："为人师表"应当是对吕老师一种完美的诠释。他总在鼓励我们要积极上进，同时用废寝忘食的工作态度以身作则，他教育我们求真务实，并传递实事求是的科研理念。他注重立德树人，以自身尊老爱幼的行动默默地感化着我们，引导着我们做像他一样的人。

——学生 黄建涛

**同事感言**：吕建福老师教学上严谨求真，育人上宽严相济，做人上讲究原则，工作上不计个人得失，处处展现着一位优秀教师应有的风范。作为他的同事，时时刻刻能够感受到他身上的一股力量，那股奋发向上的力量，无时无刻感染着周围的同事。我们都很敬佩吕老师，在他身上从未看到任何懈怠的时候，他绝对是我们学习的榜样。

——同事 高明

**学院党委书记点评**：吕老师的故事看似是混凝土"宝宝"的诞生记，但更让我相信这是一名高层次创新人才的诞生记。吕老师的故事更让我深刻理解习近平总书记在党的二十大报告中指出的："教育、科技、人才是全面建设社会主义现代化国家的基础性、战略性支撑。"在故事中，我们看到了一名导师启发式指导学生的大先生风范，我们看到了一名学生大胆质疑、认真求证的科研态度，我们看到了一名大学教师为国家高水平科技自立自强、不懈奋斗的科研精神，也看到了一名哈工程教师该有的模样。

——院党委书记 于欣欣

学生篇

# 学问勤中得，萤窗万卷书

  习近平总书记在党的二十大报告中勉励广大青年要坚定不移听党话、跟党走，怀抱梦想又脚踏实地，敢想敢为又善作善成，立志做有理想、敢担当、能吃苦、肯奋斗的新时代好青年，让青春在全面建设社会主义现代化国家的火热实践中绽放绚丽之花。青年强，则国家强。当代中国青年生逢其时，施展才干的舞台无比广阔，实现梦想的前景无比光明。励志与成才是大学的主旋律，在青春的舞台上，奋斗为之提供了契机，面临诸多的抉择与挑战，只有把握时代契机的奋斗才能彰显青春最亮丽的底色。

  本篇精选了5位优秀学生在大学期间一路摸索成长的勤学励志故事。成长的故事不是一张空头支票，而是有一群人切实为之拼搏奋斗，从大学萌新到团队精英，从学业迷茫到成绩优异，从能力短板到全面发展，成功的背后是日复一日的坚持与付出、勤学与苦练。他们不约而同都见过"哈工程"凌晨的太阳，他们拥有很强的执行力和毅力，严于律己，丰富自身的同时发光发热，给予学弟学妹真切的建议和具体的帮助。虽然每个人的成长故事不尽相同，但都拥有着美好而闪亮的大学时光。生命如歌，青春如梦，在如歌如梦的大学岁月里，他们拥有坚定的信念，把握前进的罗盘，用奋斗拨动青春的风铃，谱写勤学与励志最美的篇章。

# 我的大学从大二开始

编辑：王浩宇

## 故事主人公简介

张科，男，中共党员。毕业于河北正定中学，2018年考入哈尔滨工程大学水声工程学院，2022年被免试推荐至哈尔滨工业大学（深圳）攻读硕士研究生。本科期间获得国家奖学金等10项奖学金，获得"挑战杯"全国大学生课外学术科技作品竞赛国家三等奖等竞赛奖项8项。获得全国大学生预防艾滋病知识竞赛优秀组织者、校三好学生标兵、校优秀共青团员标兵等荣誉称号10项。

2018年8月，我考入哈尔滨工程大学，2022年7月完成学业，并获得免试攻读研究生学位资格。4年来，我从最初的自卑、自弃到阳光、自信、从容，哈尔滨工程大学给了我最温暖的呵护，最宽容的力量。我想将我的故事说给你听，为母校增添一份温暖、一份力量，去守护和见证更多人的成长。

**4种笔记的馈赠**

我的大学故事可以从一张理科综合试卷开始。高考考题答案发布后，我迫不及待开始核对，在看到理综选择题时，我慌了，1个、2个、3个……6个！在反复回忆并确认多次之后，我确认了答错6个理综选择题，要知道我之前的几十次理综模拟考试，从未错过5个以上的选择题！在最重要的一场考试中，我犯了重大失误，还出现在一题 6 分的理综选择题中！参加过高考的人都能够理解那种心情，愤怒、自责、哀怨、痛苦。

入学军训时，我仍被这种情绪笼罩着，郁闷的时候刷知乎，看到一句话，"如果你觉得自己不够强大，那么请先拿到你所在平台中能拿到的所有资源来证明你确实够强"。这句话就像一剂强心针，更像一记耳光打在我脸上，我开始反问自己"如果你没有变得更强大，有什么资格什么理由郁闷？"人的成长有时就在那一瞬间。

于是，在军训结束之后，我开始了辛苦而"滚烫"的学习生活。上课我会将手机关机以避免分心，学院安排的早自习、晚自习，我全勤且从不迟到，学院没有安排自习的时间，我在 21B 的教室度过。入学后的一次班会上，大家聊到国庆假期怎么安排，都去哪儿玩，我的选择却是在 21B 学习，可能听起来比较痛苦和死板，但对于当时的我来说，变得更强大才是我唯一要追求的目标。

刚上高中时，我属于随性派，脑子里学到多少算多少，懒得写笔记，成绩也一直不理想。后来在数学老师的指引下，我开始分类整理各种题型，发现这种方式真的有效，分类能增强对题目的辨识能力，在笔记本上复现能加深对解题思路的理解，逐渐帮助我构建起了逻辑思维。在大学寻求突破的过程中，我也有写笔记的习惯，我在大学写笔记的方式分为三个阶段。

大一、大二的时候，课程少、时间多，大多是数理基础课，我需要细致深入掌握一个个定理，为后续的专业课打下基础。我的笔记有两种。第一种是知识笔记，我会一边对着课本学习，一边将课本的定理、公式推导一遍并推导完成后写在笔记本上，事无巨细，一切细节都会呈现在笔记本中。第二种是题目笔记，我在写课后题或者历年题的过程中，将多次见到的经典题和思路新奇的妙解题写在笔记中，并且用不同颜色的笔标注出解法中的"神来一笔"与核心思想，例如微积分证明题中一些神奇的构造函数方法。

大三之后，专业课越来越多，我需要投入精力的事情也越来越多，如果不合理分配时间，事情就做不完，并且专业课主要以掌握定理如何应用为主。这时候记笔记的方式就改变为，一是将作为课本的知识点整合，变成体系，在复习或者查找时能提高效率。二是记录重要的思路与解法。实用才是第一位的，在时间有限的情况下，高效地记录最重要的内容即可。例如：笔记中只写重要的定理，而将常识性的定理、复杂的定理推导过程直接放弃不写，随后留适当空白的地方，遇到对应的经典习题后将解题思路写在空白处。

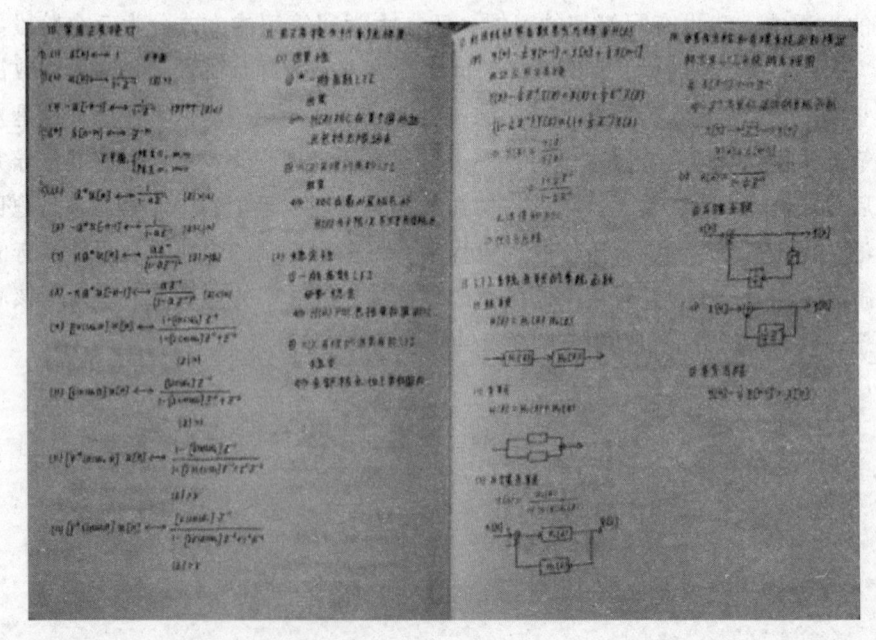

大学末期，做毕业设计的过程中，我也会找一个本子写笔记、文献的公式推导过程，我会自己推一遍，方便撰写论文时使用。算法的实现思路，我会列

一个框架，理清需要写哪些代码，程序代码的变量定义、处理流程，我会事先写写画画，保证写代码时全程思路清晰。日后再用到我的毕业设计时，这些也可以帮助自己快速回忆和理解。

心有所向，日复一日，必有精进。第一门课，普通化学 99 分；第二门课，线性代数 97 分；第三门课，微积分 97 分……一本又一本的笔记，帮助我获取知识与成绩，也成为同学们在期末时的"焦点"，更见证了我的大学生活。

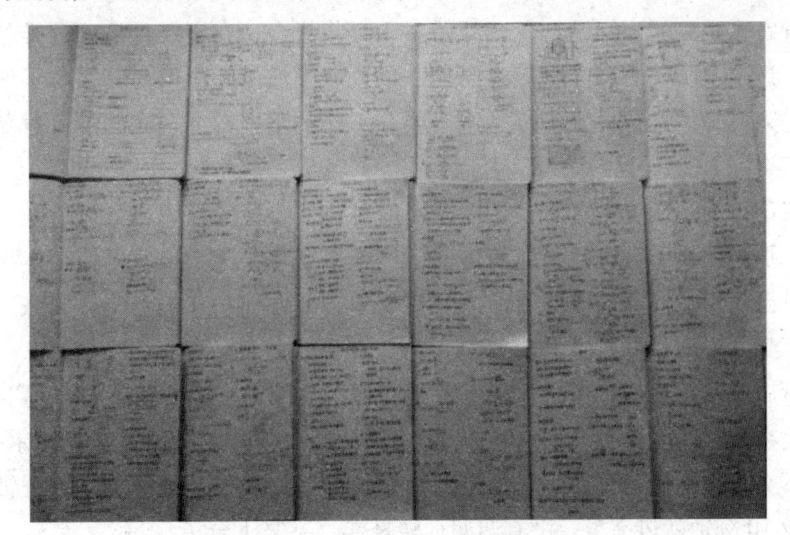

四年后的现在，回忆我的大一生活，或许我因为孤寂的学习，失去了许多社交和娱乐的机会，但如果重来一次，"虽然辛苦，我还是会选择那种滚烫的人生"。大一为我带来的知识基础和学习习惯，让我在发展其他方向时，有足够的底气和自信。我记在笔记本上的每一个知识点，推导的每一个公式，都是为了让我遇见更好的自己。

**相差 1 名的收获**

大一结束后，我的学习成绩在学院是第 1 名，摆脱 36 分的"噩梦"，正当我认为自己越来越"强大"的时候，新的考验到来了。

每年一次的国家奖学金（下面简称"国奖"）评选开始了，我满怀期待，准备报名，可是当我看到评选参照的是综合成绩时，却傻了眼。我一直静心学习，"两耳不闻窗外事"，学习成绩一马当先，但是科技创新以及各项活动的成绩却十分惨淡，最终的综合成绩排在第 4 名，国奖名额 2 人，按 150%的比例入选 3 人进行答辩差额评选的规则，就差 1 名我与国奖答辩资格失之交臂。

不过，我这次没有像高考失利那样自怨自艾，与其"怼天怼地怼空气"不如"好好怼怼自己"。现在回想起自己对待这件事情的态度可能本身就是一种成长,遇到问题的时候,从自身找原因,这是解决问题最有效的手段。这1名的差距,让我意识到向其他方向发展的重要性,虽然承认自己身上的弱点是一件很难受的事情,但当我能面对自己的弱点时,就向前走了一步。我十分"社恐",不善于交际,让我去参加一些我认为"无用"的活动,还不如让我在自习中度过一天,所以我大一不常参加学院的活动。

现在意识到这个问题,我就开始主动寻找机会,在室友岳浩轩的推荐和鼓励下,进入了防艾协会。防艾协会是一个致力于加深同学们对艾滋病了解的社团,对防艾知识进行科普宣传是这个协会工作的重要内容,我就不可避免地要上台宣讲。

我记得第一次上台宣讲,是在社团内对防艾协会的社团成员进行防艾知识科普。那时的我十分青涩,即使事前已经把稿子背了无数遍,即使台下大部分都是自己认识的同学,即使稿子内容很简单,上台前,我仍然十分紧张,手脚冰凉,坐立不安,厕所去了3次!

事后室友跟我说,当时他都不敢跟我说话,感觉一说话我就会"崩"了一样。我在台上的发挥就更加不令人满意了,腿会微微发抖,大脑会偶尔空白,绝对不会自由发挥,只会一味输出背诵好的讲稿。由于语速过快,15分钟的稿子,我10分钟就讲完了,没有谢谢,转身就"逃"下台了。

应该说,这不是一次成功的宣讲,但是很奇怪,自从那次后,我仿佛通过了什么仪式或是考验一样,第二次上台就没有那么紧张了。随着次数的增加,和同学给我的鼓励,我不仅熟悉这一过程,竟然开始享受这一过程,我偶尔可以自由发挥一些内容,可以对着熟悉的东西freestyle,我越来越自信了。

在上一届社团主席吴颂文学长、校医院赵一林医生的帮助下，我开始熟悉各种防艾知识和活动的举办技巧。成为社团主席后，我和防艾协会的成员，引入了一些轻松的宣传方式，将防艾宣传片与宣讲相结合，承办全国大学生预防艾滋病知识竞赛等。

我逐渐从一个宣讲时腿会发抖的"社恐患者"，变成了享受讲台的"自信"宣讲者。也是防艾协会的经历，大三时，团委换届，在吴颂文学长和室友岳浩轩的鼓励下，我凭借自己的社团运营经历与管理理念，当选了团委社团管理中心主任。我用自己的切身经历，为各个社团提供更加周到的服务，开启了更丰富的社工经历。

大二结束后，我有幸以综合、专业第一的成绩踏入了国家奖学金的答辩教室。自我陈述结束后，王书记问了我一个问题："去年你因为德育成绩不够，智育成绩第一却没能获得答辩的资格，如果今年你还是没能获得国家奖学金怎么办？"我微笑着回答："没什么，明年接着来答辩呗。"因为国奖已经不是我的全部目标了，但行好事，莫问前程，不断成长，如此便好。在三年中，我共计获得荣誉近30项，其中包括国家奖学金、第十七届"挑战杯"全国大学生课外学术科技作品竞赛国家三等奖等。当我们朝着一个目标奋进的时候，收获的常常大于这个目标。

尼尔·唐纳·沃许（美国著名作家）说过："真正的人生始于你走出舒适区。"1名的差距使我与国奖失之交臂，却"意外"推动我走出成长舒适区，从这个意义上说，我真正的大学生活是从大二开始的。

## 10所高校offer的肯定

在保研季到来时，我已将学优保研资格稳稳握在手中。保研虽然无需参加全国性的笔试，但仍需通过各高校举办的夏令营、预推免等途径参加面试，以获得入学资格。为了获得更多的可能性与更大的机会，我开始了各高校夏令营的海投模式。

这是一个持续"受折磨"的过程，参加夏令营需要准备很多东西，首先是投递个人材料，包括简历、个人陈述、成绩单、证书等等，寻求获得入营资格；其次是联系心仪高校的意向导师，寻找一个双方都满意的导师；最后是夏令营入营后最重要的面试环节，这一环节包括自我介绍、英语问答、自由提问，自由提问的内容涵盖大学经历、专业知识、比赛项目细节等等。面试通过并拿到优秀营员后才算初步获得了一所学校的 offer。

准备夏令营的两个月里，我每天都忙碌到深夜，特别是为了面试环节的提问，我需要一遍又一遍地复习。专业课让我越读越"薄"，一开始几天才能复习完一门专业课，我到最后两天就能看完全部的专业课和数理基础课的重点内容。

在某大学的面试中，面试老师从我的项目入手，以 OFDM 为切入点，一层一层持续追问，将理论、实际应用情况和解决问题的方法问得很细。很多学校的老师对水声领域的现象和现状也很感兴趣，我都能对答如流。

在某大学的夏令营中，我在通过面试后获得了优秀营员，但是因为经验不足，没有提前联系导师，在优秀营员公布后，很多很好的导师都已经提前与其他同学确定了意向。在意识到这一点后，我感觉要与这所我很喜欢的学校失之交臂了。我还是抱着一丝希望，积极与老师联系，最终在与一位老师电话交谈后，在他的推荐下找到了一位很好的老师。这种与陌生人的"社交"是大一的我绝对无法做到的。

夏令营是一个不断交流的过程，这个过程的开始，注定是陌生、迷茫且痛苦的，需要不断摸索，需要向学长学姐寻求经验，需要向家长老师寻求建议，

需要向意向导师寻求了解……如果没有三年全方位的积淀和充分复习是无法顺利通过这些"火眼金睛"的专家评委审核的，我最终获得了 10 所高校的 offer。

"旅行者，当你重新踏上旅途之后，一定要记得旅途本身的意义。提瓦特的飞鸟、诗和城邦，女皇、愚人和怪物……都是你旅途的一部分。终点并不意味着一切，在抵达终点之前，用你的眼睛，多多观察这个世界吧。"这段话我感同身受，大学也是一段旅程，走出自己舒适区的每一次遇见，都是到达终点的铺路石！

**同学感言 1**：和张科同窗四年，最打动我的是他的执行力和毅力。考上大学后大多数人就像脱缰的野马自由散漫，张科却一直保持着高昂的学习热情。即使在国庆这样隆重的节假日，我们都出去和朋友聚餐放松，他也依旧坚守在图书馆学习。这太难得了，耐得住寂寞，才能守得住繁华，说的大概就是他吧！曾经我问他是什么支撑着他始终保持这么好的状态，他说是一种不甘人后的精神，他想要挑战一下自己最好能达到什么程度。事实证明，坚持让他成为更加优秀的自己。

——同学 张余庆

**同学感言 2**：从"社恐"的新生，到卓越的学长，在张科同学成功的背后，是他长久的坚持和付出。还记得大一的国庆假期，当我还在规划自己的游玩路线时，张科同学已经走进教室，对新知识开始了预习。大学四年，我对张科同学印象最深的就是他的判断力和执行力。面对复杂问题，他能快速分清主次，抓住重点，进而解决问题，对自己制定的各项计划，能够按时甚至超前完成，这些都是我们很多人欠缺的。如果让我用一句话形容张科同学的大学生活，我想就是"一以贯之的努力，不曾懈怠的人生"。

——同学 岳浩轩

**辅导员感言**：天行健，君子以自强不息。大学四年，有的人或迷茫，或颓废，而张科，却能朝着自己的目标一直努力，四年的坚持与努力造就了一个"立体"的张科。学习、科创、社团，每一方面张科都能全身心投入，完善自己的同时，还能发光发热，面对学弟学妹们的疑问，他都会一一耐心解答，告诉他们自己走过的弯路，给出最中肯的建议。三好学习标兵、国家奖学金……努力终将得到收获，张科未来的路，一定会更宽敞，更明亮！

——辅导员 王浩宇

# 我是船海班"班长"

编辑：刘永超

### 故事主人公简介

王亦晗，男，中共党员。毕业于华中师范大学第一附属中学，2018 年考入哈尔滨工程大学，通过选拔进入 2018 级船海创新实验班，2022 年被免试推荐至上海交通大学攻读硕士研究生。曾获两次国家奖学金、高教社杯全国大学生数学建模竞赛省一等奖、全国周培源大学生力学竞赛省一等奖、ABS 美国船级社奖学金。获校优秀学生奖学金、学习标兵、优秀共青团员、优秀学生干部、三好学生等荣誉。

我的故事从选择精彩开始。如果用一句话来介绍大学的"我"，我愿意用在雪地上画图的船海班"班长"来介绍自己。

### 写在雪地上的物理题

首先跟大家说说雪地上画图的故事。刚进入大学，我还是和高中一样，只是被动接受书本上的公式与定理，但这样的学习模式总会让我觉得不通达、不透彻，没有把知识真正纳入认知体系。直到大一参加了一次讲座，我听到教授用"荡秋千的时候，每到最低点的时候推一下"这样形象化的描述来解释复杂的共振问题，让我瞬间加深了对共振的认知。我这才逐渐意识到，对生活或学习中遇到的很多知识、理论、方法，仅仅是"知道"或"接受"无法建立自己的认知体系。我从此便开始尝试将感性认知与理性思维结合，通过类比与模型化的方式去理解问题。例如在学习大学物理时，对于非理想绳的张力问题，我在进行微段的受力分析之后，尝试闭上眼睛想象绳在滑轮上受到的力与约束的关系。通过深入的思考，我认为绳的每一个微段可以类比为火车的一节节车厢，受到"车头"的拉力，并将"剩下的"力继续传递给后面的微段，这样形象化的类比帮助我更好地理解了这类问题。我慢慢地也建立起了自己的一套思维方法：剖析本质、建立形象化的思维，再用自己的语言进行描述，最终将复杂的知识内化。仔细想来，前人所说的"把书读厚再读薄"似乎也就是这个道理。

我在找到适合自己的思维方式之后，学习思考的成果是显著的，但过程却往往也是痛苦而漫长的。有时我也会因为思考而感到疲惫，有时也会想要躺平放弃思考，但不久之后的一件事让我真切地感受到了思考带来的快乐。大二，我和同学自习结束后在一起回宿舍的路上，天空下起了小雪，我们对一个物理问题产生了争论，但用手比画图形根本无法形象表达自己的思路。情急之下我冲到雪地上开始画出自己想象的图形，同学愣了一下，但很快也参与其中，于是两个人蹲着在雪地上画图的场景便出现了。图形画好后，我们各自讲出了自己的逻辑，最后发现各自的理解都有错误的地方，但经过双方的辩论、纠正与整理之后，这个问题终于得到了完美的解答。得出结论的那一瞬间，我仿佛打通了"任督二脉"，至今我仍能记得，我们蹲在雪地上忘我地讨论，那种思维碰撞带来的喜悦感，以及最终豁然开朗的那种满足感，让我深深感受到，除了知识与能力上的提升之外，思考带来的无穷乐趣本身也是一种莫大的回馈。

自此之后，深入思考的习惯便一直伴随着我，对核心基础课程的学习，我都会推证书上的公式，与老师和同学共同讨论并更深入地理解知识点。而在辩论中，我也对各类问题反复思辨，与队友深入探讨，得到新的想法。建立思维模式就像是化解难题的武器，而在思考中得到的乐趣与成就感是不竭的动力，二者相结合，就可以在漫漫前路中披荆斩棘。其实在找到思考方法并养成习惯之后，我们会发现求知的过程痛并快乐着。我们兜兜转转找到了正确的思路，又咬着牙克服了思考中那畏惧与懒惰等负面情绪，最终将知识内化于己，产生新想法、新思路，这样的喜悦与成就感是无与伦比的。如今我依然愿意称自己为一个在雪地中画图的求知者，我愿意在求知的过程中挑战艰难困苦，我也期待深入的思考最终带来的那种纯粹的快乐与满足。

**我是"王班长"**

其实在最初成为船海班班长的那段时间里，我的工作并不顺利。班级中许多同学有着鲜明的个性，有时下达班级通知并不顺利，组织集体活动时也会磕磕绊绊。加上我自己本身就是个急性子，有几次都在分配任务时跟其他班干部吵了起来，我反而觉得自己活也干了，力也出了，但最终却吃力不讨好。记得有一次我找到辅导员倾诉，辅导员则耐心地告诉我遇到困难需要多交流沟通，处理人际关系需要真诚、主动，冲突时也要冷静下来想想自己有什么问题。

我逐渐也开始面对自己的缺点，邀请发生矛盾的同学来寝室聊天，主动承认了自己的错误；我也会拿着两瓶可乐找到遇到心理问题的同学，倾听他的倾诉并给出建议；我会帮助同学解决学习方面的问题，在课后组织习题研讨；我也曾在同学生病时到寝室给同学送去药品。班级同学之间的关系慢慢变得更加融洽了，同学们会体谅我的困难，支持我的工作，大家见面也都会亲切地叫我一声"班长"。

我真正获得"王班长"这样一个称号，得从大二说起。当时我报名担任"新生导航员"，看着大一新生们茫然的面孔，我仿佛看见了自己刚入学时面对着新生活无所适从的样子。我想起了部门的学长将我带到寝室，手把手教我发新闻，教我使用相机，他让我快速成长为能独当一面的人。辩论队中的几个学长学姐手把手教我写稿，带我入门做科创，告诉我做数学建模的经验，让我少走了许多弯路。我于是对所有见过面的新生们说，你们之后无论遇到了任何学习、生活等方面的问题，都可以来联系我，我一定会尽力给予你们帮助，因为当年我的学长学姐们也是这样不遗余力地帮助我，我想把这种"传统"传承下去。得知我是船海班班长之后，我担任导航员的那个寝室的同学也亲切地称呼我为"王班长"。

不久之后，就有学弟学妹们约我去了一个研讨室，向我请教微积分方面的问题，我抽了一下午的时间，将我所记得的所有知识点向他们讲解了一遍。自那以后便陆续有更多的学弟学妹向我请教，新冠肺炎疫情那学期我整理了自己的手写笔记，方便大家参考复习。之后，随着我年级的增长，大学物理、材料力学、结构力学、流体力学课程，我也多次与学弟学妹们分享自己的理解，多次应邀分享自己的学习经验。令我感到欣喜的是，许多学弟学妹将我当成他们的知心朋友，无论是学习上遇到的困难还是生活中遇到什么难事，都愿意找我倾诉，遇到困难也会找我帮忙处理、解决。"王班长，这两天有空吗？我约个研讨室，流体有点学不明白了""王班长，请问这道题能帮我看一下吗？我思路好像卡住了""王班长，请问在数学建模方面有什么建议吗？我第一次参加，没什么经验""王班，我最近emo了，周末能出来一起聊一聊吗？"……这样的话语已经成为我生活中的日常，我已然成为同学们眼中认真负责的班长，学弟学妹眼中有能力、有经验的学长，"王班长"的称呼也广为流传。

其实帮助别人是一件快乐而有收获的事情，帮助他人总结知识点，其实也促使自己理清了思路框架，构建了自己的知识体系。在帮别人渡过难关，给予一些建议时，我也能收获人生哲理的思考以及真挚的友谊。每次学弟学妹向我表达感谢的时候，我都会告诉他们，我在大学里遇到的老师和学长学姐都会耐心解答我的问题，帮助我解决困难。这一路上得到的无数经验和支持，让我慢慢积累和成长，才铸就现在的我。我所希望的是，一届又一届的同学们能够将所学所知、经验教训、人生感悟等不断传承下去，在学弟学妹们最迷茫、最无助、最需要指导的时候给予一点力所能及的帮助。这样的传承与帮助对我们而言也许只是举手之劳，但对于困难中的那些人，也许这是指路的明灯。

### 我在船海班

我人生中做出的第一个重大决定是考入船海班。我对船海班的了解是从高考报考开始的，我高考发挥并没有达到自己理想的目标，但哈工程严谨的学风和高水平的科研，尤其在船海领域的地位吸引了我。开学前，本科生院老师电话联系我，说我符合船海班报名资格，向我介绍了政策，问我是否有意愿。经过深思熟虑，我告诉家人决定考船海班。家人虽然对我的选择有过质疑，一方面我对这个专业有兴趣，我的能力与执行力可以支持我坚持科研与探索，抵达一个理想的高度；另一方面这个平台可以让我遇到很多优秀的、有思想的同学，还有最优秀的老师授课，让我获得一些与知名学者接触的机会，见识到很多不一样的东西。听了我的分析，他们最终赞同了我的想法。从此之后，家人们也逐渐打消顾虑，很多事情放心让我自己去做决定。

"爸，我决定竞选班长，当学生干部挺锻炼能力的""我加入了辩论队，觉得会对思维和表达有很大帮助""奶奶，我打算去读研，导师学术水平很高，我已经联系好了"……每一次跟家里人打电话，我的室友总会打趣，说我有着极高的"家庭地位"，似乎所有事情都有着自己的"决定权"。其实所谓的"决定权"来自每次做出选择时，我的深思熟虑、有理有据。我选择精彩而充实的生活，逐渐也就得到了家人的认可与尊重。我也曾经抱怨父母对我的约束和质疑太多了，但现在看来，他们也只是想站在一个阅历更丰富的角度上，一再向我确认做出的选择到底是不是足够理智、足够深思熟虑，只是对我的能力、阅历、责任感和自制力还不够放心。当我真正学会了成熟冷静、深思熟虑地做出选择，有理有据地说服父母时，他们其实也会为我们的成长和蜕变感到欣慰，给予我们更大的自由、空间，以及更多的尊重。

选择深入钻研核心课程知识、参加科创与竞赛、加入辩论队、担任学生干部、阅读很多课外书籍、欣赏好电影、参与志愿活动……回顾本科期间，我做出了许多让自己满意且受益至今的选择。现在回想起来，最初选择精彩与挑战的那一刻其实是经历了许多犹豫的，毕竟克服惰性、走出舒适圈着实是一件很难的事。一旦克服了最初的惰性与犹豫，慢慢地就能感受到快乐、幸福与成就感，这是一个正反馈的循环。我非常感激当初的自己，能够咬牙坚持，为自己开启一种积极、充实的生活模式。精彩其实不是一种机遇，而是一份选择。世之奇伟、瑰怪、非常之观，常在于险远，选择为之进取，才能获得对应的幸福、满足与成就感，这也是我做出人生选择时所秉持的信条。

**同学感言1：**王亦晗学长对于我来说，一直是一个亦师亦友的存在，在我遇到学业问题时，他不仅能够指导我解决问题，还会教给我思考问题的方式，引导我探索问题的本质，让我体会到学习的乐趣。当我在生活上遇到问题时，与他聊天也总能让我受益良多，他会耐心地与我一同分析问题所在，并给我一些建议和下次该如何避免此类问题的方法。我从他身上学到了很多，也很幸运与他相识。

——同学 张景轩

**同学感言2：**王亦晗学长是一位极富活力、感染力、亲和力、令人敬佩的好学长，更是一位亲切的兄长。他沉着冷静的决断、说一不二的执行力，对人生、对世界的思考和对生活一贯的热爱都让他更加立体、鲜活。无论是学习难题还是生活压力，他对我们这些学弟学妹的照顾可以说是极为细致而全面的，你永远可以相信我们亲爱的"王班长"。同时他的言行态度都潜移默化感染着我们，让我们有了更明确的目标、更理智果断的决策、更积极进取的学习态度。王班长用他四年的努力学习、认真生活的经历为我们树立了绝佳的榜样。跳出舒适圈挑战自我、面对困难积极乐观不言弃、乐于奉献勇于担当,这些优秀的品行都值得我们向王亦晗学长认真学习。在我看来,王班长的大学生活过成了我最羡慕的样子。

——同学 吕可

**辅导员感言**：王亦晗同学大学四年的学习成绩始终排名第一,成功的背后离不开他对学习的执着。还记得2020年学生返校工作,亦晗担任返校志愿者,我发现他一有空闲时间就蹲在墙角看书,他说老师我们明天还有考试,我趁着空再复习一下,我想这就是他为什么能够取得如此学习成绩的原因之一吧。目前,亦晗已经保送攻读硕士研究生,希望他能够在今后的学习中,继续保持他对追求知识的执着,力争在新起点取得更高的成绩。

——辅导员 刘永超

# 读书　行路　阅人

编辑：李雅倩

故事主人公简介

毛佳一，男，中共党员，2019年考入哈尔滨工程大学智能科学与工程学院自动化专业。获得国家奖学金二次、校优秀学生奖学金三次。获得中国国际"互联网+"大学生创新创业大赛国家级铜奖，全国大学生数学竞赛省二等奖，智能车竞赛优秀志愿者，机甲大师高校联盟赛优秀志愿者，校三好学生标兵、优秀共青团员标兵等荣誉称号。

三年的大学时光缓缓流过，沉淀下一生难忘的经历与记忆。细数取得的奖项荣誉，薄薄几页纸，却承载了无数个行走在哈工程午夜孤独而坚定的身影。我的大学成长故事可以用"读书、行路、阅人"三个词来概括，我想这也是我以后人生成长的基本途径。

**读书：思辨尚奥，求索务高，因为我们的归宿在凌霄**

《微积分》与《线性代数》是大学最重要的基础课。我在高中时对微积分有过接触，学习过程还算顺利，而线性代数在之前只是有所耳闻，刚刚开始学的时候很不适应。我一直认为作为一名工科生，学习的目的绝对不是仅仅为了考试，其背后的思维方法对未来生涯发展更为重要。在学习时我常常被内心里这样的声音给问住"这个知识点的本质是什么？脱离了课本上的定义你该怎么描述这一个知识点？"比如《线性代数》第一个知识点——行列式，课本首先从晦涩的逆序数角度对行列式进行定义，我直到学完行列式这一章节仍不明白行列式的具体意义是什么，为此我很是苦恼，总觉得自己没有真正掌握这个知识点。

后来在一次跟学长交流时，我了解到其他的学习资料，这些资料对课本的原有知识进行了扩展。不同于一开始就介绍矩阵、行列式的传统线代书籍，这些资料直接介绍线性空间和映射，甚至将行列式放到了最后。当时我随身携带这本书，有空就拿出来翻翻，我认为不一定要把这本参考书完完整整地看一遍，课本上理解不了的知识点，就对应着看看这边参考书怎么讲解，有时就为我提供了一个新的看待问题视角。比如从向量的角度理解行列式的几何意义，让我意识到行列式本质上是以式中多维向量为边，在其 n 维空间形成的 n 维体的体积，这样我更加接近本质地理解行列式的来龙去脉，进而对整个线性代数的逻辑有了更好掌握。弄懂了一些原理本质之后，再看每个知识点、每个章节之间的关联就如庖丁解牛，我在这门课后续的学习中轻松了许多。

《卡拉马佐夫兄弟》中说"思辨尚奥，求索务高，因为我们的归宿在凌霄"。我深刻思考，搞明白知识本质与知识点之间的关联是深入学习的基础。学习时要想得深一些，尽可能去思考知识背后的本质。尤其是一些数理基础类课程，很多时候多想一层就会发现很多知识点之间的联系，这对真正理解知识很重要，这样抓本质的学习方法也对我之后的学业发展启发良多。

**行路：真正的幸福存在于建设性的工作之中**

2021年8月，我参加了"互联网+"大赛项目受邀前往黑河、亚布力进行项目路演。我作为主讲人，要在台上进行项目介绍，回答评委团队提出的问题。在人们面前讲话是我从小时候起就比较抵触的，这次我主动请缨担任主讲人，上台路演答辩，也是为了克服自己胆怯的"心魔"。台下是教授和企业家组成的评委团队，要想将项目讲得通俗易懂，首先自己要做到对项目技术方案细节熟稔于心。我记得当时在黑河住宿的时候安排各学校队员混合住宿，与我同宿舍的是另外一所高校的学生，因为怕打扰别人休息，我凌晨到酒店大厅准备路演稿和答辩稿，自己一遍遍排练答辩，后来因影响别人休息，被大厅保安"请"走。没办法，我只好又去大厅旁边的餐厅练习，因为是半夜，餐厅不让开灯，于是凌晨两三点我独自一人在没开灯的餐厅里打着手电筒，一遍遍排练着路演时要讲解的内容。害怕中带着点孤独，孤独中带着点勇气，现在回想起那段经历，自己就是黑暗中的"孤勇者"，这身影可能就是奋斗的模样。第二天路演结束之后我们的项目得到评委们很高的评价："哈工程在船海领域确实实力非常强。"作为哈工程学子，那一刻我无比自豪，这次路演是我记忆中最开心的一次远行。

在课余时间，我积极参加公益活动。在参与学生工作的过程中，我提高了沟通能力，多任务协调处理能力，意识到了责任心的重要性。在科研立项部工作期间多次参与组织科创讲坛的举办，与许多学术大牛有了近距离接触的机会。

在一次次活动中与学长学姐们团结协作，让我对集体荣誉有了更深理解。在青年志愿者协会工作时常常要去临近的小学为孩子们讲课，为贫困地区学生捐赠书籍，这些经历使我切身地体会到当代青年肩负的责任与担当。

罗素的《幸福之路》中说："真正的幸福来自建设性的工作。"只有看着自己为之奋斗的事情一步一步向好发展时，那种幸福感才是最踏实的。走更远的路，积极参与更多的事，可以看到更美的风景！

**阅人：世之奇伟、瑰怪，非有志者不能至也**

——王安石《游褒禅山记》

大一下学期，受新冠肺炎疫情影响，我未能正常返校。坦诚来说，离开学校后，独自一人在家待着，感觉失去了大学里独有的学习氛围，学习的积极性不高，上课很多问题不求甚解。日子就这样马马虎虎地一天一天过去，眼见开学的日期渐渐接近，做题却还是一提笔就愁肠千结。这种状态必须改变，怎么办呢？

自己总结原因，觉得还是因为在家学习时分心的因素太多，于是我想回到高中进行复习。距离返校还有一个月的时候，我们当地的高中已经开学了，于是我联系了我的高中老师，说明了我回到高中复习的想法，老师欣然支持，然后我在高三班旁边找了一个空教室，把复习资料搬过去，安定下来，开始了一段特殊的奋斗之旅。恢复到高三朝五晚十的作息，在早上六点的上课铃声中，我和高三学生一同走进教室，晚上十点，我和最晚回家的几个学生一起骑车回家，高中老师都对我当时展现出的勤奋表示诧异，这也算是重走初心路吧。大学物理、概率论、工程制图……我把之前上课没有弄明白的问题一个一个解决。终于，我在开学前把知识点查缺补漏、掌握扎实。在充分的准备下，返校考试也没有让我失望，我取得了学院第二的成绩。

这件事情也让我深深明白了一个道理，"工欲善其事必先利其器"，一个没有干扰的环境对于学习效率来说是至关重要的。我同时也更体会自律的重要性，如果没有下决心做出改变，自律地坚持自己的计划，可能在家依然是学一会儿玩一会儿，把时间都消耗掉了。

大二上学期，理论力学、复变函数等课程排满了课表，学业上迎来了前所未有的压力。我常常在61号楼的走廊学到深夜，每次深夜回寝，总能看到几个同样晚归的同学。我也知道，他们的心情必定和我一样，虽然疲惫，但是充满了进取的满足感。王安石在《游褒禅山记》中感叹："世之奇伟、瑰怪，非常之观，常在于险远，而人之所罕至焉，故非有志者不能至也。"也正是每个夜晚的

苦读，让我得以拥有大多数人从未欣赏过的风景。凌晨回寝路，月光如水、树影交横。路灯中的杨柳变成金色，如夕阳中的新娘，屋脊上啸天虎的黝黑剪影在夜幕中清晰可见。有时满天都是星星，好像一场冻结的大雨，有时墨蓝的天上布满一片片粉红色的云，这是哈工程媚人的午夜，是我记忆的珍藏。

大学生活还让我养成了一些受益颇丰的好习惯，比如从大一开始我坚持健身，我每天都会晨跑 3 千米，下雨下雪时便在 61 号楼内跑步，每次锻炼完感觉这一天是在自己掌控计划下开始的。我也把这种小习惯的观念应用在别的方面，暑假在家，我每天都会骑动感单车健身，利用这个时间我会背三到五页六级词汇，每天背的很少，少到可以轻松执行，轻松执行则为长期坚持提供了保证。很多这样的小习惯长时间坚持下来，还可以让自己在面对困难与挑战的时候更加自信。

**同学感言 1**：毛佳一同学大一刚刚入学时，我对他的印象是学习态度很认真，成绩特别好，能把老师布置的任务完成，排名非常靠前。随着对他深入了解，发现他不仅仅在成绩上能在全年级 500 人排第一，在科创、学生工作等方面也有令人羡慕的成绩。他积极参加各类竞赛以及担任科协部长，能够在课业压力极大的情况下一边将成绩保持接近满分的水平，一边将科研和学生工作都做到尽善尽美。和他交流中发现，他不单单是"卷"，而是有自己的想法和志向，以及有对自己的高标准、严要求，学习、科研、学生工作都是和自己的兴趣相关。每当周围同学们提到他时，都很羡慕，他便是大家大学时期优秀的标杆。我们可以说是亦友亦师，平时是好朋友，但是在交流过程中能给我带来很多思考，也能提醒自己要努力进步，向优秀更靠近一步。

——同学 朱力新

**同学感言 2**：在认识学长后，与学长有过诸多交流，学长待人礼貌、乐于助人、学识丰厚，每次向学长提出自己的问题，学长都会热情地回复我，并且延伸到更大的范围，使我能够更清楚地认识到自己身上所存在的问题和我在做出一些选择后将要面临的优势和劣势。在学长的帮助下，我也取得了一些成绩，使自己变得更加优秀。同时也希望学长在未来能取得新的成就。

——同学 金成政

**辅导员感言**：严于律己是毛佳一的处事原则，他坚信"越自律，越自由"，用实际行动履行着"世上无难事，只要肯登攀"的信念。无数个深夜见证着他勤奋学习的身影，清晨的校园见证了他风雨无阻晨跑的身姿。"纸上得来终觉浅，绝知此事要躬行"是毛佳一探索新知的信条，在学习专业课程之余，他积极参与科创竞赛、科研实习，将知识化为脚踏实地的经验。"有一分光便发一分光，有一分热便发一分热"，组织立项、宣传母校、科普支教，他在服务同学中体现自己的价值。相信他在未来的学习生活中也能不忘初心、追求卓越、力争上游。

——辅导员 李雅倩

# 敢于直面"麻烦"

编辑：王浩宇

### 故事主人公简介

李静萱，女，中共党员。毕业于济南市历城第二中学，2018年考入哈尔滨工程大学水声工程学院，2022年被免试推荐至浙江大学攻读博士研究生。获国家奖学金2次、国家励志奖学金1次、校优秀学生奖学金4次。获全国大学生数学竞赛（非数学类）二等奖，黑龙江省大学生电子设计竞赛（TI）杯二等奖，蓝桥杯全国软件和信息技术专业人才大赛黑龙江赛区单片机设计与开发大学组三等奖。获校优秀共青团干部标兵、优秀学生干部标兵等荣誉称号。

四年前，我步入大学校园，原以为经历了痛苦的高三和紧张的高考后，我的大学生活将会充满轻松和惬意，然而各种"麻烦"却接踵而至，学习上的，工作上的，科研上的……各种事情烦琐且无厘头。在经历过很多"麻烦"之后，我慢慢发现，只要有了开始，这些"麻烦"就会一步步被解决，那些所谓的"麻烦"其实是自己成功路上的垫脚石。

**直面学习中的"麻烦"——整理"复习笔记"**

入学后的10月初，学院组织一次模拟考试，考试重点是学过的微积分和线性代数。我虽然考试之前有复习，但是当我看到一个题目在脑海里搜索知识点时，我脑海里的所有知识如同一块块橡皮泥，全都揉在了一起，我根本无法将其提取出来，甚至在考线性代数时，我脑子里想的都是微积分内容。这次模拟考的结果可想而知，砸了！

远远低于预期的考试成绩，这逼着我反思自己这一个多月的学习状态，我发现我的学习方法有问题，还停留在高中，无法适应大学课堂速度快、内容多的学习节奏。我开始向周围的同学请教，询问他们学习方法，经过多次尝试，整理"复习笔记"是比较适合我的方式。我原以为大学的学习和高中不同，只要认真听讲，紧跟老师的节奏，简单在书上记一记重点，就没有学不会的知识，根本不需要整理笔记。现在看不是不需要整理笔记，而是换一种记笔记的方式。

我的笔记分为两种，一种是课堂笔记，另一种是复习笔记。前者在课堂上紧跟老师节奏，了解知识重点在书本上圈圈画画，它不要求对知识本身有自己的理解；后者则是在课堂笔记的基础上，掌握知识重点，形成知识框架，加之自己的思考而形成的。

在高数、大学物理和理论力学这种较为枯燥的理论课堂上，我几乎是懵懵懂懂的状态，课上讲的定理非常陌生，公式非常深奥，推理过程非常复杂，并不能时刻跟随老师的节奏。因此，课后的复习和整理笔记对我来说是十分必要和重要的。

但是实际操作，对我来说确是个"麻烦事"。记得开始整理"复习笔记"的那段时间，坐在自习教室中，翻开书和笔记本，我既犹豫又纠结，一是不想二是怕。不想的是课上讲了几十页的内容，几乎是陌生的，我梳理并整理下来要耗费很长时间，怕的是我整理下来还是对知识不理解白费功夫。但是我又不得不整理，因为课上确实没有听懂，如果不梳理，下节课会更听不懂，周而复始，这门课自己注定是学不会的，一门课如此，门门课都如此，那么自己学业就会荒废。

"反正早晚都得记笔记，不记就不会，越晚记浪费的时间越多"，我就这么想着，于是就开始在笔记本上写字。我首先会先把老师上课讲的PPT、书本内容以及课上书中写的知识点一字不落地看一遍，在看的过程中，把PPT上自己遗落的知识点再摘抄到书上；其次对照课本，心中列好提纲，想好本章该以怎样的顺序记录，如果某一章的内容老师没有讲完，我会把这一章剩余的内容浏览一遍，再思考该怎样记才有助于自己理解和记忆；最后我会再从头到尾看一遍书，边看边在笔记本上记，直到记录完成。笔记的记录并不是把书再抄一遍，而是有选择地记录课程重点，对公式的推导，了解推导过程并实际推导一遍后，在笔记本上记录结论性的公式。对大段的文字，列好条目之后只需按条记录，对多种方法，做好方法的对比，后期复习一目了然……大学期间，我整理复习笔记20余本，至今我依然保留。

现在想想，整理复习笔记就是化繁为简、消化吸收的过程。在期末复习时，我可以完全抛弃课本，只看我那十几或者二十几页的笔记就可以掌握本门课的重点。因此，当别人一两个星期还在啃课本复习时，我一个下午就可以复习完毕，然后就是物理100分、线性代数99分、数字信号处理98分、信号检测与估计96分……

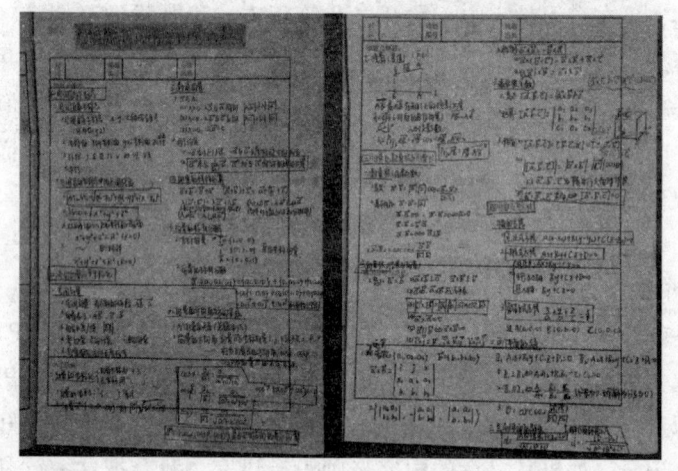

### 直面工作中的"麻烦"——思考与规划

上大学时，我一直都在学院担任学生干部，从部员到副部长，从副部长到学院团委常务副书记，遇到的"麻烦"事，从小到大，从少到多，小到群里发布的通知，大到组织全国性赛事，少到整理一份文件，多到汇总学院团委近五年在团组织、实践和科创方面的成果。随着这些"麻烦"事的解决，我的经验随之增加，心态也逐渐成熟。

我印象比较深刻的是2021年清明节，学院举办"缅怀革命先烈·传承红色基因"的活动，除了我们学院五大学生组织的部长参加外，还有学校军工英才班成员和研究生支教团代表,这个活动学院乃至学校都非常重视。我作为负责人,刚收到这个任务的时候其实是比较兴奋的,因为能在自己任职期间举办比较大的活动是老师对我的信任,也可以展现自己的能力。我之前也组织一些学生活动,为了保证这个活动顺利进行,我还特别搜集了一些相关资料和视频,借鉴他们的做法,信心满满地准备上阵。

结果,各种"小事情"接踵而至。活动时间怎么定,要避开大家上课的时间,也要避开学校其他的大型活动。活动地点怎么定,场地是否需要预定,怎样预定?场地内是否能容纳足够的人,场地能否允许我们开展一系列活动。活动内容确定后,由于总时间的限制,每项内容具体时间怎么定,前后顺序怎么排,活动所需要的物品需提前准备,谁负责购买或借用,主持人、演讲者怎么定,主持稿和演讲稿谁来写。活动过程中视频的拍摄谁负责,活动结束后新闻谁来出……我因为没有经验,不懂得规划,感觉麻烦事"按下葫芦浮起瓢"。沮丧、焦虑、无助各种情感一起涌上来,我想面对又不敢,想放弃又不能。还好这时候,团委书记老师指导我与各位部长,充分考虑到活动的细节,做好分工,将一系列问题一一解决,保证了此次活动顺利完成。

事前认真演练,做好规划,这是学生干部工作给我带来的最大成长。遇到"麻烦"事,我可以更从容应对,我不会再闭门造车,而是更多地征求身边老师和同学的意见。在缅怀革命先烈活动之后,我又陆续组织参与了各种大型活动,如:承办中国TRIZ杯创新方法大赛和组织建党100周年相关活动等,为学院团委获得"省五四红旗团委"乃至"全国五四红旗团委"贡献了自己的一份力量。做到思考,做好规划,我相信无论是对学习还是工作,这都是我不可或缺的宝贵经验。

### 直面科研上的"麻烦"——弥补英语短板

保研成功后，研究生导师便督促我学习，阅读英文文献是科研基本功，也是入门砖，因此，导师要求我每周阅读英文文献，并做好周报发给他。我英语基础并不是很好，最开始读英文文献时，我选择直接阅读文献原文，将不会的英语单词借助翻译软件翻译，然后标注到原文中，但是这样对于我来说仍然是一件很艰巨的任务。我总是读下文忘上文，读摘要甚至需要花费几个小时，都读不明白，更不要说引言和正文了。那时候一提到阅读英文文献，我就觉得要花费好长时间、好多气力，好"麻烦"！不自觉地开始偷懒，我先把英语翻译成中文，然后读中文，这样一来，阅读速度提升了，但是用英语软件翻译出来的很多专业术语都是错误的，这样在读不通顺的地方，只得再将翻译过来的中文与英语原文比对，然后再理解，其实这样也很费时间。就这样进行了几周，我还为自己找到了学习的"捷径"而沾沾自喜，可一次学术交流让我备受打击。

那是2021年，我参加线上第三届中巴海洋论坛，本次论坛专家学者齐聚云端，共商海洋环境，旨在促进双方在海洋信息相关方面理论基础研究和前沿技术合作。论坛中，我发现各位专家学者在用英语交流学术，但我自己不仅无法说一口流利的英语，而且甚至根本听不懂他们在说什么！我想着我未来五年的博士生涯，想着我是否也会参加这种英语学术交流，那时候的我是否能说一口流利的英语，是否能写英文论文。再看一看，我现在阅读英文文献都费劲，还走"捷径"，一种羞愧感油然而生。虽然是线上会议，大家无法见面，但我清楚地记得当时我是红着脸退出会议室的。

痛定思痛，改变就从直接阅读英文文献开始。为了更好地阅读英文文献，我买了可以做批注的工具，因为我更喜欢边读边手写批注。开始的时候阅读速度确实比较慢，从早上开始看，晚上的时候才发现文章一半都没有读完，但是我开始能慢慢地理解文章框架和内容，我能将文章读懂读透了。直到现在，我已读百余篇英文文献，而且保持着每周读至少4篇英文文献的习惯，虽然仍不能很快阅读，但正常阅读已经不是我的障碍，而且能边阅读边思考，在阅读一遍后可以大体知道文章的内容和所使用的方法。我相信不久之后的某一天，在学术交流会上用英文侃侃而谈的那个人会是我。

回顾大学四年的学习生涯，回顾自己曾经经历的一个又一个"麻烦"：被自己翻了一遍又一遍甚至翻到破烂的笔记本，被自己写了一遍又一遍甚至烂熟于心的活动策划，被自己看了一遍又一遍甚至通宵达旦的英文文献……这些"麻烦"就是成功的"捷径"，是成长的台阶，带我走向更高更远的道路。我知道未来会有更多的"麻烦"在等着我，但我相信我的敢于直面就是我继续向前的最优路径！

**同学感言1**：我和李静萱是同班同学，她学习好，做事认真，这是我们班级同学有目共睹的，平时学习中有什么不会的问题我也经常向她请教，她总是会很耐心地讲解。尤其是在期末的时候，我也经常向她借笔记，她也会边给我看笔记边告诉我课程的重点，如果有不会的地方我也总问她。历年题她基本都会做，而且做得比较快，所以我问的问题她基本都能解答。

——同学 刘天怡

**同学感言2**：我和李静萱一起在学院团委共事两年，我们一起从副部长到部长，我们互相支持、共同努力，为学院学生工作尽自己的一份力量。她不光学习成绩好，还很有计划地完成工作。在故事中"缅怀革命先烈·传承红色基因"的活动里，我作为当时花篮的负责人，负责带领参与者向英雄敬献鲜花。我既是负责人也是参与者，当时我们建了一个群，因为活动参与的人员不断有调整，李静萱会对每一位新加入群的同学详细说明活动的流程以及各项事宜，保证所有人熟悉流程。这个活动的圆满成功离不开李静萱和所有负责人的周密安排，

113

离不开所有参与者的共同努力。

——同学 朱涣如

**辅导员感言**：业精于勤，荒于嬉。勤奋，努力，要强是我对李静萱的评价。学习、工作、科研的确存在很多"麻烦"，但是这些"麻烦"在勤奋与努力面前不堪一击。她连续两年获国家奖学金，任职团委副书记期间，水声学院团委获得省五四红旗团委称号，优秀干部标兵这些荣誉一直都是对她多年努力的肯定。虽已"荣誉满载"，但她仍努力向前，直面自己的不足，日复一日地阅读文献，一直精进自己的英语水平，相信不久之后一定会成为科研界的一颗新星。

——辅导员 王浩宇

# 助人者自助，"乐"施者卓"然"

编辑：王琦

### 故事主人公简介

黄乐然，男，中共党员，毕业于山东省青岛市第一中学，2018年考入哈尔滨工程大学信息与通信工程学院，2022年被免试推荐至清华大学攻读硕士研究生。获国家奖学金2次，校优秀学生奖学金5次。获全国大学生数学建模竞赛省级一等奖、黑龙江省大学生电子设计竞赛三等奖、校五四杯一等奖。以第一作者身份发表核心论文一篇。获校优秀共产党员、学习标兵、优秀共青团员标兵、优秀毕业生、三好学生、优秀共青团员等荣誉。

"一个独善其身，成绩差强人意的做题家"，这是对我前半段大学生活最真实的评价。但新冠肺炎疫情防控期间的一次合作，让我首次尝到在学习上"互助共赢、助人即助己"的甜头，我创办了从班级发展至学院的答疑组织。随着答疑规模扩大，更多的责任压到了我身上，逼迫我在各方面实现新突破，最终实现了向全面发展的蜕变。

### 求稳还是突破？

高中时，班主任经常向我们讲述她大学时的故事，讲述她如何从一个稚气未脱的少年，成长为一个在学业、科研和学生工作上独当一面的青年。一个个零散的故事串联成线，汇聚成我对大学生活的最初印象：全面发展的大学生活才最为绚烂，因此我的大学时光，就是一段践行此理念的奋斗史。

我的大学生活绝非一帆风顺。刚入学时，我渴望能像高中班主任一样为学生工作贡献力量，于是果断报名参加班委竞选，但却接连遭遇了班长竞选、科技委员竞选两场失败。无奈，我只得将参与学生工作的想法暂时搁置，转而将全部精力用在了学业上，成了考研自习室、公寓自习室的常驻客。我最终靠着严格的自律，大一两个学期的成绩均稳居班级第一。另一方面，竞选的失利说明表达能力有缺陷，限制了我的发展，为了尽快克服它，我加入了校讲解团，成为哈军工纪念馆的讲解员。我誓要在一次次宣传军工历史的讲解中，锻炼自己的口才与胆识，最终战胜这项短板。

但新的问题又出现了，自己学习成绩一直徘徊在学院 10~15 名间，虽然在 300 多人中取得此名次实属不易，但离真正的顶点仍存在巨大差距。学习时长已经增加到了极限，想要精进就必须改变学习方法。可这却是一件高风险的事，因为新方法的效果很可能还不如老方法。犹豫再三后，我始终没有勇气去做出改变。

谁承想，随着新冠肺炎疫情暴发，大二下学期改为线上授课。授课方式的剧变使我原有的学习方法几乎作废，家里"舒适"的环境令我的自制力严重下降。在经过两周的颓废后，我终于决心做出改变——通过借助团队的力量，刺激和监督自己学习。我联合 4 个志同道合的好兄弟组成了学习小队，试图通过相互监督与合作进行自救。最初我们只是共同攻克一些实验上的难题，在取得了不错的效果后，我便开始尝试将合作推广至各个方面——小到每次作业、小测，大到考试月的冲刺复习。这种全天候的交流沟通，督促我克服了舒适环境带来的懒惰，找回了在自习室高效学习的感觉。

学习小队的成员们

后来线下教学恢复，我们借机将合作式学习抬升到了新的高度。记得大三下学期的期末，通信原理考试刚结束，我们就需要在1周内连闯C语言实验、毛泽东思想概论和保研夏令营三道难关。为此，学习小队规划了剩余时间，但规划结果却很残酷，如此短的时间，根本不足以兼顾三者，战略性放弃其中一者才是最优解。可人生中的最后一次期末考试，岂能以不战而退落幕，落得终生遗憾！于是，我们根据所需的学习时长，制定出一个近乎疯狂的计划，即日起学习与休息均在实验室进行，最大程度延长学习时间。

就这样，怀着破釜沉舟之心，我们把床铺、衣服、洗漱用品都搬进了实验室，开始了不分昼夜地冲刺。作息规律、复习进度和问题讨论的高度一致使学习效率达到了巅峰。即使身体早已疲惫不堪，但我们在相互鼓励中咬牙坚持，并享受着这不由成败决定、单纯由竭尽全力换得的发自灵魂的坦荡。

实验室内的床铺

"背水一战"的结果很成功，我们C语言实验和毛泽东思想概论优秀率达到了80%，海投的夏令营也几乎通过。究其原因，我认为是团队的力量抑制了个体的惰性，将全部潜能激发，最终完成了单人不可能实现的任务。

**是助人还是自助？**

在大二下学期的线上授课期间，同学们学习状态普遍不佳的情况被班主任发现，他考虑到我有为同学辅导专业课的经验，因此委托我建立班级内的答疑组，希望我组织一些课程与习题的答疑活动，调动大家学习的积极性。

这属实令我犯了难！让我们这群刚刚入门的"半吊子"，讲懂老师都教不会的知识，难度之大可想而知。但既然是有利于集体的事情，就没有不战而退的道理，商议过后，我、刘一哲和李宗霖快速制定了运营规则，为了更高效地进行线上答疑交流，创建了钉钉群聊、公众号等答疑工具，计划每周开展两次线上答疑，现场回答任何关于课程的提问。

　　我们还特意为问题太多或太难制定了相应对策，盼望着能在答疑中大展身手。可现实却惨淡异常，整整两小时的答疑，竟没有一人提问。这令我们十分不解，考虑到大家可能比较害羞，我们加大了宣传力度，由寝室长带头，以寝室为单位进行宣传，但结果却没有任何改变，整整 3 周，群内依旧一片寂静。无法答疑的答疑组还有何存在意义？正当我们犹豫是否应该解散之际，终于收到了第一个私聊提问：如何在模电实验中得到正确的仿真波形。考虑到实验既是学习小队的重点合作项目，又是全班普遍性的难题，我决定发起直播授课，无保留地分享实验思路与操作过程。效果出乎意料，超过 2/3 的同学观看了直播，甚至还有一部分同学参与了讨论，更重要的是，大家真挚的感谢让我首次感受到答疑组存在的价值，给予我们坚持下去的理由。

　　在那之后，我又发起了 8 次实验答疑，参与人数越来越多，冷清的答疑群与公众号也随之热闹起来，发挥了它们应有的作用。究其原因，我们以实际需求为导向，选择了一个老师做不了，但学生可以做的切入点，让同学们逐渐接纳了答疑互助的理念。

　　而到了暑假，为了应对期末考试，整理出缺失的复习题答案成了迫在眉睫的新需求。鉴于此行动难度较大，我们选择联合隔壁班的精英，合作完成答案核对与期末复习授课，答疑组的规模也因此扩大到了两个班。而在那次期末考试中，我班级排进前50的人数翻倍，平均分也排到了年级前列，标志着答疑工作取得了阶段性胜利。

总之，线上授课的日子过得并不轻松，为了兼顾学习与答疑，我一边网课全勤，一边利用休息时间给同学们讲课，对答案。即使到了暑假，我也依旧没有松懈，除去3天旅游，日均学习时长超过8小时，一直强撑到开学后的期末考试，因为我打心底觉得暑假就是考试月，理应全力以赴冲刺，给这半年的努力一个交代。天道酬勤，我竟一跃成为学院第一，并在大三学年以绝对优势将第一保持了下去。

这时我才发现，虽然答疑占用了大量时间，但在把疑难问题化成语言表述的过程中，我得以将各门功课彻底钻研透彻。同时，在学习小队中，大家彼此监督，共享信息，在保证学习时长的同时，学习效率也显著提高。二者共同改变了我原先孤军奋战式的学习方法，转而与值得托付的"战友们"并肩作战，这便是我进步飞速的原因。

大一时的我过于狭隘，认定学业就是零和博弈般的激烈竞争。答疑活动使我的格局走向开阔，我学会帮助同伴和对手，在更高层次的竞争下实现了共同进步，可谓是助人终助己，携手向未来。

### 运气还是实力？

大四开学后，由于一直没等到清华面试的通知，我便自认为成功无望。恰逢有几位补考的同学来询问通信原理的备考经验，我便索性给全系补考的同学办了个七天冲刺补习班。但让人意外的是，第四天时，我竟收到了清华的面试通知……

在承诺与梦想之间，我纠结万分，是该全身心地投入面试准备，还是将承诺贯彻到底？丈夫一言许人，千金不易，我最终还是选择了后者，办完答疑后才着手准备面试，而此时仅剩下了3天的准备时间。

面试开始，我先是熟练地自我介绍，又勉强应付了刁钻的英语问答。而后的专业课提问令我大吃一惊，除了一道数字信号题外，剩下的都是通信原理！刚答疑过的课程自然扎实，我轻松答对了所有专业课问题，最终获得了清华的录取资格。

记得那天面试完后，我久久地呆坐在桌前，反复问自己一个问题：18门课，偏偏抽中了刚答疑完的那门，这是运气还是实力？抑或是两者兼具？我至今仍无法给出明确回答，但事实就是我又一次在帮助他人的过程中，成就了自己。

### 个人还是集体？

最初的答疑组只是一粒小小的种子。虽然学习压力繁重，我们仍会不定时地上传一些资料和学习视频。关注的人即使不多，只是面向本年级解决一些课程上的问题，但它在渐渐长大。

在保研结束后，答疑组遇到了更多志同道合的朋友，保研上岸的同学纷纷加入。在各年级辅导员的帮助下，我们果断展开行动，利用课后和假期的时间，为低年级同学录课、讲座，整理资料和交流经验。

随着考研结束，又有10余位同学愿意分享自己的考研经验。最终在新成员们的帮助下，答疑组从年级迈向学院，并得到学院的承认，更名为信通学院"薪火"答疑团，承担起为全院同学解答升学问题的责任。

目前，答疑团总计发起课程直播授课21次，录播授课17次，讲座答疑7次，保研授课13次，考研授课7次，总时长超过140小时，总播放量超过5万次，并建立了院系专属的答疑公众号，发表推送18篇文章，答疑覆盖人数超过2000人。

更重要的是，跨年级答疑组织的建立，让宝贵的学习资料得以分享并传承，也为年级间的信息交互提供了平台，切实惠及每一位有意向升学的学弟学妹。

"分享自己成功的经验与失败的教训，为身后正在前行的同学们照亮方向"是我们行动的理念。纵然现任答疑团的成员已经毕业，但答疑互助的火种已悄然埋下,今后还会有更多同学在帮助他人的过程中,造就更完善的自我,最终使信通学院的答疑之火生生不息、永不泯灭。

**同学感言 1**:与黄乐然同学相处四年来,从迷茫的稚嫩少年,到现在做事有条不紊、成熟稳重的卓越青年,是他最直观的变化。大学期间,黄乐然同学一开始就给自己定下了追求卓越的目标,尽管沿途会遇到不尽如人意的结果,但他没有躺平和退缩,而是默默努力,尽自己所能去完成目标,并不遗余力地去帮助遇到困难的同学们。犹记排球课程中,他在完成老师的任务后,去帮助更多没有完成老师任务的同学,他当他们的陪练,传授排球技巧。结果证明,帮助别人也会让自己的内心强大,这样让黄乐然同学成为更优秀的自己。

——同学 李宗霖

**同学感言 2**:"努力造就实力,态度决定高度"。与黄乐然同窗四年的经历,让我对这句话有了更深的理解,在黄乐然同学取得成功的路上,我看到更多的是他的努力。从大一开始,他便展示出了超常的毅力和决心,每个夜晚都是学习到深夜才回到宿舍,每一节课都会全神贯注地听讲,每一个知识点都力争融会贯通。"因为弱小,必须加以补偿"这是他曾经说过的一句话,我想正是这种谦逊的态度和努力的精神,造就了他今天的成功。

——同学 刘海龙

**辅导员感言**:功不唐捐,玉汝于成,岁月不负追梦人。大学四年,是黄乐然奋力逐梦的四年。正所谓"梦想高远、脚踏实地",黄乐然用四年的坚持实现了"班级第一、院系第一"的目标。目标是第一,而又不止第一。他在学习、科创、社团的全方位奋斗中成为一位全面发展的优秀学生。完善自我的同时,黄乐然组建学习小组,成立答疑团,帮助他人,轻松通过清华面试便是对他最好的回报,利众者终成伟业。国家奖学金、优秀毕业生、学习标兵、各类科创奖项都是最好的证明,希冀黄乐然在未来能与时代同频共振,成为更好的自己!

——辅导员 王琦

## 若无松柏志,超越不为高

　　天行健,君子以自强不息。自强不息的精神源远流长在中华上下五千年的历史长河中,是中华民族的传统美德。自强与自立联系紧密,自强是永不言败和永不服输的不挠精神,自立是依靠自身力量奋发向上的顽强意志,作为担负民族复兴大任的时代青年只有自强不息、志存高远、坚忍不拔、自力更生,才能书写无愧于时代、无愧于国家和民族的华彩篇章。

　　本篇选取了7名大学生的成长故事,他们在面临人生旅途的磨难与不幸时,并没有选择沉沦、一蹶不振,相反他们用坚强的意志,顽强拼搏、逆行而上,他们没有向困难低头,而是以一种积极向上、乐观的生活态度从低谷走向高山。大学4年的时光里,他们为自己交上了一份满意的答卷,用拼搏进取展现青春力量,用科技创新践行使命担当,用志愿服务诠释为民情怀。他们是当代大学生热爱生活、不畏艰难、自强不息的先进典范,作为身边的榜样力量引领大学生们积极践行"自强自立、强国有我"的青春宣言。

# 来自新疆的我

编辑：于欣欣

### 故事主人公简介

努尔艾力·吐拉丁，男，高中就读于北京市杨镇一中（一所内地新疆高中班），2010年考入哈尔滨工程大学信息与通信工程学院电子信息工程专业，获国家励志奖学金2次、校优秀学生奖学金7次。

2013年通过国家公务员考试，选择进入新疆税务局工作。

目前担任国家税务总局麦盖提县税务局第二税务所副所长，正在参加2021年度访惠聚驻村工作，在喀什地区麦盖提县克孜勒阿瓦提乡亚塔库木村驻村，担任第一书记、工作队队长。

### 16800千米的求学路

我来自新疆麦盖提县吐曼塔勒乡托盖墩村（简称四乡十一村），它是一个非常贫困的村庄。父亲是一所小学的代课教师，月工资只有33元，母亲没有工作，年迈的奶奶身体不好，加上表妹，家里共有4个孩子需要上学。

父亲的工资不足以支付奶奶的医药费，家里的贫困让我和弟弟妹妹从小就习惯了"打工"，帮村里的人除草、打农药、放羊等来赚取一些钱，让家人吃饱饭。可是就算这样，我们家还是难以维持生计。

记得有一年，家里实在没有东西可吃，因为自家没有小麦地，母亲带着我们帮别人打工，肚子饿的时候一起到路边摘沙枣、桑葚等野果子吃，吃完肚子难受半天。父亲不得不在学校下班时偷偷溜进教室收集一些别人没吃完扔掉的、坏掉的馕饼，回家后把坏掉的部分切掉洗干净，说是远房亲戚来看我们的时候拿过来的，让我们放心吃……靠着这些馕饼，我们勉强度过了那段青黄不接的日子。

幸运的是，虽然家里贫穷至此，我并没有像其他贫困地区的孩子那样失去上学的机会。或许因为父母懂得"知识改变命运"的道理，我还是在应该上学的年龄走进了学校的大门。没有课本，我就找高年级的同学借他们用过的书，尽可能多记住些内容，就这样，小学6年很快过去了。

小学毕业，上初中的时候，我面临我人生当中最艰难的一次选择——继续上学还是退学帮父母打工挣钱。至今，我还清楚记得当时父母商量我应不应该继续上学的场景……

屋里点着油灯，但也不能完全照亮屋内，我看不清父母脸上的表情，但是清楚记着父母说的每一句话"……努尔艾力这么喜欢上学，就让他继续上学吧，虽然不指望他能当上干部，最起码他可以长大些……"于是我的命运开始发生变化，这才有了后面的故事，我实在无法用语言表达我对父母的感谢。

如愿以偿上了初中，初二的时候发生了一件令我非常兴奋的事，由于学习成绩突出，我被学校推荐去吐曼塔勒乡中心学校读书，那里的读书环境和师资力量比这边强不知多少倍，机会非常难得。但是兴奋之余，我有一个不得不面对的问题，学校离家实在太远，每天往返于学校和家的路程有28千米，怎么办？距离实在太远，去的话每天需要在路上花好久的时间。可是，能去本部读书真的非常不容易，我舍不得放弃。考虑再三，我决定每天早点儿起床，走到学校去。

就这样，我开始了披星戴月步行上学的生活。我每天凌晨4点左右出门去学校，晚上9点到家，往返各需要3个小时，这样路程问题虽然解决了，但是每天的睡眠时间太少，白天上课没法集中注意力听讲。于是我决定放弃吃午饭，每天在别人吃午饭的时候，我就在教室里趴在桌子上补觉，这样正好也省下了午饭钱。

每天往返学校和家里28千米，每天只吃2顿饭，这样的生活我坚持了2年，2年下来，往返于家和学校之间的路程约有16800千米，乍一看这个数字有点"吓人"，但是，一步步走下来，我知道是这段路程成就了我的初中，也是这段路程把我送进了北京的高中，乃至如今的大学。16800千米，是我走出四乡十一村这个小村庄的第一步。

## 15天的"画"汉语生活

初中之前，我没听过汉语，没说过汉语，没看过汉语，更不会写汉语。但是从初中开始，这个原本不算问题的问题成为我生活中最大的问题，我的汉语成绩是0分，这样肯定是不行的，因为中考对汉语成绩是有要求的，所以，我必须学习汉语。

再三考虑之后，我决定从抄写汉字100遍入手。不管白天晚上，我照着课本上的字一个个"画"，最终用15天的时间将初一至初三的三本汉语教材书的每个汉字抄写了100遍以上，完全把汉字当作图形照样子画，然后硬背下来。

那次期末考试，我汉语得了86分。随着对汉语的熟悉，中考的时候，我的汉语成绩是109分，远远超过了北京高中对内地新疆班学生的要求，于是，顺利考入了梦寐以求的内地新疆班高中班——北京市顺义区杨镇一中！

第一次从偏僻贫穷的小村庄到北京这种国际化大都市，我免不了会有自卑和胆怯。加之汉语不好，我和同学、老师的沟通交流也并不顺畅，有事找老师都需要有同学陪我一起去帮忙翻译。

巨大的环境转变，强烈的心理落差，几乎让我患上孤独症。初到北京的前半年，我几乎没张嘴说过话。我想过退缩，我想要回家。记得有一天，我终于鼓足勇气给家里打电话把这个想法跟爸爸说了，爸爸说："回来你能做什么？你想做什么？你弟弟妹妹们怎么看你？你给他们树立了什么榜样？"一连串的问题让我清醒了不少，是啊，现在回去我能做什么呢？而且弟弟妹妹正在上学，我一直是他们的榜样，如果我现在回去了，他们会质疑自己努力的意义和方向。

突然间，我醒悟了，在麦盖提县的那个小村庄里，能来北京读书是件多么自豪、多么令人羡慕的事！我争取到家乡那么多人可望而不可即的宝贵机会，身上承载了父老乡亲们那么多殷切的希望，又受到老师和同学这么多热情的帮助和鼓励，有什么理由不坚强？我现在最大的问题就是汉语不好，那我就努力学好汉语。初中的时候能用15天时间将汉语成绩从0分提高到86分，现在，我一定可以做得更好。

心态转变了之后，我开始利用小假期的时间读书。慢慢地，书读多了，汉语水平提高了，我的成绩也有了很大的进步。因为成绩比较好，老师为了鼓励我还选我当了班长，这样我与同学们交流的机会也越来越多。就这样，我适应了北京的新环境，顺利度过了高中3年，拿到了哈尔滨工程大学录取通知书。

## 1000元是大学四年的生活费

从新疆到北京，又从北京来到了哈尔滨，走进大学校园，我突然意识到，这时候的我真的长大了。家里比较贫困，我因为在外上学不能为父母分担压力，就不应该再让他们为我太操劳，我至少不应该再伸手向他们要钱了。

抱着这样一种心态，从大一开始，我不仅申请了学校的勤工助学岗位，还利用周末的时间打工赚取生活费，这些工作补贴了不少我日常生活的开销。早出晚归的生活真的很辛苦。有时候，看着身边的同学在寝室玩游戏、看电影，我也真的想要放弃这些岗位去好好休息放松，但是想想父母的操劳、想想还在上学的弟弟妹妹，我还是坚持了下来。由于成绩还算不错，每学期的奖学金也成为我的一个经济来源。

古人说过：天行健，君子以自强不息。这句话，一直是我的行事准则。我

一直都坚信，贫穷不可怕，可怕的是向贫穷举手投降，更可怕的是失去自强不息的勇气。也正是凭借着这股韧劲和勇气，大学四年，除了生活实在困难的时候，我向家里要过1000元生活费，其他生活费都是我自己赚来的。

毕业的时候，通过面试，我在中国移动公司找到了一份不错的工作，但是犹豫再三，我最终选择回到新疆的税务局工作。

家庭的责任太重，父母已经背着这些责任太多年，从小到大，他们为我的成长付出了太多太多。如今，我已经羽翼渐丰，到了为辛勤而伟大的父母献上我微不足道的回报的时候了，我要从他们肩上接过家庭的担子。

我回想起离开新疆独自求学的日子，无论是高中时候的北京还是大学时候的哈尔滨，要适应一个生活习惯不同，甚至连语言都完全不同的环境真的很难。我现在拥有很强的适应能力，比大多数同龄人更加自强自立，我想这一切的成就，不仅仅是我一个人的成果。

我感谢国家，这并不是一句空话，是国家给少数民族学生提供了特殊关怀政策，才使得我有机会在北京上高中，有机会通过助学贷款解决我的大学学费，我真心感谢我们的党、我们的国家。我感谢我的老师，从小学到高中，再到大学，我都非常幸运，每个阶段都能遇到非常认真负责的老师，是他们给予了我源源不断的精神支持；我感谢我的同学，是他们尊重不同民族间的文化差异，给了我很大的适应空间；我感谢我的父母，是他们作为我最坚强的后盾一直支持着我。

目前，我拥有了一个幸福美满的小家庭，还依靠自己的力量给父母买了房子，将他们接到了县城居住。工作期间，我每年都被县委人民政府、单位考核为优秀公务员，2019年被自治区访惠聚办和地区访惠聚办评为先进个人。

我们无法选择自己的出身，但是我们能选择我们的未来，这就是来自新疆的我的成长故事。

**同学感言1**：无论是两年步行16800千米，还是用15天时间学会汉语，还是大学四年只向家里要过1000元，这对我来说都是那么不可思议的事情。然而，就是这么多的不可思议，统统在努尔艾力同学的身上成为现实。他生活在一个我们大多数同学都不熟悉的世界中，这个世界就叫"自强"。"天行健，君子以自强不息"，他用自己的亲身经历，很好地为我们诠释了这句话的含义。现在的我们太需要这种精神，习惯依赖父母的我们太需要将努尔艾力同学作为榜样。他在我们不太熟悉的世界里活得骄傲而顽强，我们最该做的便是努力追赶。

——同学 车飞

**同学感言 2**：努尔艾力用实际行动向我们证明了什么是真正的自强自立。我记得有一种理论：对未来跨世纪人才的培养，首要的是发展人的潜在能动性。潜在能动性就来自于一个人自强不息的信念、坚韧不拔的毅力、持之以恒的精神和对未来执着的追求。大学中需要这样的榜样例子，让现在的大学生明白立足社会仅仅靠学识是远远不够的，更要靠自强不息的信念！

——同学 孙罡

**辅导员感言**：努尔艾力就是自强自立的典型。他的成绩不是最好的，但他的进步却是最大的。他的汉语不是最好的，但他付出却是最多的。学校里贫困的学生很多，勤工助学的学生也不少，但能够做到努尔艾力这样的，真的不多。4 年只向家里要过 1000 元，就是努尔艾力足够独立自强的最好证明。无论是语言差异，还是不同的民族文化，都很容易给他们带来困扰。幸运的是，努尔艾力不仅正确认识且弥补了这种差异，还活出了自己的精彩，成为大家的榜样。

——辅导员 刘铁

# 晒晒我的大学"奢侈品"

编辑：赵俊达

### 故事主人公简介

丁永旺，男，中共党员，毕业于河北藁城一中。2018年考入哈尔滨工程大学核科学与技术学院，前六学期学习成绩及综合成绩均排名年级第一，2022年被免试推荐至清华大学核能与新能源研究院攻读硕士研究生。获国家奖学金2次、国家励志奖学金1次，校优秀学生奖学金6次。获校自强标兵、学习标兵、三好学生标兵等荣誉称号。

不同人对"奢侈品"的理解不同，有的人可能认为"奢侈品"是名贵的包、名贵的表、名贵的钻石，而我的"奢侈品"是我的大学。因为我现在拥有的良好学习环境、优秀的师长、志同道合的室友等，都是我的父母一滴滴汗水、泪水、血水换来的，是我的大姐放弃自己的上学机会以及我自己无数个拼搏的日日夜夜换来的，这是我拥有的最宝贵、最值得炫耀的"奢侈品"。

**奢侈品之一：大学学习的机会**

我家在河北省石家庄的一个村庄里，家里的收入主要依靠父母务农和打工，不仅要维持家用，还要供养4个孩子读书，生活过得很拮据。

我小时候的记忆，都是父母忙碌的身影，早上天不亮就要去地里侍弄庄稼、喂家里养的鸡鸭，白天去打工赚钱，晚上还要接一些零活回家来做。即使这样日夜不停地忙碌，我们这个八口之家（爷爷奶奶加上 4 个孩子）的生活还常常捉襟见肘。说出来不怕你们笑话，我第一次吃香蕉是在 8 岁，第一口就着香蕉皮吃下去的，因为当时的我不知道吃香蕉是要扒皮的。

我小时候印象最深的事儿就是晚上一家人聚在一起组装打火机，这是晚上全家的固定工作，每组装 1 个能赚 3 分钱。每天晚上吃完饭就开始做，大约从晚上 6 点半到晚上 9 点半，3 个小时的时间，一家人大约组装 300 个，能赚 9 元钱，这还是在保证组装全部通过质检的情况下，如果组装质量有问题还要返工。组装完打火机后，我们兄弟姐妹还要继续把白天没完成的作业写完。那时的我还小，只是觉得每天晚上组装打火机是一件好玩的事儿，并没有意识到这为了什么。直到 2007 年大姐初中毕业的那晚，大姐知道家里实在难以供 4 个孩子同时上学，主动提出不再继续读书，选择到电子厂打工贴补家用，把机会留给弟弟和妹妹。

我至今还清楚记得那个瞬间，大姐看着我们说："以后有机会我也要读大学，但现在我更希望你们能读好书。"从此以后，我再也不敢浪费一丁点时间，因为那会让我觉得我在亵渎姐姐的人生。

高中吃饭时，我都是跑着去食堂，我上课瞪大了眼睛生怕错过一个字，就连睡觉我都是在背诵英语范文中开始的……当大学录取通知书递到我手里的那一瞬间，我自己偷偷跑到家后面的角落里默默哭了好久，至今我也说不清楚那是一种什么样的滋味，眼泪一直抑制不住。木讷腼腆的我从没有跟家人说过什么感谢的话，其实我很想说，"妈、爸、姐，我一定会有出息的，你们放心吧！"

收到录取通知书，兴奋过后，我冷静地思考了家庭的经济状况。父母由于年纪渐长，劳动能力下降，家中收入减少，即使大姐在电子厂打工，家中所剩也只能支撑二姐、三姐上大学。我如果继续向家里要钱，大姐放弃读书机会的场景可能在二姐或者三姐身上重演，我不想有人再做出牺牲。于是下定决心，靠自己的努力供自己上大学，我选择去大姐所在的电子厂打工。大家都见过医生的防护服，工作服基本上密不透风，只能露出眼睛。

高考后两个月的时间里，我一个月上白班，一个月上晚班，组装零件。连着一个月在夜里上班充满了挑战，晚 8 点上班，早 8 点下班，夏天的夜晚很炎热，我穿着类似的防静电工作服，衣服上浸满

了汗，衣服贴着身子很难受，但我的内心很是平静，我知道我是在为自己的未来打拼。

我通过努力实现了31天夜班满勤，拿到了5136元的工资，加上七月白班的工资，赚了我大一一年的费用8000块钱。据说是当月全厂最高的工资，这样大学第一年的学费就搞定了，我踏上了来哈尔滨求学的征程。

**奢侈品之二：我的"老师"**

大二上学期，辅导员李大任给我看了自强标兵的申请通知，认为我符合条件，希望我申请。我觉得自己还不够优秀，关键还要站在那么多人面前去答辩，这对我来说可比考试难多了。但是李导都找到我了，我也不好推辞，硬着头皮填写了申请。在答辩的前一天，我脑袋里想的都是第二天要答辩的事情，害怕自己怯场、说得不好、丢人，心里头七上八下，很是发愁。晚上，李导把我叫到了办公室，问我准备得怎么样，我当时支支吾吾，没说出什么。李导看出了我的心思，和我说"我们一起把稿子改改，改好后再模拟现场练练"。我说完自己稿子想表达的意思后，李导手把手告诉我哪个句子说得太啰唆应该凝练，哪个句子表达的内容不够应该扩充，就这样稿子基本成型。

到了现场练习答辩的时候，我开始很放不开，办公室虽然只有我们两个人，但这种场景是我以前从来没有经历过的。一次、两次、三次，渐渐地，我对稿子越来越熟，讲话的流利程度也有明显的改善，当最后一遍练习结束后，已经到了晚上11点左右，我慢慢有点自信了，觉得能应付明天的答辩。

第二天在答辩前，我偷偷地看了一眼台下，发现下面坐了好几位老师，不由得手心冒汗、双腿发抖，脑子反复回忆准备好的稿子。当我的名字被喊到后，我硬着头皮上了，刚开始讲的时候还是有点不流畅，当心理和身体慢慢适应了答辩的环境后，自己说话的声音也变得更加洪亮，答辩结束后，我发现自己后背全是汗。我由于准备得很充分，最终获得了自强标兵的荣誉。我这次答辩虽然是把自己的稿子背出来的，没有什么临场发挥，但这次锻炼让我不那么惧怕在人面前说话，现在我都能非常自如地给同学们讲题了。在我和同学们的共同努力下，我们班《电工基础》这门课的补考率从30%变成了0%。这段经历也让我明白在大学学习不仅仅是拿到学分和提高分数，更重要的是还要提高自己的各方面综合能力。

老师的帮助让我更加珍惜大学给自己的资源和机会，我相信能够抓住这些资源，就能改变自己的命运。于是，我每天严格制订自己的日程，早上6点30分准时起床，10分钟洗漱，在食堂吃过饭后，7点10分准时开始背英语，有课

就提前到教室，没课就直接到图书馆。中午进行短暂的午休，下午继续如此，到晚上 8 点 55 下课后，再去图书馆学习一小时，我之后回寝室和室友讨论当天有困惑的地方，晚上 11 点 30 分准时上床睡觉。

丁永旺日程表（大二上）

| | 星期一 | 星期二 | 星期三 | 星期四 | 星期五 | 星期六 | 星期天 |
|---|---|---|---|---|---|---|---|
| 7:10-7:50 | 写/背英语 | 写/背英语 | 写/背英语 | 写/背英语 | 写/背英语 | 写/背英语 | 写/背英语 |
| 第一大节 | 预习复变函数 | 理论力学B 李金榜 2-5,7-15周 1-2节 1#133大 | 机械制图B 吴艳红 1-5,7-9周 1-2节 1#0123中 | 写/背英语 or 预习工程热力学 | 电工基础A 王慕恩 1-2,4-5,7-11周 1-2节 21B 113中 | 做理论力学作业 做难题 | 做复变函数课后题和作业 |
| 第二大节 | 复变函数与积分变换 赵景晨 1-6,8-9周 3-5节 1#N102 核工程与核技术专业导论 霍福忱,高瑛珍,彭敏俊, 11-13,15-17周 3-4节 21B 210大 | 工程热力学 薛若军 1-5,7-17周 3-4节 21B 203中 | 核工程与核技术专业导论 霍福忱,高瑛珍,彭敏俊, 14周 3-4节 21B 013中 复变函数与积分变换 赵景晨 1-6,7-9周 3-5节 1#N102 | 大学英语（三）张园 1-6,7-17周 3-4节 41#332室 | 大学物理B下A 刘辅助 1-2,4-5,7-17周 3-4节 选01 | 做大物课后题和作业 | 实验及报告 |
| 第三大节 | 机械制图B 吴艳红 1-6,8-9周 6-7节 1#0123中 | 大学物理B下A 刘辅助 1-5,7-18周 6-7节 选01 | 理论力学B 李金榜 1#133大 形势与政策（二）曲晓旭 3,5,7,9周 6-7节 1#N401 | 工程热力学 薛若军 1-5,7-17周 6-7节 21B 203中 | 体育（三）刘新飞 4-19周 6-7节 游泳馆 | 做电工基础课后题和作业 | 实验及报告 |
| 第四大节 | 复习复变所讲知识 复习机械制图所讲知识 | 马克思主义基本原理概论 曹卫国 9-19周 8-10节 1#S204 | 电工基础A 王慕恩 1-5,7-12周 8-9节 21B 113中 | 复习工程热力学 | 理论力学B 李金榜 1-2,4-5,7-14周 8-10 1#133大 | 影视欣赏 胡佑智 10周 8-10节 1#S504视觉室 影视欣赏 胡佑智 1-2,4-5,7-9周 8-10 1#S504视觉室 | 实验及报告 |
| 第五大节 | 预习工程热力学 | 预习工程热力学 预习理论力学 | 复习机械制图 复习复变函数 | 复习电工基础 | 复习电工基础 | 做工程热力学课后题和作业 | 实验及报告 |
| 9:00-10:00 | 预习理论力学 | 复习工程热力学 预习复变函数 | 复习理论力学 | 预习理论力学 | 复习理论力学 | 做机械制图作业和课后题 | 预习复变函数 |
| 10:00-11:00 | 预习大物/背英语 | 复习大物/背英语 | 复习电工基础 | 预习大物 | 复习大物 | 休息 | 休息 |

除了上课之外，我基本上都在图书馆学习，这个作息时间我坚持了 4 年。

### "奢侈品"之三：我的课本

大一开始上课后，我很重视数学，但没有什么经验只能自己摸索，我在课堂上认真听老师的授课内容。数学书是我最珍贵的学习资料，有的同学会将老师的讲解和自己的理解记成笔记，但我更习惯于直接记在书上，不仅可以节省笔记本的钱，更重要的是还方便我将自己的理解与书本知识一一对应。

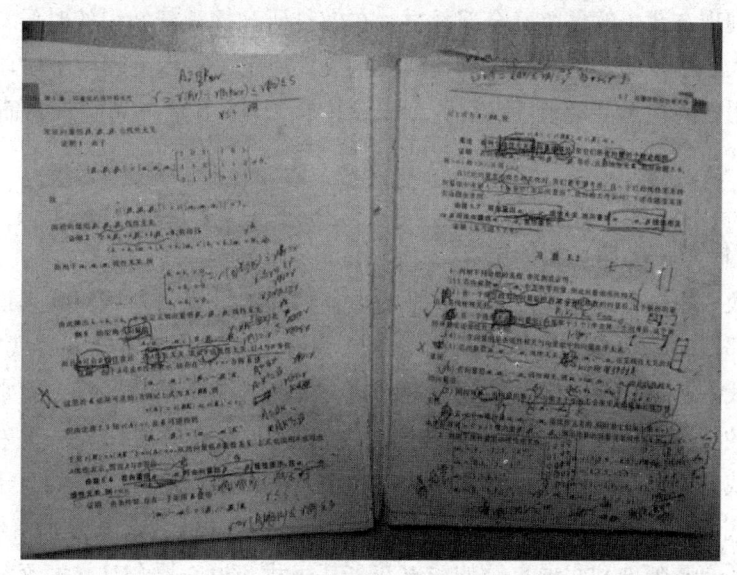

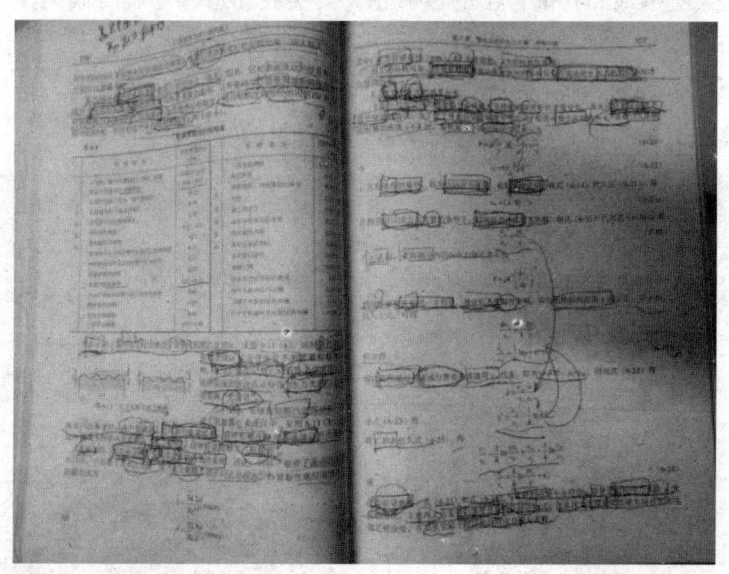

工科数学和线性代数的书上密密麻麻写满了笔记，遇到不会的知识点就反

复看书和反复看自己的记录，一本线性代数书我完整地看过5遍，最后书散架了。但书上的内容已经烂熟于心，我做到了能够清楚地记得每页的内容和每个公式的位置，最后我的微积分和线性代数都考了99分。

这一习惯我一直保持到专业课学习。课程结束，我所有专业课均95分以上，其中专业核心课程《核辐射防护与测量》《原子核物理基础》《工程流体力学》《传热学》《自动控制原理》五门课程为100分。

直到现在我仍然保留着全部教材，在做科研和探索新知识的时候，我发现大一、大二学习的基础课程知识真的很重要，决定是否深刻理解下阶段的知识点。我用实践检验了老师常说的"回到书本"，这不是一句空话，而是至理箴言。

### "奢侈品"之四：我的室友

在大一军训期间，我因为轻信他人被骗了3000块钱，这钱对我来说是一笔巨款。那段时间很崩溃，辅导员耐心地给我做心理工作，室友看着我很低迷，故意找我一起做一些事情，让我分散精力。因为被骗生活费紧张，我常常不敢买太贵的饭菜，每天只吃爱心窗口的菜，一天的花费控制在10块钱左右，但这仍然让我有点捉襟见肘。每个学期奖助学金下发之前是我最难熬的日子，常常裤兜见底，室友知道我的状况后，他们像商量好的一样，定时分别借给我200块钱，还笑嘻嘻地和我说自己的钱够花，其实我知道，那个时候大家都挺缺钱的。他们偶尔买东西也会多买点，回寝室后告诉我买多了吃不了，让我帮着"消化消化"，我知道他们是顾及我的面子，希望我能多吃点东西。他们的关心和帮助温暖了我的心，让我度过每个学期最艰难的时光。

因为室友之间的互相理解和帮助，寝室立下的各种规矩也被很好地执行，比如有同学在寝室学习或者休息的时候，不能影响到室友。我们也是一个整体，每天课程结束后我们经常会一起去图书馆学习，常常坐成一排或预约研讨室讨论问题，闭馆后回到寝室，大家还会打开书本一起研讨当日没学会的东西，把寝室当成自习室、研讨室，这个习惯我们保持了4年。

4年时间里，寝室成员90分以上科目170门，寝室成绩位列全年级第一，共获得奖学金26次累计90000元。我们寝室连续两学期拿到2个国家奖学金名额、优秀寝室标兵，1人获得"挑战杯"国家一等奖，4个同学中1人直博清华，3人保研西安交通大学。在其他同学眼里我所在的寝室是"学霸寝室"，但我知道我们只是把4年过成了一天。

这就是我的大学"奢侈品"。马上就要毕业了，回首近4年的大学时光，老师的耐心指导、亲密无间的室友、看似平常的课本，这些不仅是我现在的"奢侈品"，还是我以后向更高处攀登的资本，是值得我一生珍藏的财富。这些"奢侈品"胜过无数金银珠宝，在我人生历程中有着无法替代的价值。

**同学感言1**：丁永旺同学集体荣誉感强，热心真诚，对待学院、班级工作认真负责，多次担任防疫志愿者。作为组宣委员，关心每位同学的思想状态，常常鼓励大家积极进取。他思想进步、学习自主性强、成绩优秀，富有挑战意识及创新能力，是一名全面发展的优秀大学生。

——同学 曹巍

**同学感言2**：丁永旺同学是一个学习上进、勤奋踏实、追求卓越的佼佼者。从大一认识他以来，无时无刻不用自己的实际行动诠释着对专业的热爱、对知识的探求。他是这样一个严于律己、自立自强的青年，作为他的室友和同学，他的实干精神、勇于攀登的韧性感染着我，他总能带给他人积极、乐观的态度，而这些美好的品质也潜移默化地感染着身边的每一个人。

——同学 李昊洋

**辅导员感言**："宝剑锋从磨砺出，梅花香自苦寒来"。历经千难万险，他获得了自己的"奢侈品"——4年大学生活。4年里，他乐于助人、严以律己、刻苦努力、锐意进取，获得了三好学生标兵、国家奖学金等一系列的荣誉。他在一次次的实战中磨炼，实现了从大一入学时的木讷内向到大四能够灵活应对各种答辩的蜕变。丁永旺未来定会实现自己的人生价值。

——辅导员 李大任

# 三分耕耘 一分收获

编辑：刘永超

### 故事主人公简介

徐润泽，男，中共党员。高中毕业于辽宁省鞍山市第一中学，2018年考入哈尔滨工程大学船舶与海洋工程专业，2022年被免试推荐至哈尔滨工程大学船舶与海洋结构物设计制造专业攻读博士研究生。获校陈赓奖学金、励志之星、十佳团支书、三好学生、优秀共青团干部、优秀学生会干部、优秀毕业生等荣誉称号。获全国海洋航行器设计与制作大赛二等奖、美国大学生数学建模大赛二等奖、东北三省数学建模联赛二等奖等荣誉。

从小到大，家长、老师都教育我们"一分耕耘，一分收获"，而对于我来说则有可能是"三分耕耘，一分收获"，甚至没有收获。

6岁那年，命运与我开了个玩笑，我突然时不时不受控制地发出怪叫，四肢不受控制地做出异样动作。父母最初认为我淘气并多次批评，但我的"屡教不改"让父母意识到了问题的严重性。我被送进了市医院，经过诊断，确认我患上了抽动症。抽动症也称抽动障碍，主要是以不自主快速反复肌肉抽动，还伴随喉部发生抽动为临床表现。有些"幸运的"抽动症儿童随着年龄增大，抽动症的症状会有所好转，可惜我并没有被眷顾。于是，沈阳、洛阳、北京等城市都留下了父母带领年幼的我求医的足迹，多番周折，花费了十多万的治疗费用，也没有将我的抽动症治愈，无奈，我只能长期服用镇定性药物，在一定程度上缓解抽动症状。

**三分天定，七分打拼**

记得读小学时，学校经常开展队列比赛，比赛内容主要包括立正、报数、齐步走等队列动作，类似于简化版的军训。每次比赛对我来说都是一场"分裂"运动，一方面要指挥身体按照要求完成队列动作，一方面要调动非常强大的意志力与身体的抽动做"抗争"，一套动作下来汗水就能把衣服浸透。即便这样，我依然不能完全控制身体，还会因此影响班级的比赛成绩。很多人努力的成果因我一个人而摧毁，这使得我在同学面前都不敢抬头。但班主任老师并没有因为我打破队伍的整齐性批评我的"错误"，反而经常鼓励我，"这次你表现得很好哦，比上次多控制住了半分钟"，让我幼小的心灵得到了极大的安慰。

高二分班后，新的学习环境以及学习压力进一步加大，我的抽动症状逐渐严重了起来。一次次的公开课、课间操、自习、模拟考试，我突然"发言"和抽动都不可避免地给同学和老师们带来了困扰，虽然大家都能理解，但是我还是主动向老师提出单独自习与考试的想法，经过商量，学校为我开了"单间"。

于是，在教导办自习和监控室考试的时光成为我中学独特的回忆。失去了课下讨论氛围，换来的是教导办车水马龙的环境，离开了充满紧迫感的考场，取而代之的是充斥着机器声的监控室……一开始这种"离群而居"的日子让年少的我很不适应，记得当时我还惨兮兮地想过"现在就连和同学吵架都成了一种奢侈"，一段时间，自己很是伤感。

一次在跟妈妈聊天时，妈妈感觉到了我的情绪，帮我分析，现在这种自习和考试状态有什么不一样，无论在哪个环境里，自习和考试都是要自己学习和自己考试的，不能、也不允许跟别人交流，唯一不同的是下课后周围没有同学，"那你就走出'单间'找同学去玩呀"。现在再回想起这件事，我突然想到一句话"人生中能困住自己的也就只有自己"。此后，我总是趁着课间大家休息的时候回去和同学们聊聊天，同学们也总是在话语间为我鼓劲加油，最终我在独立考场顺利地完成了高考，并以优异的成绩考入了哈尔滨工程大学。

十多年来，尽管异样的目光和私下窃窃的议论像乌云如影随形，但总是能被求学路上温情的老师和热情的同学们所驱散，他们搭起了一片不大的天空，让我从羞愧与自卑中逐渐走出，乐观地面对学习和生活。人生就像打牌一样，我们没办法决定自己出生在什么样的家庭，出生时是否拥有健全的身体，但不管我们拿到什么样的牌，我们都要认真面对，把自己的牌打好，力争达到最好的效果。这样打牌，这样对待人生才有意义！

**三分耕耘，一分收获**

初入大学，我并没有告诉老师和同学们我有抽动症，我想大学里应该没有高中那么多的学习压力，我应该有更多的精力和毅力去克服症状。报到的前两天我控制得很好。

很快就迎来了新生军训，在这期间，我同样尽力地克制抽动症状，表现得和正常同学相差无几。但军训之后，随之而来的是课程压力，全天的专注学习使我不能再像军训时把注意力完全放在克制症状上，于是我的症状一点点地暴露了。课上不经意间发出的声音最初被老师和同学们误解，不了解情况的老师和同学声称"哪位同学把小狗带进来了？"学生们一时间"掀开了锅"。辅导员刘永超老师深入了解情况后，发动老师和室友们向我可能会影响到的同学一一开展解释工作，善良的同学们"一如既往"地理解了我，我逐渐融入集体，也能够专心面对学习上的困难与挑战。

因为长期依靠镇定性药物，我的记忆力逐渐下降，这使得我背诵知识需要花费比别人多3倍甚至5倍的时间。记得在大学英语高级班学习的时候，每一个月就要进行一次面试考核，这是期末成绩的一部分，令我印象最深的考核方式非Q&A莫属。Q&A考核是在20道题目中抽取1道题目进行考核，而这20道题目的答案需要自己撰写，前提是需要表述1分半左右的时间，也就是说就算熟练地将20道题的答案读下来也需要半个小时。对于我，即使采用熟读的方式，半个小时也未必够，在这过程中不受控制的叫声会经常打断自己读稿，加之我记忆上的不足，背一篇半小时的中文对我来说都是莫大的挑战，更何况英文。于是在考前半个月，我每晚都会拿出2个小时进行背诵，直到考试的前一天晚上。背诵十分艰辛，我经常会出现背了新一段忘了前一段的情况，一些比较冗长的句子也需要背诵上十几遍才能连贯下来，甚至出现前一天背熟的内容在复习时几乎忘得一干二净。在这种记得慢忘得快的痛苦折磨中，我终于将所有内容记了下来。

接下来，我要克服的就是喉咙里不自主发出的声音，以及过于紧张而带来的背诵卡顿。为了降低环境变化带来的心理压力，以更好的临场表现展现自己，我自创了"自拍循环练习法"，找一个没有人打扰的地方，打开手机的自拍模式，面对着镜头中的自己复述，录制成视频后回看效果，找到问题后再重新录制，再看回放，再找问题，如此循环直至完全熟练为止。在最后面试的时候，我还是出现了个别句子复述卡顿的现象，但是我也实现了克制症状的同时将所背内容完整复述下来的目标，在看到老师鼓励和肯定的眼神后，我得到了极大的满足。

我不断尝试突破自己，2021年底我作为项目负责人带领团队参加了"五四杯"创新创业大赛决赛，决赛中代表团队在启航阳光大厅公开路演，也正是之前的不断努力，让我有信心站在舞台中央，最终我顺利完成了路演答辩并荣获本届大赛一等奖。在这之后，我拿到了学校最高奖学金"陈赓奖学金"，被评为毕业金榜的"励志之星"，以第一名的成绩保送到哈尔滨工程大学直接攻读博士学位。我的事迹也被新华网、人民日报等多家国家媒体报道。

现在，即使要用比常人多3倍、10倍甚至几十倍的努力才能完成一件常人轻而易举就能完成的事情，即使这比常人多3倍、10倍甚至几十倍的努力完成的事情并不完美，我也不会抱怨、更不会放弃，因为我也因此体会到了比常人多好多倍的快乐、满足和温暖，这种体验不就是人生的意义吗?!

**一分温暖，十分回报**

自大学二年级以来，每逢期末，我都会主动承担起寝室"小课堂"的辅导任务，因此室友们经常"调侃"我为"徐老师"。渐渐地，班级里的其他同学，甚至外班的同学也常闻讯而来，"小课堂"的规模不断壮大。每次辅导产生的问题，我都会再进行研究，不但要找到解决办法，还要以通俗易懂的方式给同学们讲清楚。虽然每次辅导都会花费我大量的时间，在辅导过程中，控制不住的"嗷嗷"声总是打断自己的讲述，头上的汗水不断打湿我的面颊，但每次辅导结束，"徐老师辛苦了，讲得超级好，下次什么时候开课？我还来听。"这种来自同学的认可也鼓舞并温暖着我。同时，在辅导同学们的过程中，我也会不断发现新的问题，不断提高自己对知识的理解程度，填补了一些平时难以发现的知识漏洞。

大三的暑假，保研资格基本尘埃落定，应老师邀请，我面向考研同学开设了两次专业课备考技巧讲座，并撰写了《哈尔滨工程大学"船舶力学"辅助资料》助力同学们考研，一时间成了学院的明星。这本辅助资料撰写启发了我，在和刘永超老师商讨后，我决定利用大四的时间撰写一本《哈尔滨工程大学船舶与海洋工程专业课程技巧与总结》，将自己大学期间总结出的学习技巧和方法汇总起来，回馈学院。尽管撰写16万余字的知识宝典要花费大量的时间、付出不曾经历的辛苦，但是一想到这个"礼物"将是我对老师和同学们四年来默默支持和照顾的报答，我就充满了干劲，书中的每一个公式、每一个图片、每一个文字我都亲自编辑，历时8个月，这本总结终于竣工。

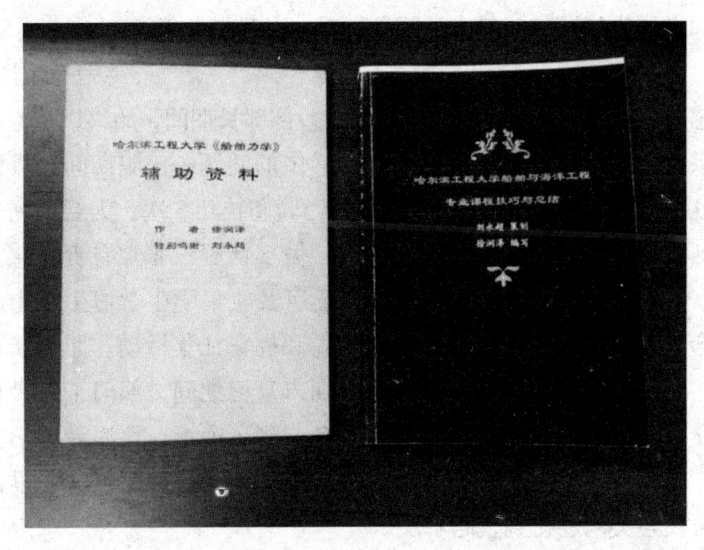

在上大学之前，我曾十分担心自己会融不进集体，被老师和同学们抛弃。结果截然相反，我不但和老师、同学们相处得无比融洽，更是在这4年重获了自信，迈上了人生更高的台阶，如今大学的每段时光都是我最温暖的记忆。

记得大一上学期，学院组织同学们集体上晚自习，我担心在自习时发出的声音会影响同学，于是我申请单独自习，我的班长担心我自己自习会比较失落，每次在组织班级完成签到后，都会陪着我在教学楼比较空闲的教室一起学习。谢谢你，我的班长，你的鼓励给了初次离开家的我最强大的力量。大一竞选团支书失败后，我依然在班级活动中积极表现，逐渐获得同学们的认可，后来班级换届选举，我被推举为班级团支书，再后来，我被评为了校十佳团支书。谢谢你，我的同学，你们的信任是我前进路上最暖的阳光。在大一上学期考试时，我控住不住的叫声和身体给考场的其他同学带来了很大的困扰，在学院的帮助下，我和辅导员一起度过了大学余下40多场单独考试的美好时光。谢谢您，我的刘导，你的陪伴给了我成长路上最难忘的记忆。谢谢您，我的哈工程，您的大爱给了我这个"工程人"永不磨灭的独特印记。

命运虽以痛吻我，使我不得不"一鸣惊人"，但我却报之以歌，将命运之歌唱出缤纷的旋律。予我冬日一缕阳光，待秋意正浓，我将报以累累硕果！

**同学感言1：**任何事情的发生都不是偶然的。徐润泽同学学习成绩非常优秀，这与他的勤奋努力是分不开的。他不仅在学习上认真刻苦，而且还非常热心地帮助周围同学解答学习上的问题。不仅如此，徐润泽同学还将他总结的学习技巧和方法无私地分享给我们，帮助我们熟练掌握专业知识。我考研时使用的也是徐润泽同学编写的船舶力学辅助资料，对我帮助很大。

——同学 文奇鑫

**同学感言 2**：徐润泽同学担任学生会权益部部长期间，始终以全心全意为同学服务为宗旨，为学院学生解决学习、生活中的问题。任职期间积极组织学习论坛 10 余次，作为讲解人为新生分享学习经验和技巧 3 次，为帮助新生尽快融入大学生活提供了引导。徐润泽为人乐观、做事认真，非常有责任感。记得一次学期末，为及时了解学生们思想动态情况以及收集学生学习生活中的问题反馈，学生会对各个年级的同学发布各类问卷和提案征集活动。因为新冠肺炎疫情封校，一时间各类问题堆积，当时正值期末复习期间，部门工作人员也都忙得不可开交，而问卷信息整理的任务特别急，到了晚上，徐润泽同学主动要求留下处理，深夜在船海楼汇总答卷数据到凌晨 1 点，最后第二天一早汇报给学院辅导员，使各类问题得到及时解决。

——同学 刘宇浩

**辅导员感言**：润泽的成绩来之不易，成功的背后是他坚持不懈的努力，面对身体上的不适，同学的误解，他总是乐观地去解决问题，主动沟通问题，想办法避免打扰同学的学习和生活。他努力学习，成绩名列前茅，获得各项奖学金 10 余次；他乐于奉献，担任班级团支书和学院学生会权益部部长，获得校十佳团支书、校优秀学生会干部等荣誉称号；他乐于奉献，积极参与公益活动，为同学开设润泽复习小课堂，为考研同学编写专业复习资料；他的奋斗精神获得了老师和同学的一致认可，他用励志故事感动着身边的每一个人。4 年的时间，4 年的精彩，他的事迹也被新华社、人民日报等多家国家主流媒体报道。目前，润泽已经保送至哈尔滨工程大学攻读博士学位，希望润泽能够保持乐观向上的精神，努力在船海领域发挥自身的价值，为祖国的海洋强国事业贡献自己的一份力量。

——辅导员 刘永超

# 拼尽全力，我想成为一个"普通人"

编辑：李宇婷

**故事主人公简介**

刘宜柱，男，中共党员。本科毕业于东北农业大学，硕士毕业于哈尔滨工程大学计算机科学与技术学院，2022年硕士研究生毕业，成功入职小米通讯技术有限公司。本科期间，获黑龙江省三好学生、校三好学生、优秀共青团干部、支教活动先进个人等荣誉。研究生阶段获校一等学业奖学金2次、校三好学生2次。

我出生、成长的地方是祖国边陲的一个小镇——佳木斯市建三江前进农场，和当地大多数家庭一样，家里主要以务农为生，家里有爸爸、妈妈和姐姐，生活朴素且平静。但我的出生给整个家庭带来了"一点点"不一样，我来到这个世界的时候忘了带右手。大家可能从小的梦想都是成为科学家、艺术家那样伟大的人，而当一个普通的人，像普通人一样生活、学习、工作，是我最大的梦想！

### 老师，我也能打扫卫生

小时候我并没有觉得我和同龄人有什么不一样，我们一起捉蝌蚪、爬大树、下河游泳……直到我要开始写字，父亲用右手抓着我的左手一笔一画地写着方块字，我心里虽满是学习写字的兴奋，但隐约间感到有些奇怪：为什么父亲用右手写字，而我却用左手呢？

小学入学前，班主任老师有点担心我没法适应学校的学习生活，好在有父亲的提前教育，我无论是识字还是算数都在同龄人中排在前列，最终得以顺利入学。小学和初中我都在家附近上学，周围的同学们大多是从小见过的，相对比较熟悉，适应起来没有太大问题。我印象深刻的是迈入高中校门的那一天，那似乎是我人生中收获异样眼光最多的一天，大概因为我是他们从小到大见过的最"不一样"的人。

刚开学的那一阵子,我的同学和老师们第一次见到我,都用异样的目光注视着我,每当我走过时甚至会不自觉地让出一条路。下课铃声响起,周围的同学们三五成群,而我便是形单影只,我虽然早有心理准备,但心里不免有些落寞。我希望能通过自己的努力融入大家,融入班集体,能够成为和大家"一样"的普通人,但又畏缩着不敢走上前,怕他们觉得我是个"另类"。

这样的孤独一直持续到开学两个月后的一次集体大扫除,当时班里除了我之外的其他同学都被分配了单独的打扫区域,我知道这是为了照顾"不便"的我,其他同学共同分担了属于我的那份任务。看着同学们忙忙碌碌的身影,我在教室里显得特别"突兀",我也想帮大家做点什么,但又不知道怎样开口。

我找到了班主任老师,鼓足勇气和他开口:"老师,我也能打扫卫生。"老师愣了一会儿,但似乎是看出了我的"窘迫",应许了我。于是,我用左手拿着扫把,到处帮忙,虽然有些力不从心,但是总是尽了我的一份力气。"宜柱,太感谢啦,麻烦你了。""不客气!"我微笑着回复。我表面淡定,但心里因为这句感谢受到了莫大的鼓舞,当再次听到同学们的呼唤"这里的垃圾需要聚成一堆,那里的垃圾要收到垃圾桶里,这里的地还要再扫一下,那里的垃圾桶需要人扶着……"我第一时间冲上前帮忙,虽然笨拙不便,但每个人真诚的道谢让我成就感十足。这次大扫除活动,同学们感受到我其实也没有那么"不便"和"不同",渐渐地也愿意与我接近,大家结伴玩乐的时候也会叫上我,甚至在高三的时候还收获了好几个知己好友。

这是我高中时期的一件小事,但也是我成长路上十分重要的一步,我明白我不仅可以打扫卫生，还可以像普通人一样做许许多多普通的事情。我相信一颗勇敢、不服输的心，定能帮助每一个人成功面对命运的磨砺。回到课堂生活后，我偶尔还是会收到第一次见到我的同学们异样的眼光，但我早已学会将这些抛之脑后，努力把自己当成一个普通人，认真面对每一天。

**辅导员，我想当班长**

　　小学、初中、高中，每到一个新环境，我都会在相当长的一段时间被当成"怪人"，需要让同学们"适应"我这个比较特殊的存在，所幸我已能够成为一个"普通人"。步入大学，新的世界在我面前展开，新的同学们、新的学习方式、新的成长平台……一切都让我眼前一亮。

　　在完成日常学习任务的同时，我也十分渴望像其他同学一样争取在更大的舞台上展现自我、成就自我。当时正值大二分专业进行班级重组时，相应的班委也要重新推选。"竞选班长，突破自己，证明我不仅可以普通，更可以优秀！"这个想法出现在我的脑中。但在我心里不免有些担忧，身体条件能不能胜任工作？同学们在思想上是不是会有"残疾人也能当我们班长"的质疑？能不能服务好大家？每当该下定决心参选的时候，我就会陷入思想斗争。就这样一个人思想斗争了好久，我最终决定跟辅导员老师去商量商量。老师知道这个情况后，非常支持我的决定，他劝我大胆去尝试，不要有太多顾虑，"老师会为你加油，你只管努力去做。"最终，我如愿当选了新班级的班长，全心全力地谋划班级发展，做好服务工作。

　　当时班级有一位同学在步入大学之后，每天在寝室沉迷打游戏，逃课更是家常便饭，仅一个学期他便被学院下达了预警通知。了解到这些情况，我便拉着他一起上课、一起自习，而他觉得已经输在了起跑线上，知识也学不明白，开始彻底"摆烂"。我心里十分着急，一遍遍地劝导他、一次次地拉着他去学习。终于，他的情绪爆发了，他对我咆哮道："你又不是我爹，别管我，我就这样了，我再怎么学也追不上了。"我听后十分激动，扯下衣袖露出我的右臂对他说："我只有一只手，我都行，你有什么不行！你的条件比我好得多，在我面前你凭什么讲放弃！"这是我第一次主动把自己的"伤疤"展示给他人，他忽然呆住了。

　　后来他跟我说，当他看到我那短小瘦弱的残臂时，突然感觉脸上火辣辣的，"那一刻我觉得自己想挖个地洞钻进去。"他说。慢慢地，他不再抗拒我提出的"邀请"，跟着我一起学习，我利用课余时间帮他补习一些落后和不及格的课程，终于到了大三上半年，他所有考试全部通过，走上了大学生活的正轨。在他向我表达感谢之时，我的内心深处也有很大的满足感，同时我也很感谢他，是他让我对自己有了更高的追求——成为一个可以帮助别人的人。

从以前经常被人照顾到现在可以为他人提供帮助，这使得我越来越自信。在辅导员老师的引荐和自己积极争取下，我先后担任学院学生党支部副书记以及办公室助理等。无论是社会实践还是志愿服务，有越来越多的人因为我受到了鼓舞，同时也证明了我不仅能够成为一名普通人，更能成为一个优秀的人。

**老师，我也能参与项目实战**

当我以为已经适应普通人的生活时，新的困难摆在了眼前。编写代码是计算机专业硕士的"吃饭本领"，而单手编写代码极大地限制了我在科研工作中的速率，其他同学用半小时完成的内容，我往往需要近2个小时，而项目推进都是有时间节点的，我很怕自己会耽误整个团队的进程。看着身边同学团队作战的忙碌身影，我甚至对一直以来的努力产生了质疑。老师和同学们的关爱毋庸置疑，但是我绝不能只依靠关爱和照顾。

问题解决也很"简单"，"想"只有困难，"做"才有答案，那就"做"起来！编码速度慢，那就"练"呗。在别人运动、休息、娱乐的时候，我都在实验室训练用左手进行速打。短时间不行，那就加长时间呗。别人每天在实验室8个小时，我就在实验室16个小时。1个月、2个月、3个月……加倍的时间付出助力在编码上实现了追赶，有了质的提升，直接影响我打字的能力，从最初一分钟十几个字到现在已经能够一分钟60个字了。

踟蹰良久，我鼓起勇气走进了导师办公室，认真地说出了自己的想法，"刘老师，我想正式参与到项目中来，您看可以吗？我现在的编码速度已经和师兄一样了。"本以为老师会不信任我，可没想到，老师的一番话让我汗颜。"宜柱，你是不是误会啦？不是因为你的编码速度才不让你写，咱们新入学的同学都有一个适应期，好好沉淀才能更好地发挥。继续加油，你每晚在实验室的努力老师都看在眼里。"老师的一番话让我震撼，原来在我默默付出的时候有这么多人关心关注着我，这让我对自己更有信心了，而更受鼓舞的是老师还给我安排了一个非常重要的项目板块。

进入项目后，我虽内心做足了准备，但难度加倍的挑战一个又一个出现在我面前，"单手"艰难敲进去的程序代码调试到深夜也得不到理想结果，搓痛头皮也想不出好的想法……我一度觉得好难，但也一次又一次告诉自己，戒急戒躁、调整方案、反复尝试。从最初学习文献检索开始，到后续参与一些重大课题项目的研究，我不断突破着，也收获着，一面感受着做学术的严谨求实，一面感受着做科研的痛并快乐。研一结束时，我已在人机交互、动态识别几个方面取得了一些不错的科研成果。

"苦"字贯穿了我3年的硕士求学生涯，在每次从实验室走回宿舍的深夜，月光，是陪伴我唯一的"人"。改不出代码的时候，喜欢在晚上骑着单车围着大学校园"兜圈圈"，那时候真的觉得大学校园像一座围城，我怎么走也走不出。再次站在人生的岔路口，再度回望这3年，我庆幸还好经历了那些苦，都撑了过来。

带鱼只能生活在40到100米的深海处，因为那里水压很强，只有足够多的压力，才能够让它正常生活。有些人注定就是负重前行，就像乌龟和蜗牛一样不能没有壳，他们可以很慢，但是他们很坚定。有的时候一个人的强大，就在于他能够长期背负着那些东西前行。时间久了，因此就变得深刻，因此变得敏锐，因此变得沉稳。

　　人生多磨难，但在大学学习成长的这过程是我最宝贵的财富。今后，哪怕遇到再大风浪和荆棘，我都将用更加积极的人生态度面对生活，回报社会，传递爱和梦想。目前，我已经毕业来到人生的下一站——小米公司，在第一次与团队的同事们介绍自己时，我自信而从容地说："大家好，我是一个忘记带右手来到世界上的普通人，但是，我将拼尽全力将人生过得不再普通！"

　　**同学感言1**：刘宜柱同学是我研究生期间一位非常优秀的同学。作为班级干部，刘宜柱同学认真学习、努力工作，在服务好班级同学的同时，也以优异的学习成绩起到了模范带头的作用。同时我们还在同一个科研团队进行科研学习与工作，刘宜柱同学的专业技术能力强，认真学习、刻苦钻研、踏实肯干，得到了老师的认可与同学们的钦佩。

——同学 刘志尧

　　**同学感言2**：刘宜柱是我的实验室同学，他在校期间十分努力学习，跟同学打成一片，并且十分热心肠。我在科研上有不懂的问题都去问他，他每次都很耐心地帮我一起排查和解决问题。他乐观向上的精神也十分打动我，给了我向上的力量，不断激励着我。

——同学 王海枫

　　**辅导员感言**：提到刘宜柱，我就会想到乐观、坚强这两个词语。他在实验室学习科研中勤奋钻研、踏实肯干，有较强的团队合作精神；生活上十分独立，跟同学关系融洽，经常助人为乐；工作中认真负责，积极沟通，有一定的组织协调能力。

——辅导员 王蕾

　　**导师感言**：宜柱是我们的研究生。他很乐观，戏称自己"来到这个世界的时候忘了带右手"，他很坚韧，从不服输，常人能做的他都能做，甚至做得更好，他很沉稳，实验室的很多事情交给他处理，我们很放心。

——导师（组）史岗、沈晶、刘海波

# 哈工程"树洞"男孩的自白

编辑：闫毓麟

### 故事主人公简介

李德政，男，中共党员。高中毕业于河南省濮阳市第一高级中学，2018年考入哈尔滨工程大学动力与能源工程学院，2022年被免试推荐至清华大学攻读博士研究生。获各级各类奖学金6次。获黑龙江省"互联网+"大学生创新创业大赛银奖2项、"挑战杯"大学生创业计划竞赛黑龙江省铜奖。获2020年度中国大学生自强之星，校自强标兵、三好学生、优秀学生干部等荣誉称号。

前不久，一名清华大学的学生题为《在树洞里》的文章在朋友圈刷屏，故事的主人公向阳而生、逐光而行的故事感动了无数人。同样这个故事也深深打动了我，我和他的故事产生了很强的共鸣。面对生活的考验，心有暖阳、不惧人生沧桑，用奋进的姿态诠释青春最美的模样，这也正是我一直以来坚守的座右铭。

**家里的天塌了**

我出生于河南省濮阳市，母亲患有严重的腰椎间盘突出，经常卧床不起，被迫早早下岗。年幼的妹妹也正在上学，家庭的经济压力就落到了父亲一个人身上。我们一家四口的生活虽艰难竭蹶，但却安分知足。父亲为了养家做过电工、跑过项目、干过工程，在我的心中，父亲不仅是榜样，还是我们全家人的天。

可天有不测风云。2020年，父亲的小本生意受到极大影响，妈妈的医药费、我和妹妹上学的日常开销、一家人吃穿用度的压力都积压在了父亲身上。父亲整日疲于生计，肩上的负担越来越重，最终积劳成疾病倒了。父亲被查出患有肾上腺瘤，需要做手术治疗。原以为手术过后父亲能够重新回归正常生活，由于肾上腺瘤引起了高血压，父亲术后又相继产生脑梗、脑出血等症状，经过3次手术的父亲终究没能战胜病魔，在手术台上去世了。留下了病重的妈妈、上学的我、年仅11岁的妹妹以及巨额的债务。

父亲的离去，对于本已拮据度日的我们犹如晴天霹雳，母亲更是一时无法接受，整日以泪洗面。这是我人生中第一次面对至亲之人的离去，签字、丧葬、火化、债务，一切术中、术后的责任都需要由我来承担。我知道作为男子汉我必须成为家中的顶梁柱，我默默地对逝去的父亲许下承诺，"现在换我做家里的天，您安心吧。"我不缺胳膊不少腿，有能力自食其力，我能够靠着打工、勤工俭学和奖学金实现自给自足。

**六点钟的太阳是我大学最好的朋友**

假期结束回到学校后，我以更加努力的姿态迎接生活带来的挑战，一边勤工俭学，一边精进学业。辅导员老师帮助我安排了勤工助学的岗位，在学习空余时间便去学院教务办协助老师完成事务性的工作。大学3年，我每天都是全寝室第一个出发、晚上最后一个回来的人，我拼尽全力突破一个又一个前进路上的目标，以最高标准要求自己。

工作虽然忙碌，但我对学业也从未放松，大二每学期有十几门课程，每门课程我都用200%的力气去学习，隔段时间我返回来再学一遍，别人学一遍，我就学两遍甚至更多，直到知识融会贯通、谙熟于心。

我保持着高中的学习习惯不断奋进，早晨六点迎着朝阳出门，夜幕时分在门卫师傅锁门前归来。我每堂课都坐在第一排听课，养成了每节课都认真记笔记、课下保持定期复习的习惯。大一结束时打下了很好的基础，学习成绩在全系排第四，我同时也在不断突破自己的舒适区，不断突破自己。

我加入科技学习类社团E控科技协会，初入协会就对各具特色的电路板着了迷，通过编程、焊接，自己动手设计电路板成为我心中的小目标。我为此自学C++等编程语言、电路板焊接技术，还尝试与同学共同设计制作"防酒驾、防疲劳驾驶系统"。在实际模拟的过程中，经常遇到报警灯不亮、酒精浓度显示屏乱码等情况，我们就查阅资料、重查代码、请教学长……通宵达旦排查问题。

最终，我们二人的项目获得校"五四杯"创新创业竞赛二等奖，这是我第一次参与科创活动，这更是点燃我科创梦想的火种。随后，我凭借勇于突破、攻坚克难的精神，成功在"互联网+"大学生创新创业大赛、"挑战杯"大学生创业计划竞赛等各类科创赛事中破茧成蝶、绽放光彩。

大学3年，最终以平均分93.61的成绩，保研直博到清华大学，我也将要在清华大学继续追逐我的梦想。

**用萤火之光照亮他人**

我知道，"我必须做得更多、更好，才能扛起家庭的重任。"我没有向家里伸手要过一分钱，奖学金、勤工补助、打工，两年收入达3万元，我不仅实现了经济独立，还将省吃俭用攒下的钱寄回家里，补贴家用，帮妈妈分担压力。我用我自己的实际行动践行了对母亲和妹妹的承诺，用自己的力量为她们撑起了一片天。

在家庭最困难的时候，学校的老师和同学、社会上许多素不相识的爱心人士都给予了我无私的帮助，帮我们全家渡过难关，对这些帮助我的人，我始终心怀感恩。我始终坚定信心，要用自己的实际行动去奉献社会，去帮助更多需要帮助的人。

我从我所热爱的创新创业实践工作开始，为同学们创新创业实践活动提供帮助与指导。担任校E控科技协会主席时，我利用自己的科创经验，为身边的同学提供创新创业指导。我进行了学生社团基本架构的变革，根据同学们的兴趣爱好组建小组，以课题项目的形式进行研讨式学习。更加自主灵活的社团架构，给了同学们更大的施展空间，这种模式深受同学们欢迎。

我参与协办创业大讲堂，充分发挥优秀校友、身边榜样的力量，为同学们答疑释惑；协助组织校"五四杯"创新创业竞赛，为同学们在展示创新创业作品时提供保障。

同时，我也积极参与到志愿服务工作之中。2020年冬天，我主动报名参加社区工作志愿者，主要任务协助社区宣传政策、登记信息、测量体温，协助处理有关疫情防控的突发情况。将近1个月的防疫志愿者工作，使我体会到了基层工作的艰辛，看到了全国上下团结一致抗击疫情的强大力量，更坚定了我回报社会、奉献爱心的信念！

2021年7月，我利用暑假报名参加全国青少年高校科学营黑龙江省分营志愿服务，为来自全省各高中的营员指导科创竞赛。为期半个月的志愿服务，我负责"船模竞速"竞赛项目，手把手地指导他们组装模型，从舰船的外部构造到内部动力，从海洋科普知识到国家的海洋强国战略，我不断为营员们讲述专业知识、传授科创经验，在实践中为同学们厚植爱国主义情怀。

3年来，我参加了十余次志愿服务，如红十字会同伴教育志愿者、爱心家

教、无偿献血等等,在志愿服务道路上,我将继续用微薄的力量发光发热,用爱、用情温暖着身边的每个人。

回顾成长过程,无论生活给予我多大的考验,我也愿做自己的光,始终以乐观向上、积极奋进的姿态传递着正能量。在我的故事里,有奉献、有奋斗、有信念、有担当,更有生生不息的青春力量,我想努力用生命之光照亮世界,从被爱到去爱,续写"树洞"男孩那个励志的故事。

**同学感言1**:他是9公寓5楼最早起床的人,上课总能跟着老师的思路走,他的微积分笔记记得特别好,工整得跟打印的书一样。记录的知识点条理清晰,他是典型的学霸。李德政同学乐于助人,同学们遇到问题都习惯去问他,他总是很耐心地为大家答疑解惑。

——同学 罗培森

**同学感言2**:与李德政一个组做科创项目,他总会有新奇的点子,不断突破自己,凡事不轻言放弃,总是能够坚持到底。他也是一个骨子里既要强又倔强的人。

——同学 李桂财

**辅导员感言**:李德政同学做事情肯蹲下身来、下苦功夫,把困难当挑战,把困境当磨炼,他用乐观向上的心态、不畏艰难的品格诠释着"艰难方显勇毅,磨砺始得玉成"。他也是个单纯、阳光的大男孩,乐于把自己的感受、身边的故事与我分享,我常常和他聊天。通过在哈尔滨工程大学的学习,也让他开阔了视野,同学、老师们的鼓励让他变得更加坚强。

——辅导员 闫毓麟

# 在大学，我学到了什么？

编辑：王琦

### 故事主人公简介

谭荔嘉，男，中共党员。高中毕业于河北省保定市唐县第一中学，2018 年考入哈尔滨工程大学材料科学与化学工程学院，2019 年转入信息与通信工程学院，2022 年被免试推荐至北京理工大学攻读硕士研究生。获国家励志奖学金 2 次，校优秀学生奖学金 5 次。获全国大学生数学建模竞赛省级一等奖、二等奖各 1 次、黑龙江省大学生电子设计竞赛省级 3 等奖。获校自强标兵、校优秀毕业生、校三好学生等荣誉称号。

2018 年夏天，1 辆车，4 个人，凌晨 4 点，京哈高速，1400 千米，晚上 7 点，哈尔滨，哈尔滨工程大学。2018 年的夏天我来到了我一生充满感激的地方，碰到一生难以忘记的人。

我之前一直都在思考，大学教会了我什么，但冥思苦想，却总是想不出个所以然。我后来终于知道自己为什么总是得不到答案了，原来我从一开始就想错了，并不是"大学教会了我什么"，而是"在大学，我学会了什么"。这个思维的转换也许就是我在大学学到的最根本的东西。

### 被拒绝的家教经历

在踏进大学校园后，我接触了很多勤工俭学的学长，他们依靠兼职收入实现经济独立，于是我暗下决心，也要减轻父母的负担，寻找兼职工作。结合我的优势，我决定寻找需要高一数学辅导的学生。在学长的介绍下我认识了一位家教中介，他给了我相关家长的联系方式，我开始着手准备。

我是一个家教小白，没有任何经验，于是我仔细询问家教中介各种注意事项，家教中介告诉我一定不要说自己没有经验，要学会包装自己。我于是写了一份交流草稿，准备回答家长的问题。经过反复打磨，终于在一个晚上，我拨通了家长的电话，协商家教的事宜。家长首先介绍了学生目前的情况，在数学上有什么问题，然后询问了我的高考数学分数以及之前有没有担任过家教等，我将之前准备好的标准答案说出，但令我没想到的是家长开始详细询问我上一段家教经历，上一个学生的成绩如何，等等。因为这是我虚构的一段经历，所以我在回答时表达磕磕绊绊，声音不自觉地越来越小，家长或许察觉出了我的窘迫，以突然有事的方式结束了通话，第一段面试经历也就不了了之。

结合这次经历，我想或许我的态度一开始就是错的，即使我通过撒谎的方式获得了这次机会，但之后的辅导过程也需要不断用一个个谎言去"填坑"。我再一次拨通了另一位家长的电话，面对家长的询问，我说："阿姨您好，我实话实说我是大一新生，这是第一次准备做家教来赚取生活费，我没有什么经验，但我很喜欢数学，我也希望可以帮助别人喜欢上数学这门课。我现在也在学习微积分这些课程，我愿意和您的孩子共同进步，取得更好的成绩，希望您可以给我一个机会，让我试一下，我保证不辜负您的信任。"就这样我们定在周末试讲，第一次辅导，我询问了学生目前的学习进度，开始准备第一次讲课。

准备试讲的过程中，我回忆起高中数学班主任的讲课模式，由课前回顾、课上知识、课上总结、课后作业4部分组成。因为是第一次讲课，我就直接准备第一次课的知识点，我查了高一年级数学课本的前两章内容，用思维导图的形式把知识点做了总结，也在百度上查了近几年哈尔滨高一年级的期末模拟题，将有关前两章的题都整理在一篇文档里。我还记得室友的一句话"你做这么多事情，课前准备加上来回的时间，你的收入值得你付出这么多时间成本吗？"我想我既然决定辅导人家，就要拿出100%的态度，不然误人子弟，自己心里也过意不去。

试讲那天，我提前两个小时到了学生家楼下，在楼下看着自己打印出来的资料，一遍又一遍回忆着每部分的重点。到了约定的时间，我进入学生家中，在跟家长与学生问好后，我开始了第一次试讲。当我拿出自己打印出来的资料时，阿姨在旁边笑着说："孩子你挺用心的"。我笑着说："谢谢阿姨，这是我应该做的，我一定努力让我俩共同进步！"最终，我试讲很顺利，并在第二天得到了来自学生家长的认可。在将近一年的时光里，孩子逐渐对数学产生了兴趣，成绩稳定在中上水平，我也在大学的第一年取得了好成绩，获得了奖学金，也有了属于自己的小金库。

我没有埋怨之前家教中心的"虚伪"，没有懊恼自己的"天真"，没有责怪第一个家长的"苛刻"。我很感谢这次经历，它使我明白了真诚往往最能打动人心，对待每一件事都要拿出真诚的态度，这是我在大学学到的第一课。不管面对什么事，不用苦苦寻找什么成功学，其实就像我们校训"大工至善 大学至真"表述的那样，大道至简，真诚才是人生的必杀技。

**深夜自习室的感悟**

在大三上学期，由于新冠肺炎疫情的影响，大二下学期的七八门"魔鬼"专业课，期末考试的时间推到了这个学期开学。大三上学期的课程同样很紧，一连几周从周一到周五满满当当的课与实验，周末是期末考试，我还要给高一的学生讲课，深感压力巨大。在各种事情的交叉冲击下，我大二下学期的专业课没有考好，"信号与系统"这门课程使我在大二的均分一落千丈，错过了大二学期的所有评优奖项。

为了弥补"信号与系统"为自己"挖下"的"大坑"，我决心在大三的考试中扳回一城。图书馆每天晚上10点就熄灯关门，我就不再在图书馆自习，转移阵地到21b教学楼自习。当门卫大爷晚上10点半左右从五楼清人到四楼的时候，我就拿起书包走上五楼东北角的木长桌上，把大爷关闭的楼道灯再打开，继续复习写实验报告。有一天晚上，大概在晚上12点多，我正在五楼的长木桌上自习，周围很安静，只有写笔记的沙沙声，突然从某个角落传来了一个男生很小声的谈话声，感觉是在跟父母打电话。说着说着不对劲起来，一阵啜泣声传来，他对着电话那头哭了。安静的走廊上此刻只有我们两个人，我听到他哭着对电话那头说："妈，我今天又被老师批了，从暑假就开始准备比赛，准备了几个月，我们几个人明明都那么努力了，可老师还是说我们目前一塌糊涂。比赛马上就要开始了，可……"伴随着哭声，我停下笔，我当时想，"现在是深夜12点20，我在干吗？我在为了这学期取得一个更好的成绩加倍复习。他又在干吗？他在为自己熬夜无数次，辛辛苦苦准备的竞赛而担忧。我们或许都不是聪明的人，但我们都在为了自己的目标而努力，我们彼此都清楚，这不是自己曾经幻想过的、舒舒服服的大学生活，大家都有自己所向往的生活。但为了达到自己的目标，实现自己的理想，我们不得不付出更多的努力，想要得到更多就需要付出更多，机会不会眷顾懒惰的人。这件事也使我明白，深夜为了自己的'事业'而崩溃的人不在少数，当我在床上刷着视频，打着游戏消遣时，真的有人在另一个地方为了自己心中的事业付出加倍的努力。"想到这里，我伸伸懒腰，随后又继续埋头整理手中的复习笔记。

至今难以忘记那个冬天，我每天凌晨从21A出来，听着隔壁老樊的《初秋和你》走回二公寓。当时的日子真的很累，但也真的很充实，我回到寝室简单洗漱，一分钟就能安然入睡，第二天依旧早起上课。最终，我大三上学期的成绩除了英语外，其他课的成绩都达到了95分。

我并没有在大二下学期的失败中沉沦，而是在失败中总结教训，为了目标付出加倍的努力。我非常珍惜这段经历，它使我明白，现阶段的付出可能很苦，但带来的结果往往令人满意。我珍惜每一段奋斗的经历，现在回想起来，依然会很佩服当时的自己。

**答辩前的彷徨**

我在大三学年的学习成绩比较好，排名全院第二名，大四开学后，学校也开始了各种标兵、三好学生等奖项的评选。这时有同学问我要不要报名自强标兵的选拔，说我是贫困生中的第一名肯定能过，我就去看了一下评选细则，发现还挺契合的，但是我又担心会出糗，始终在犹豫。但最终在这位同学的建议下，我还是报名了。很感谢这位同学，如果不是她，我可能会因为我的"甘于平凡"错过很多评优的机会。

当所有竞选者站在院系竞选教室门口时，我发现竞争这个奖项的同学大概有7名，其中还有研究生学长学姐，还有优秀的大三学弟。我承认自己不是一个很自信的人，在排队的过程中又有点泄气，听着旁边的人侃侃而谈各自的优秀，我的心中仿佛有个定时炸弹一样，心怦怦地跳，我一咬牙拿着U盘就离开了答辩教室，往寝室的方向走去。在回去的路上，我看着自己手中的答辩手稿，想到自己这学期的成绩是年级第二名，有了些底气，又想到奖学金可以填补我这学期的生活费，我深吸一口气又往回走去。在等待的时间里，我没听他们讲话，一直在心里默念自己准备的答辩稿。当到我的时候，我在心中默喊加油，硬着头皮走了进去，在进去的瞬间我听到答辩老师说"就这些人推上去一个都评不上"，我战战兢兢地迈入教室强挤微笑向答辩老师问好，然后开始了我的答辩。我自认为自己的答辩内容准备得很充分，且自己很顺利地完成了答辩的全过程。第二天在公示文件中我看到了我的名字，太棒了，这是我第一次在竞选中胜出。之后作为学院推选的候选人到学校去参加答辩，从所有院系推荐的人中选出10人，我认真准备自己的标兵展板。在答辩的那天，各个学院申报不同奖项的同学们站满了启航大厅，我不敢放松，在心里默背自己的发言稿。面对评委的提问，我对答如流，并跟评委详细表达了做家教以及暑期兼职赚取生活费的内心感受，我自信地将自己准备的内容表达出来，最终如愿以偿得到了这份荣誉。

这段经历让我明白了任何时候一定要自信，不要畏难。明明自己站上了竞选台，达到了很多人没有达到的高度，我为什么还要自卑呢？为什么还要退缩呢？不争取永远不会属于自己，争取过、努力过，即使失败了又有什么可惜的呢。

2022年夏，大学本科生涯已近尾声，我的"小程故事"也止笔于此，但人生故事还要继续写。我的大学生涯使我坚信，为了自己的理想而努力奋斗，才不会给青春留下遗憾。努力是为了更美好的明天，愿你我心中有梦，以梦为马，以努力为剑，披荆斩棘奔赴更美好的明天！

**同学感言1**："只有胜利，没有放弃"。这是他眼中的光，是他的信仰。作为朋友，他真诚、炽热，是心连心的伙伴，是肩并肩的战友；作为儿女，他勤奋、自强，用奖学金度过了4年的春秋冬夏；作为学子，他严谨、笃实，图书馆、教学楼总能看见他的身影。与谭荔嘉同窗的4年，在他身上发生了太多的惊喜与感动。或是深夜12点突然而至的生日蛋糕，或是深夜数模竞赛轮班写论文他躺下三秒的呼噜声，抑或是实验报告每次多打的那一份，都深深地烙印在我的心底，历久弥新。我最可靠的伙伴啊，漫漫人生路，愿你永远璀璨夺目，熠熠生辉！

——同学 姜昊霖

**同学感言2**：大学4年，谭荔嘉同学一直是我学习和生活的榜样。他刻苦努力、勤奋踏实，是学习上的巨人。他总是我们公寓回来最晚的那几个人之一，面对知识点繁多的专业课，他总是能条理清晰地给同学讲解分析。他团结同学、真诚善良，是生活中的强者。当自己遇到挫折时，他总是选择一个人承受，不愿给同学造成负担，但当身边的同学遇到困难时，他总是第一个站出来伸出援手。我想我不仅过去4年要向他学习，以后也要一直向他学习。

——同学 谭铭昱

**辅导员感言**："凌空蹈虚，难成千秋伟业；求真务实，方能善作善成"。谭荔嘉的大学4年，足以用"求真务实"来诠释。以真诚之心待家教学子，终得家长夸赞，实现经济独立。哪有那么多的天才少年，不过是超于常人的付出。谭荔嘉日复一日地挑灯夜读，终是不负其对待学习的诚挚之心，国家励志奖学金、自强标兵、优秀团员以及科创奖项，均是他不懈奋斗的印证。走过的每一步，付出的每一分努力，终将化为谭荔嘉由心而生的自信。只争朝夕，不负韶华，是对他未来最美好的祝愿！

——辅导员 王琦

# 一个小镇青年的"大作为"

编辑：张羽鑫

### 故事主人公简介

叶静，女，中共党员。毕业于浙江省兰溪市第一中学，2018年考入哈尔滨工程大学机电工程学院，2019年转入智能科学与工程学院，2022年被免试推荐至中国科学院自动化研究所模式识别国家重点实验室攻读硕士研究生。获国家奖学金2次，国家励志奖学金1次，校优秀学生奖学金4次。获东北三省数学建模联赛一等奖、全国大学生数学竞赛省级三等奖、全国大学生英语能力竞赛国家级三等奖。获校学习标兵、自强标兵、三好学生、优秀共青团员等荣誉称号。

最近网络上出现了一个热词"小镇做题家"，最开始，这个词是用来形容出生在"小镇"里，擅长应试，只会埋头苦读，缺乏资源、视野和特长的学生。可是，在我看来，每一位"小镇做题家"身上都有他们为了梦想不断拼搏的勇气，都有他们为了能够有一番"大作为"而不断拼搏、奋斗的影子。而我，作为一名"小镇青年"，在我的成长路上，面对着生活的一道道"考题"，始终坚持将自立自强作为自己的武器，不断砥砺前行。

### 奶奶是我自助助人的力量支撑

我来自浙江兰溪的一个小农村，原本我过着小村子里最幸福的生活，父母恩爱，家庭幸福，了无烦恼。那时的我总是在想，如果我们一家人能够每天说说笑笑，过着简简单单的生活，那我的一生该是多么幸福呀！一切的改变从我母亲患上白血病开始。母亲因病去世，留下了一大笔医疗债务，父亲远离家乡进城打工，我瞬间成为村里留守儿童中的一员。

那时候，大部分的时间我都跟奶奶生活在一起，她一直是一个非常勇敢和勤奋的人，已经74岁的她依然还在田地间辛勤劳作，用长满厚厚茧子的双手为我创造幸福的生活。还记得我上初中，因为上不了城里的中学，我只能到镇上的一所学校上学，那是一所被冠上零重点率的初中。学校学习氛围不好，到了初二，班上好多人都已经辍学了。奶奶知道后，便安慰我说："你的大伯也是在这里毕业出去的，他成为咱们村最早的大学生，你也一定可以。相比在哪里读书，更重要的是愿意读书、愿意真正学会书中的知识。"在奶奶的鼓励下，我努力克服学习氛围不浓、教育资源不丰富的影响，在镇子里的学校继续学习。时至今日，我依然会想起夏天39℃在高温没有风扇的寝室里，10个女孩打着手电复习的场景。奶奶为了让我能够安心学习，她每周都会给我准备好菜，并跟我说"你不用排队了，又给你争取了一点学习的时间"。每次在我考了年级第一的时候，奶奶会和我说"还不是全市第一，有什么可骄傲的"。在奶奶的鼓励和陪伴下，我以优异的成绩被市重点高中录取，打破了镇上学校的学生考不上市重点高中的魔咒。

时至今日，奶奶的话还时常在我的耳边响起，激励着我克服在学习和生活中的困难和阻碍。也许，就是因为生活太平凡了，我们才不断想要走出去，走远一点，再走远一点，去更大的天地看看。只有自己变得坚强，才能不惧怕前路上各种各样的顽石。

**徐建生爷爷是我助人的精神源泉**

在我的成长历程中，除了我的奶奶，另一位爷爷也对我产生了深远的影响，他就是一手创办"柏园学人爱心助学团队"的徐建生老先生，是徐爷爷带我走上了助学之路。

高中生的我和万千普通高考生一样，单调地重复着食堂、教室、寝室三点一线的生活。2018年高考刚结束，我就被"柏园学人爱心助学团队"的联系人带去见了徐建生老先生，他是"柏园学人爱心助学团队"的创办人，一位94岁高龄的老爷爷。

初见时，他住在一间非常老旧的出租屋里，院子里还没来得及收拾，甚至长了杂草，屋子厅堂里整齐地挂着往届资助学生的照片。爷爷如聊家常一般将他10年的助学故事讲给我们听，当时我是惊讶的、迷茫的。那个夏天恰巧赶上爷爷租的房子到期，我便自然地成了他的搬家助手。短短几日的相处，我看到了往届被资助学生与爷爷之间不是血缘甚似血缘的亲情。有位在天津中医药大学的学姐，暑假回来就帮助爷爷针灸按摩；爷爷生病时，也有学姐主动住在出租屋里照顾爷爷的起居；每位放假回乡的学长学姐都会先来爷爷这里报平安。这样的助学模式是我不曾想过的，许多的助学慈善都仅是将资金赠予需要的人，而未曾有情感联系。用爷爷的话说，资助人上大学，是想让优秀的人被更多的人看到。

在这个暑假，我帮爷爷搬家、整理团队资料。后来爷爷邀请我参与助学团队的工作，我也成了一名联络小组的成员，而我也刚好是柏园学人自创建以来的第十届学生。由于有很多需要帮助的同学会羞于把困难讲出来，每年寒暑假，我们都会去同学家里进行家访，发现他们的难处，尽我们所能去帮助他们。曾有一位学生家庭非常困难，父亲生病每天都需要花费巨额医药费，我们曾派人多次去探望，但他们依然拒绝金钱上的帮助。在她父亲去世以后，她参加我们的活动，感谢我们对他们家的关心。

遇到同学家中有突发状况，我们团队也会倾力相助。曾有一位学姐非常想读研、读博，但是她的父亲出车祸躺在床上，这成了她读书道路上最大的困难，她甚至想要放弃读研，去工作补贴家里。这种情况我们在家访时才发现，团队决定以"借"的名义帮助她，而且许多学长学姐也一直鼓励她继续求学。除了参与家访帮扶工作，我们的工作还包括挑选新的成员加入团队、帮助爷爷发放助学金和组织年度学习交流聚会等。助学团队的成员都非常优秀，有许多学长学姐考入了清华、北大，也有一些已经毕业的学长学姐回来，壮大团队。2019年，徐爷爷被评为了浙江省最美爱心助学人物。

感恩和回报，是徐爷爷一直在教导我们的品质。感恩给我们生命的父母，感恩爱我们的亲人，感恩给予帮助的老师，感恩身边或大或小的善举。

**图书馆成为我学习和帮助他人的"阵地"**

步入大学的我正值18岁，成年的年纪，作为一名成年人，我认为自立自强是对自己人生的一种规划和负责。自那时起，我就开始思考自己想要成为一个什么样的人，并如何通过自己的努力和奋斗成为那样的人，如何才能脱离舒适圈，不一直被人保护，而是学会保护自己的梦想和愿望。正是这样的想法，支持着我走进了大学，一直陪伴着我度过了大学生活。

上大学后，我带着自己的那份初心和感恩，开启了追逐梦想的脚步。一进校园我就定下了保研的目标，大一、大二的我不停地重复着单调的学习生活，可以说我的生活都围绕着"学习"两个字。我所有的实验和专业选修课都取得了优秀，专业课程优秀率100%，数字信号处理100、有线性代数100、模拟电子技术99、电路基础97、自动控制元件96、电力电子技术96……很多同学问我是怎么学的，相对于大量刷题，我更喜欢啃教材，我会反复看书，直到所有的知识融会贯通。同时，我也特别重视预习和复习，所有的课必先预习，课下及时复习。我的预习、复习多是在课间与课后的十几分钟内完成的，省时又有效。

为了减轻家庭的压力，在大学期间，我始终坚持勤工助学，在学校图书馆勤工助学、担任学习助教、校外兼职家教。在本科上学期间，我完全实现了自给自足，自己的学费和生活费全部来自得来的奖学金以及自己勤工助学的收入。

有的同学可能会问，勤工助学和自己的学习会不会发生冲突呢？我的答案

是否定的，因为我始终认为，勤工助学其实也是在帮助我自己开展学习。首先，我自己本身是一个非常喜欢看书和学习的人。大一时，我在学校图书馆参加勤工助学活动，虽然只是从事收拾归还的书、收座位上占座的书、管理打印机这些很简单的工作，但是我看到了很多同学拼搏努力的身影，每次看到我都很感动，这也种下了我要坚持刻苦学习的种子。其次，在图书馆的工作让我熟悉了许多领域的书籍，扩宽了我对许多专业的认知。做助教时为了讲一道题，我会花很长的时间整理好相关题目的知识点，反复思考应该如何描述以使听者明白。做家教时，我会将题目讲解录制下来，不仅帮助我巩固知识，而且还锻炼了我语言表达的能力。我始终觉得，选对勤工助学的方式和内容，就是在促进自己的成长。

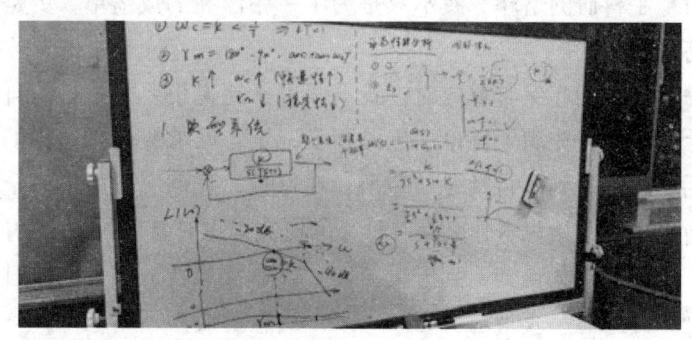

## "智能"生活是我帮助自己和他人的另一种方式

大二时，我和2名同学一同参加了全国大学生数学建模联赛，想通过参加比赛提升自己的创新能力和加深对专业知识的理解。那一次比赛，我们3个人可以说是"手忙脚乱"，我主要负责初期相关资料的收集和最后论文撰写。但是作为一个科创"萌新",我并没有做好准备。文献与模型类型繁多、内容广泛,在短时间内理清头绪,找到自己需要的东西,对于我来说,太难了。一直到赛程进行到2/3时,我们仍没有成型的思路,最终成绩也不甚理想。这次比赛之后,我们进行了反思,并对相关知识进行了系统学习。我们通过网络上的指导视频对建模的基础知识进行学习,不断参与建模活动,提升实战本领,我们能力得到很大的提高。2020年9月,我们再次参加东北三省数学建模联赛,这次参赛我们只有4天的准备时间,我们仍要在浩如烟海的文件中选取资料,在实际背景中改进模型,在巨大压力下完成论文。在确定参赛后,我便将自己隔离于一个不被打扰的环境中,通过网络与队友进行讨论、研究,我们共同完成了资料筛选、模型建立与优化及论文撰写等一系列任务。机遇向来是留给有准备的人,我们这次不仅顺利完赛,还获得了一等奖。

在大三的暑假,我开始确定了真正的未来目标。在我急迫地想要有所成绩之时,我主动向我的班主任黄玉龙老师寻求了帮助。在老师的带领下,我第一次真正开始接触科研。刚接触科研时,我觉得入门是最难的。俗话说"师傅领进门,修行在个人",万不可忽视师傅在入门时候的作用。黄玉龙老师丝毫没有老师的架子,更似一位学长,每周固定时间与我们讨论问题,平时也随时帮助我们解决困惑,不管是多么简单的问题,老师都会不厌其烦地为我们解答。且在我保研时,老师能够站在我的角度仔细帮助我分析利弊,还一度帮助我舒缓焦虑。同时,每听到组会上老师与学长们激烈讨论,我感觉收获颇丰,这正式在我心底打上了科研的烙印。我不只是为了一张漂亮的成绩单,更是为了真真切切做出有用的东西。

犹记得大三被问起保研意向时,我不假思索地说想要去中科院自动化研究所,但那个时候的我充满了自卑、焦虑和不确定,谁承想就是这样的缘分,让我一年以后真的保研到了自动化研究所。在这里,我彻底开始了完全不同的学习和生活方式。我开始思考什么是有意义的研究,也时常被科研上的问题困扰,经常陷入一个问题许久得到不到解决方案。我非常清晰地感受到我对自然语言处理的热爱,并愿意一直为之努力。未来,我想要成为一名老师,一直做我喜欢的研究工作,还可以让更多的人了解自然语言处理的魅力。

回顾成长之路,作为一名"小镇青年",我是奶奶和徐爷爷带着我走上了自立自强的道路,是各项勤工助学活动让我在奉献中不断成长,是大学4年的成长经历不断丰富我的羽翼,让我有搏击长空的勇气。我更愿为"小镇青年"代言,用我的故事鼓励更多同学用自己的努力守护自己的愿望和梦想。"小镇青年"也会有"大作为",我们的未来将由我们自己书写。

**同学感言1**：叶静同学团结同学、乐于助人，在大一时开设线性代数讲座，为同学们答疑解惑，讲解分析十分透彻，令我印象深刻。在专业课的学习中，她积极和同学探讨课程中的难点，在自动控制理论考试前，为我概括了整个自动控制理论体系，使我对自控有了整体上的把握。她总说"授人以鱼不如授人以渔"。她每次为我答疑后总是鼓励我，要我坚持自己的看法，解题的方法触类旁通，要透过现象看本质。

——同学 孙友伟

**同学感言2**：作为2020级的一名学生，我认为叶静学姐是一名非常优秀的共产党员，是我敬佩和学习的榜样。首先，在学习上，她有自己独特的学习方法，而且学习成绩名列专业前茅；在生活中，叶静学姐时常会给我许多宝贵的指导与建议，给我提供学习以及科研的方向。在此，我真的特别感谢叶静学姐不厌其烦地解答我一次又一次的困惑。叶静学姐是一名非常优秀的学生，是值得我学习的榜样。

——同学 邓颖卓

**辅导员感言**：寒来暑往，春华秋实，转眼就来到了说再见的季节。很幸运，我参与了你的青春故事。你的眼神始终透着坚定勇毅，你的步伐始终迈得铿锵有力。优秀早已是你的习惯，为同学答疑解惑的声音依旧萦绕耳畔。你更是自强的典范，图书馆总有你的身影，同学、老师口中常有对你的称赞。昔日纵有艰难求索，今日已是弥足珍贵。在未来的日子里，希望你带着惊喜更加自信、更加勇敢，愿你以执着和朴实继续写就平凡的伟大。

——辅导员 李雪健

## 会当凌绝顶，一览众山小

习近平总书记在全国教育大会上强调："培养德智体美劳全面发展的社会主义建设者和接班人。"因此，德智体美劳五育并举是高校新时代创新型、应用型和复合型高级专业人才培养的应然选择。新时代社会主义建设者和接班人，不仅要有中国情怀，而且要有世界眼光和国际视野。青年学生应当关注世界形势及其发展变化，成为具有中国情怀、全球视野的人才，能肩负起建设祖国的使命，更能承担起为世界、为人类做贡献的责任。

本篇选取了5位优秀同学的发展成长典型案例。他们从被动接受到主动出击，从一筹莫展到游刃有余，从娇生惯养到百炼成钢。这些成长故事告诉我们，大学有多条选择的道路，大学生们可以在不同的尝试中去思考适合自己的发展途径，在读书之余开拓自我，把经历变成经验，把阅历变成能力，在摸爬滚打中壮筋骨，在干事创业中长才干，用"全面发展"在这个波澜壮阔、气象万千的大时代里赢得出彩人生。

# 我对自己负责

编辑：刘铁

### 故事主人公简介

周君琪，女，中共党员。2010年考入哈尔滨工程大学信息与通信工程学院。获全国海洋航行器设计与制作大赛一等奖，全国大学生电子设计竞赛黑龙江省赛区一等奖。获校优秀学生干部、优秀毕业生等荣誉称号。2014年6月本科毕业，参加国家大学生西部志愿服务计划，赴新疆阿勒泰地区青河县支教一年。2015年返校继续攻读硕士研究生。2016年9月—2017年8月，参加学校对外交换项目，赴德国慕尼黑工业大学交换学习一年。2018年硕士毕业至今，工作于航空工业无线电电子研究所，负责机载无线电通信导航系统的设计及研制工作。

### "撬开"校学生会的大门，机会是自己争取的

故事就从我敲响学生会大门的那一刻开始。事实上，学生会这扇门我是"撬开"的。当时，初进大学的我听了校学生会的招新宣讲会，加入学生会的外联部便成了我入学的第一个愿望。通过笔试、面试两轮考验，我对自己的表现比较满意，然后就满怀期待地等候通知了。第二天下午，我对面的寝室就有人收到了外联部的录取短信，看着毫无反应的手机，我的心瞬间凉了一半。我在手机旁边等了一个多小时，在完全排除了手机故障和信号迟延的情况下，我知道，我被淘汰了。

接下来，从下午到晚上的这段时间，我一直在进行着强烈的思想斗争，最后我决定为自己再争取一次机会，也是这一次，改变了我之后大学四年的轨迹。

那天晚上，我去对面寝室要来了发通知的那个手机号，然后我给他发了一条短信，我说："你好，我是昨天去面试咱们外联部的同学，我叫周君琪，我今天没有收到咱们的录取通知，我知道自己是没有被选上。不过我想知道你觉得我还差在哪里，有哪些不足，如果能告诉我，我相信对我以后去改正这些问题会有很大帮助，虽然不能加入这么优秀的组织，但我还是希望能够变得更好，十分感谢。"

过了一会儿我收到了对方的回复，他说："我知道你，你给我们留下的印象很深，我们也非常希望你能加入进来，但是外联的工作很辛苦，老师建议我们多招男生。我们找老师争取过，但是失败了，真的很抱歉。"

这些话鼓励了我，我对他提出："如果有人中途吃不了苦退出的话，我还是希望能够加入这个大家庭。"

我觉得有时候机遇是个非常神奇的东西，当你准备好了，它自然就来了，第二天真的有人退出了，我就成了当初报名的那一百多分母中唯一一个被淘汰了还表现积极，失败了还依然怀揣希望去争取机会的人。

就这样，我"撬开"了校学生会的大门。做学生干部给我上的第一课就是机会是靠自己争取的，你先放弃了，就什么都没有了。

如果没有这次争取，我就不会进入学生会，也不会有后来的机遇和改变，就像电影《蝴蝶效应》一样，我整个大学的轨迹甚至人生的轨迹都会不同。所以我很感谢这次经历，它不光成全了我初进学校的一个梦想，更重要的是，它带给了我勇气，让我之后面对再渺茫的机会，都能敢于去争取。

**做好简单的事，成就不简单的人**

大三的时候，我顺利当选为校学生会副主席，分管办公室、文艺部和外联部三个部门。

有一天，有个文艺部的副部长和我说，他觉得这份工作特别没有意义，每天重复做一些不用动脑的小事儿、杂事儿，感觉浪费了很多时间，收获却很小。

我相信这确实是很多低年级学生干部共同的困惑，因为我也是从那个阶段成长过来的。我也曾在零下30摄氏度的天气里，从十三公寓一路贴海报到图书馆，手都冻得没有知觉了，也有努力策划一些活动却不被采纳甚至被一票否决过……

那时候我也在想，做这些到底有没有意义、值不值得？答案是肯定的。

当我意识到这些看似无聊的小事儿虽然我对它抱着怀疑的态度，但还是不得不去做的时候，我开始从自己的心态上寻求改变，力求把简单的小事儿做好，并主动寻求成长。

从那以后，我每次为各种活动"打杂"的时候，都不抱着一个"力工"的心态，而把它当成是一个学习的机会。

就拿办晚会来说，我看着每一台晚会是怎么组织策划的，灯光要什么时候打，音乐要什么时候加，我自己去量了舞台有多大，站在哪个位置最不偏台，条幅要做多少米，等等。

我掌握了舞台所有硬件的特点，然后我坐到台下，去认真地观看每一个节目，不光看学生会办的、院系的、素质教育基地的、社团的，只要我去看，我都会认真记录，哪一类节目观众最喜欢，怎么排节目的顺序最合理，需要哪些优秀的演员和实用的道具，要如何联系，这些都是我在大二，作为副部长积累下来的。

事实也证明，这些积累在我大三真正去组织活动的时候起到了十分关键的作用。

这段经历让我更加明白了"勿以善小而不为"，只有把简单的事儿做好才能成就不"简单"的人，才能够在一点一滴的积累中提高自己，才有资格和能力去担当更加重要的角色。

**眼界决定世界**

我们常说"眼界决定世界"。直到 2012 年底，我受学校推荐，参加了中国大学生骨干培养学校第六期的理论学习，才更加深刻地理解了这句话的含义。

"中国大学生骨干培养学校"由共青团中央、全国学联组建，简单地说也就是一个全国性质的"军工英才"班。班里的同学都是来自全国"985""211"重点院校的优秀学生，是一个真正意义上的学生骨干队伍。

在这些优秀的人身上，我发现了一个共同点，就是他们都有十分开阔的眼界和十分丰厚的知识储备。这里有出口成章、满腹经纶的"才子佳人"，也有对时政有着独特观点的"政坛达人"，还有着掌握六国语言的"超能理科生"。

他们不管是政治、经济，还是社会、历史都能娓娓道来，也正是因为了解的范围广、接触的环境宽、视野比较开阔，他们的想法也更加灵活、更加先进。

回来后，我开始强制自己阅读大量的图书，主要是补充自己之前涉猎空白的部分。

同时，我争取更多的机会出去交流，去接触更多、更新的思想。我发现南方高校的同学大都会利用寒暑假的时间去外面做一些相关领域的实习，并注重社会实践和自我兴趣爱好的培养，相比来讲，北方学校同学的这种意识就显得要薄弱一些。

在不断积累中，我认识到只有在跳出井底后，才能看到真正的蓝天。

## 我对自己负责

最后和大家分享的故事，决定我毕业后的走向。在决定去向的时候，我面前有三个选择。

一个是直接工作，当时我能够选择的最好的一份工作是在北京的一家上市公司做文职，月薪六千，可以落北京户口；第二个选择，是出国继续读研深造；最后一个选择，就是响应国家的西部计划，去新疆阿勒泰地区的青河县进行为期一年的志愿服务工作，完成后回到本校攻读硕士研究生。

在一番很慎重的考虑之后，我最终选择去遥远的新疆进行为期一年的支教服务工作。

很多人也许不理解，但这绝不是我一时冲动做出的选择，而是经过我深思熟虑做出的决定。

我相信支教注定是一段不平凡的经历，它能够给我一个机会去看看不同的人生，去看看一个可能和我们不同的世界，去体验一种不同的生活。

在确定支教之后，我给自己写下了一段话："路本身没有对错，关键看怎么走，选择也无谓艰难，只要心有所向。新疆一定不是我这辈子最明智的选择，但一定是最勇敢的一个。"

选择本身可能并不重要，关键是看选择之后能够走多远，所以一定要抱着对自己负责的态度，才能在选择的路上走得更远。

我从来不觉得自己很聪明，但是我知道摔倒了之后要总结原因；我从来没逼自己一次就成功，但我坚持"可以不成功，却不能不成长"；我从来没有忽略周围人的忠告，但是我知道，只有我才能对自己负责！

**同学感言1**：看了周君琪同学的故事，让我明白一个道理，那就是作为一个大学生，应该、也必须对自己的人生有一个明确的定位和合理的规划，这样做事情才不会毫无目的地走一步算一步。要对自己有一个负责的心态，以后自己会成为什么样完全取决于自己。不做死读书本的"书呆子"，让自己的生活更多元、更丰富多彩，有助于走出校园后更好地适应社会，有了一技之长和勤恳的态度，在一个团队中也会是个有用的人。曾经有时觉得励志的故事离自己很遥远，但作为同龄人，周君琪同学的事迹就发生在自己身边，对我有榜样的作用。

——同学 王宇

**同学感言2**：有这样一句名言："机会是留给有准备的人的。"身边经常能看到一些同学埋怨自己时运不济，认为周围的环境使自己无法得到更好的发展和锻炼。通过阅读周君琪同学的故事，我们可以发现，很多时候，机会都是自己争取得到的。在这个竞争越来越激烈的社会中，如果一味地等待机会降临到自己头上，那么将注定与很多机遇擦肩而过，一事无成，到头来怨天尤人也无济于事。所以说，无论何时，我们都应该对自己负责，想做的事果断去做，到时就会发现可能就是因为自己一个简单的争取，事情就会变得柳暗花明，可以闯出另一片天地。

——同学 孙罡

**辅导员点评**：经常有学生抱怨，加入某学生组织后一点用也没有，什么也学不到。周君琪同学的故事给我们提供了一个很好的答案，学生干部是一个平台或者载体，这个平台或载体只是给大家提供了一种可能性，一种能力提升的可能性，把这种可能性变成现实必须要加上本人的主观努力。大学也同样是一个平台，有的同学选择了专攻学术，有的同学选择了投身科研，还有的同学选择了综合发展。但无论是哪个方向，都需要你投入极大的热情和努力，才可能获得对应的发展空间。大学四年，每个人拥有相同的时间，但四年过后，却会产生不同的结果，其根本还是在于个人。除了你自己，没有人会为你的人生负责。对家庭、对祖国的担当，必须从"对自己负责"开始。

——辅导员 孙安斗

# "浴火重生"的他百炼成钢

编辑：董云吉

### 故事主人公简介

娄存恺，男，中共党员。2017年考入哈尔滨工程大学物理与光电工程学院，2021年被免试推荐至本学院直接攻读博士研究生。本科期间获得国家励志奖学金1次、校优秀学生奖学金7次。获得全国大学生光电设计竞赛国家级一等奖、中国TRIZ杯大学生创新方法大赛国家特等奖、三等奖，连续三届黑龙江省"互联网+"大学生创新创业大赛银奖、全国青年科普创新实验暨作品大赛省一等奖等13项省部级奖项。曾任校社联宣传部部长、院学生会公创交流部部长、学生党支部书记、班长。获得校优秀共产党员、自强标兵、创新创业标兵、优秀毕业生、创新创业先进个人、优秀共青团干部、优秀共青团员等多项荣誉称号，大学期间创立了黑龙江省敏动传感科技有限公司。

### "不尽如人意"的高考成了我的幸运之神

我的成长，从来不缺少转折点。我小时候因为先天早产，每年冬季都会经历感冒、肺炎等疾病的痛苦，一到冬天就会咳嗽，一咳嗽就会咳嗽很久很久。陪伴别人家小孩成长的可能是小猫小狗之类的，我记忆中陪伴我长大的是病痛！

记忆回到高中百日誓师大会那天，我刚结束一堂晚自习的学习，拿着水杯向水房走去，突然就感觉眼皮很重，睁不开眼，浑身无力地向一侧软倒。顷刻间，身边同学们那喧嚣的声音化作虚无，我的灵魂也似乎被拉进无尽的深渊。后来据同学说，我当时突然倒在走廊中间不省人事。旁边的同学都吓坏了，班主任叫来校医紧急治疗，并拨打了120急救电话，半夜跟着救护车把我送到市区医院。

昏迷了整整一夜，我终于在第二天早晨挣扎着睁开了双眼。记忆仍停留在学校的我，有些茫然地打量着四周。我躺在洁白的病床上，手臂上扎了输液管，一根引流管从我的身体伸出到一个装满水的瓶子里，瓶子里不时有一些气泡冒出。胸腔里一阵一阵的灼热仿佛在提醒我，在这个紧要关头，有什么不曾料想的事情发生了。爸妈在旁边静静地守着，眼睛通红。半个小时后，我才知道我因为先天性气胸致使胸腔短时间内冲入了大量空气，巨大的压力压迫我的心脏，引起严重休克。多亏救护车来得及时，医生就地为我进行了引流手术，这才把我从鬼门关拉了回来。

大概一周后，我终于可以下床了。我遵循医嘱，每天提着连着自己身体的水壶，在医院走廊里一边咳嗽一边转悠，以尽快排除我体内剩余的空气，早些出院。因为体质原因，气胸多次复发，为了根治身体先天引起的气胸疾病，我不得不接受了2次全麻开胸手术和2次微创引流手术。住院的那段时间，身体的疼痛和全麻手术的后遗症不仅使我很难全身心投入复习，还严重打乱了我的复习节奏，这对于高三的学生来说是致命的打击。

临近高考只有一周的时候，我的胸腔内还有气体残留，无法拔管。带着引流管的我无法走进考场顺利考试，医生和父母都劝我好好休养，来年复读一年。3个月我身体上的痛苦忍忍也就过去了，但是心灵上的痛苦是我最难忍受的，自己眼睁睁地看着12年寒窗苦读的机会就这样错失掉，更何况，经历两次全麻手术的身体能否支撑我再复读一年还是未知数。

那一夜，我独自坐在充斥着消毒水味道的病房走廊的长椅上，清冷的灯光在地上渐明渐暗，回想起我在高中3年凌晨4点半起床背书的时光；回想起自己每天临近熄灯前5分钟才向宿舍走去的身影；回想起躺在病床上与死神擦肩而过的瞬间，我做了人生中最"痛"的一次抉择。第二天，我向主治医生提出提前拔管的决定，明知道这样会给我以后身体恢复造成很大的隐患，但我真的不想错过准备了这么久的高考。

最后一场考试铃声响起，2017高考结束，这一刻我很庆幸我能顺利完成高考，考完后一个半月我在医院的病床上度过，医生说我非常幸运，身体恢复很理想。然而，幸运女神并没有一直眷顾着我，高考成绩比平时模拟考低了80多分，只考了601分，分数的巨大落差着实令我失落了一段时间，一次跟朋友诉说自己的苦恼时，他惊讶地说"你还为这事儿苦恼，我们都以为你不能参加这次高考了呢？"你瞧，有时候同样的问题换个角度思考就不是问题了，于是，这个看似"不尽如人意"的高考，反而成了我的幸运之神，特别是当我来到哈尔滨工程大学之后，我更坚信这一点。

### 从打游戏中总结出来的学习方法

刚刚步入大学的我们都会陷入一个"大学是轻松的"的谎言，我也不例外，以为进入大学之后可以好好玩。自由的大学生活，没有高中那样紧密的课程，没有高中那么多作业，更没有高考的巨大压力。高中没有追到的剧可以追起来了，没玩过瘾的游戏也可以尽情享受。过于舒适的生活使我逐渐迷失自我，慢慢变得越来越颓废，我成了宅寝、逃课行列的一员，每天只想在床上躺着，不想下床，迷迷糊糊地做着和学习不相关的事情。就当我沉迷在浑浑噩噩的大学生活不能自拔时，现实狠狠地打了我一巴掌。大一第一学期期末学习成绩排到了年级第125名，年级一共才144名同学。这一巴掌将我打回到那个与病痛相抗争的"我"的面前，在"我"面前，我竟羞愧得无法抬头……我必须收起放纵的心，至少在面对当年那个不屈的少年时。然而全麻手术后遗症引起的记忆衰退和长达一学期的停滞学习状态，为我改变自己的目标增添了很多挑战，我试探着迈出艰难的第一步。

从散漫到自律是一条很难的路，让自己摆脱游戏的诱惑投身学习中还是比较困难的。我让自己冷静下来，客观剖析了自己沉迷于游戏的原因。我发现自己之所以会沉迷于游戏是因为它能迅速给我一个奖励，让我的内心迅速得到满足，这种"满足"很容易"上瘾"，让我沉迷其中"乐不思蜀"。学习正好相反，学习这个行为无法迅速得到回馈和奖励，我们得承认学习是个苦差事，特别是没有成绩之前的那段时间。那我自己给自己设置奖励，把游戏的这个属性迁移到学习上来，于是，我自创了好习惯奖励方法，开始为我的学习新习惯提供奖励，比如第二天早上7点顺利早起，中午奖励自己吃顿自己最喜欢吃但平时又不舍得吃的大餐；连续三天早睡，允许自己买件自己喜欢的衣服；等等。当然为了完成这些好习惯，我还得需要一些"武器"，比如：跑步。因为之前玩游戏，我习惯凌晨入睡，突然让自己晚上11点入睡也是比较困难的。于是在晚自习结束后，我都会选择到操场跑步，选择适合自己的运动进行锻炼。适量的运动能让我在晚上不再那么精力充沛，更加快速进入睡眠状态。到老师的办公室门口"蹲点"是我的另一个有力"武器"，为了能够及时扫清自己的知识盲区，我经常蹲守在老师办公室前，以获得老师面对面的指导。认真有序的预习和复习是我从容面对考试的常规"武器"……

努力必须是实打实的汗水、硬碰硬的付出，还需要长久的坚持，容不得半点花哨。在那段时间里，我感到了前所未有的充实，无论是攻克一道数学大题还是顺利完成一篇英语阅读理解，抑或是五千米长跑纪录的突破，我都非常高兴。每次结束一天的忙碌后，走在回寝室的路上，戴着耳机听着歌，马路上跟着节奏迈着步子晃着头，我心中不自觉涌现一股久违的满足，那是在有所作为后才可以感受到的真正的快乐。

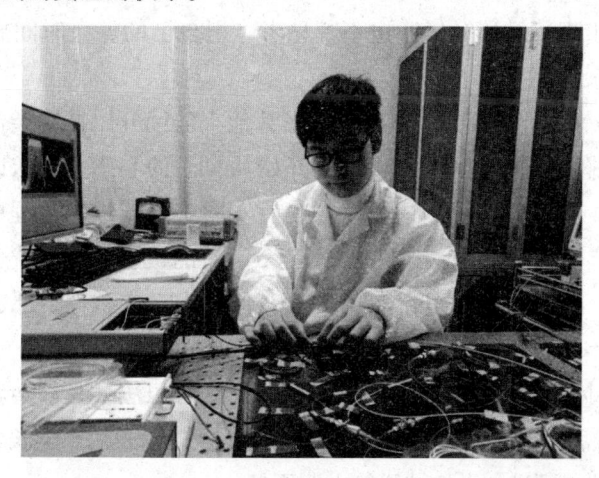

大一下学期，我的学习成绩一跃到达年级前20，进步了70%，顺利地拿到了学校的谭国玉奖学金。这次奖学金也使我重新拾回信心，尝到了甜头的我接连斩获国家励志奖学金、校友奖学金等。2018年暑假我有幸进入纤维集成光学教育部重点实验室进行学习，突破自我，高效完成了《水的抗磁性演示实验》学术论文，拓宽了自己知识的广度和深度。

**在"杂事"中主动寻求成长**

在大学一年级时，我有幸参加了学院刘志海教授的"假日科普广场"讲座，对大学物理演示实验课程产生了非常浓厚的兴趣。与传统教学模式不同，物理演示实验课程以演示有趣的物理现象为主。我最初只是抱着一个好奇的心态，联系辅导员以学生助理的身份进入了理学院科技创新中心科普团队。没想到当时的这个尝试，开启了我自己与创新创业的缘分之旅，还和恩师与学长相遇，在科研路上越走越远。

初期，零基础的我对科创什么都不懂，只是在学长们的带领下对风速仪、电磁炮、牵引舟、特斯拉电圈等实验室

科普仪器进行维修和改进，更多的时候是帮助老师做一些杂活：打扫实验室、协助青少年参观志愿者、仓库收拾卫生等等。当时跟我同期进入的同学们都在抱怨这个工作非常没有意义，学不到有用的东西，就是在一直"打杂"，去了几次之后就不再出现了。那时候我也不禁思考，把自己的课余时间放在这些"杂事"上到底有没有意义。

"简单的事情中隐藏着人生智慧"。当其他人陆续开始推脱杂活，渐渐不接受师兄们的安排而脱离团队的时候，我开始从自己的心态上寻求改变，力求把简单小事做好，并且主动寻求成长。在之后实验室仪器维修过程中，我不再抱着一个"力工"的心态，而是把它当成一个学习的机会，同时我也萌发了很多不同的新点子。既然乒乓球可以利用伯努利原理在空中飘浮，那么如果在沙子中冲入足够的空气，每一粒沙子是否能像乒乓球一样不停旋转？一盆沙子的话是不是就能让沙子像水一样流动……每次想到新的想法，我都会跑去和学长们分享，"不好意思"地向他们请教问题并乐此不疲，以致后来学长们看见我都会不自觉地"绕路逃跑"，生怕被我缠上跑不掉。

在作品不断试验、改进、成型的过程中，科普实验室经验丰富的学长们给予了我很多的支持和鼓励，在我的成长过程中让我少走了很多弯路。在"流动沙床"作品初步成型时，我满怀信心地参加了2018年的五四杯竞赛，最终却落魄失败，理由是与竞赛相关度不高。后来通过学长介绍，我了解到启航网的存在，在这里可以得到最新的竞赛信息介绍，我们学校关于创新创业的一系列培训和优秀典型榜样介绍也会在这里不定期更新。通过及时关注启航网上的相关通知，并分析过去3年的竞赛记录，我了解到每一项竞赛都是有自己的主题和评分侧重点。做科创不仅要准备好的作品，如何紧扣竞赛主题也是科创作品展示的一大难题。我有规划的科创之旅从这一刻起，才真正扬帆起航。

在之前科普实验室工作时，我曾产生过很多新奇的想法，这时终于有机会能将它们一一变成实物。在这个过程中，我也学习到很多在课堂上学不到的知识、单片机的运用、电路设计、模型建立等等。在熟知竞赛规则和往年作品质量的前提下，我也开始利用自己不同的作品参加学校各院组织的启航杯、物理仪器设计大赛、五四杯、TRIZ杯、科普实验作品大赛等一系列科创比赛，并且针对不同的比赛对作品进行相关改进和提高。我通过参加这些比赛答辩，很大程度地提高了自己的沟通能力、表达能力和组织能力。

一开始的数次参赛都没有获奖，但每一次答辩评委老师对我作品的点拨都令我受益匪浅，这也激起了我参赛的积极性与不服输的斗志。钢铁不是一朝一夕就能炼出来的，需要不断地冶炼和敲打，创新同样也不是简简单单的事情，

### 要想走得远，一群人走

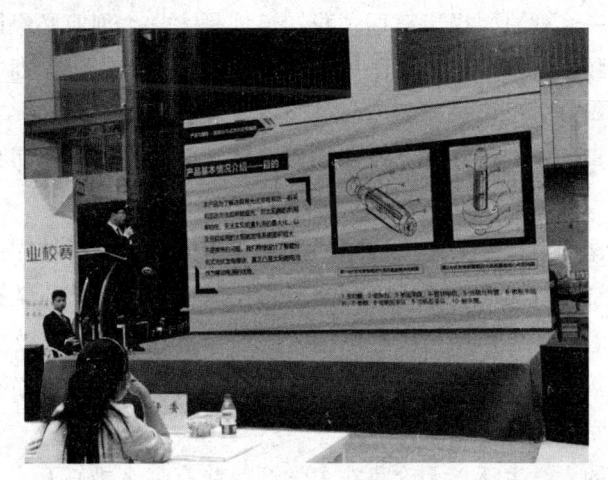

在进入大二后，我感觉一个人可能会一专多能，但极少有一个人可以对各方面都能全面掌握。这就需要一些志同道合、优势互补的合作伙伴组成团队。常言道："要想走得快，一个人走；要想走得远，一群人走"。没有完美的个人，但是有完美的团队。我明确了大二期间目标——建立自己的创新创业团队，利用自己大一期间积累的知识来进行自己的创意作品、创新作品设计。在各种创新比赛预备答辩席上，在参赛选手紧张地背稿子的时候，我反而愉快地和身边人进行交流。在这样的环境下，我遇到了很多志同道合的朋友，同时我也在这一年逐步建立了自己的创新创业团队，包括物理、数学、经管、水声、计算机等多个学院的同学。

大三那年在创业竞赛上尝到了甜头，我开始逐渐走出实验室，与团队成员开始计划校外承包项目的工作，主要面向中小型企业指定产品的设计和销售。项目伊始，我们团队虽然取得了一定的成果，但是没有核心竞争产品的团队终究会被市场吞并。于是，我开始考虑知识产权的问题，团队成员一改以往竞赛推动创新的模式，更多地侧重于将我们的发明转化为专利，集多项专利、软著于一体形成自己的核心产品——高精度光纤应变传感系统。在学校政策和刘志海老师的鼓励和支持下，我们于2019年10月成立了实体公司——黑龙江省敏动传感有限公司。接下来的一年里，我们团队将比赛重心转移到创业比赛、投资路演中来，并揽下了多项奖项：中国TRIZ杯大学生创新方法大赛国家特等奖、挑战杯省级一等奖、四项互联网+银奖等。

2020年公司经历了巨大的变故，因为新冠肺炎疫情原因，公司好几笔订单因公司成员无法顺利返岗，被迫取消，团队同学的学习保研与公司正常运转之间的矛盾也彻底爆发，那年暑假是公司最困难的一段时间。很多成员因保研、考研、就业等一系列原因提出离职，我知道这是大学生创业必经的一关，创业和学习两头兼顾确实是个不容易的事情。为解决这个困局，在刘志海老师的支持下，我对公司剩下员工进行整编，分为研发和经营两个团队，开始兼职研发和常职经营管理同步进行，设立业绩和研发奖惩制度，帮助公司顺利度过了那段艰难的时光。

公司成立至今取得了一定的成绩，连续3年通过了省科技厅认证的科技型中小型企业认证，现已成功通过哈尔滨市科技局二轮考察并与某投资管理合伙企业达成投资意向。公司产品已经产生较好的经济效益和社会效益，仅仅2021年一年的交易额就达到了50万元。2021年我获得了研究生推免资格，继续在物理与光电工程学院攻读博士研究生。

回顾4年的大学生活，无论我在大学开始前有多么雄心万丈，无论我在大学结束后赋予它怎么样的意义，不可否认的是，当我真正置身其中的时候，更多的是一地鸡毛。早起很难、背单词很难、习题很难、800米很难……更多的是那些挣不脱、逃不过、搞不定的日复一日的琐碎，认真对待每一天的琐碎，努力生活每一天，这每一天将构成我们如诗如画的岁月，构成我们生命中最为激荡的青春时光。当计划的秋天已褪去童话的色彩，一个真实的现在可以开垦一万个美丽的未来！

**同学感言1**：娄存恺同学是我的本科室友，同时也是我研究生期间的最佳益友，在他身上我看到了敢于尝试、不怕失败的精神。4年的大学生活过得很快，但娄存恺把这4年过得丰富多彩，他总是喜欢去尝试各种陌生的事情，学习、学生干部工作、创新创业、志愿服务等各个领域都有他的身影，在我们看来几乎无法协调的工作在他那里变得井井有条、互不干扰。是啊，生活本来就是多姿多彩的，多一份尝试就多一份精彩，他这种勇于尝试的精神值得我们去发扬。大胆尝试自己未知的领域，勇敢走出自己的舒适圈，让自己的青春不留遗憾。

——同学 杨京道

**同学感言2**：我一直以为每一个拿到保研资格的学生都是两耳不闻窗外事，一心只读圣贤书的"学霸"。在看了恺哥的故事之后，我明白了学生干部、志愿服务、科创竞赛从来不是我们学习知识的绊脚石，相反，只要处理得当，这些经历会为我们的生活锦上添花，使自己拥有更多资本去适应未来充满竞争的社会。就像娄存恺学长说的"大学就是我们社会现状的一个缩影,一切外界所带来的荣誉都比不上一个优秀的自身,我们要用当下的努力为自己的未来赚到更多的筹码"。

——同学 王 震

**辅导员感言**:娄存恺同学从来都是积极乐观向上的,在大学期间不仅学习成绩优异,而且努力全面发展,在创新创业、社会实践等方面都取得了优异的成绩。他给我的印象是从不抱怨,凡事都会认真对待,尽最大努力完成,这样往往都有不错的结果。他不可能是一帆风顺的,遇到困难不畏惧、不抱怨,有克服困难的勇气和毅力,这是十分难能可贵的品质,这也正是我最欣赏他的地方。

——辅导员 董云吉

**研究生导师感言**:大学是一个资源、机会和竞争并存的巨大平台,在这里做什么事都不是为了成功或是失败,重要的是有一份不同的人生体验和感悟。选择科技创新这条路的每一届同学有很多,但是能坚持下来并有所成就的却是少数,那些成功的同学并不是脑子多聪明,最重要的一点是他们能在面对挫折的时候选择正确的方向。娄存恺同学自大一入学以来,在各方面严格要求自己,在明确的人生规划和框架中积极为自己寻求机遇,在他身上我看到当代大学生自强不息、执着坚韧的优良品质和精神风貌,看到哈尔滨工程大学的学子应有的青春风采。

——导师 刘志海

# 我，"橄"不同

编辑：刘文璟

### 故事主人公简介

李隽姝，女，中共党员。毕业于安徽省濉溪中学，2018年考入哈尔滨工程大学人文社会科学学院，2022年被免试推荐至中南财经政法大学攻读硕士研究生。本科期间获得国家级、省级奖项8项，获得校优秀学生奖学金6次，获得省学生英式橄榄球锦标赛冠军2次、省雪地橄榄球冠军赛冠军。曾任校女子橄榄球队队长、院团委常务副书记、辩论队队长、双创导航员、学生法学第一党支部书记等职务。

又是一年9月，母校又一届新生入学了，转眼间我已经从您的学生变成您的校友。还记得我刚进大学的那一天，路过南体，我对爸爸妈妈感慨自己的公寓楼离体育场好近，谁承想正是这片绿茵场地，记载了我"与众不同"的大学时光……

### 女孩子玩什么橄榄球？

我是一个非常喜欢运动的女生，会打羽毛球、乒乓球，高中时经常踢足球，但与橄榄球的故事还要从大一下学期说起。当时，我的室友已经加入了校橄榄球队，看着她每天训练得热火朝天、激情四射，我也受到了感染，便萌生了打橄榄球的想法。我和父母说了这个想法，他们异口同声地质疑："女孩子玩什么橄榄球啊？"但球员们在橄榄球场畅意奔跑的样子，在我脑中挥之不去，让我魂牵梦绕……我渴望像她们一样在阳光下奔跑！

于是，在说服父母后，我鼓起勇气在微信上向当时的橄榄球队队长也是我的学姐表达了自己的意愿，学姐的回复却再次给我吃了一记闭门羹："春季学期，队里一般不收人。"这看似不是"拒绝"的"拒绝"竟激发了我的斗志。

接下来几天，我观看了数场橄榄球比赛视频、查阅了橄榄球比赛规则，恶补这方面的知识，在这个过程中，我被这充满了运动张力和暴力美学的球类运动所折服，深深被它吸引。

于是，我鼓起勇气再次向学姐争取，学姐仍劝我："橄榄球运动的苦是超乎你的想象的，比如，身体的冲撞、高强度的训练、室外训练对皮肤的伤害、随时可能受伤……"这些并没有吓退我，我继续通过微信向她报上自己体测的数据，50米跑7~8秒，立定跳远2米多，800米跑3分2~10秒……希望对自身运动能力和运动习惯作出证明，也再次向学姐表明"我一定能坚持下去"的决心。

在我的软磨硬泡下，学姐终于答应让我试一试，但也说了一句让我至今仍记着的话："球队从来没有给你们设置门槛，真正决定你能否留下来的是你自己的坚持。"当时的我并不理解"坚持"二字到底意味着什么，现在回头看，"坚持"离不开自己的主动争取、执着追求，"坚持"离不开我们总教练刘导常说的"风雨无阻"的耐力、"背水一战"的魄力……

**还能每次拿冠军？**

在近乎执拗的主动争取下，我跌跌撞撞地进入了球队。初入球队，由于缺乏基础训练，我做一切训练都小心翼翼，但还是免不了"挨骂"，"手臂抬高一点！""不要甩球！""用肩膀发力！""背部绷直，不要塌腰！"通常传一趟球，做一组扑搂训练，我能"挨骂"七八次，但这也正是我求之不得、甘之如饴的指导和训练。那时的我像一块"沉默的海绵"，虽然各种动作训练的疲惫感如潮水般向我涌来，仿佛要将我吞没，但我想起入队之初对学姐和自己作出的承诺，便咬牙坚持、默默吸收，让自己飞速成长。

三月、四月匆匆而过，炎热的夏天到来了，我也迎来了人生中第一次省赛选拔。为了被选进省赛名单，我每周参加4次训练，再加2天的额外力量训练，在训练满勤的基础上，我总是去挑战队里最具冲撞力的"坦克"队员，因为我知道，只有这样我才能变得更强！

当我全心全意冲击省赛时，意外却发生了……在一次阵前防守训练中，我做防守演示时，被当时队里扑搂最强的老队员扑倒，后脑着地，我沉浸式体验了一把"眼冒金星"的感觉，脑袋嗡嗡响。由于是阵前防守，如果我顶不住被对手达阵，我队就会直接丢分，于是我以最快的速度爬了起来，只觉天旋地转、脚下踉跄，身体忠诚地告诉我，不能再继续比赛了。第二天，因为没有参加完比赛而懊恼的我，颈部撕裂般的疼痛，不能大幅度移动，颈前颈后都拉伤，甚至出现了脑震荡的症状，恶心呕吐，无奈之下我的训练必须暂停一段时间。害怕父母担心，我每次打电话都强忍着伤痛跟他们聊天，常常是放下电话后，自己躲起来，偷偷暗自流泪……"不曾深夜痛哭过的人，是不足以谈人生的。"伴随着生命的成长，痛哭原因的转变，我们会越来越了解成长的含义。

现在回头看，这4年里我受伤无数，双腿、双臂的多处淤青都已经是"小伤"了，在黑龙江省橄榄球雪地赛中我的头部第二次受伤，严重到比赛不得不"重伤停表"。在伤情恢复之后，我迅速回归训练。因为出色的表现，我成为省赛名单里唯一一个经历了一学期训练就成为首发上场的队员，而且拿下了我人生中第一个省赛冠军，这也是校橄榄球女队第一个省赛冠军。

接下来，冬季的雪地橄榄球省赛，我迎来了更大的挑战。极寒的天气带给我精神和身体双重的"折磨"，但我更愿意称之为"锻造"。时至今日，我仍清晰地记得粉状的雪，冻在卫衣和裤子上难以化去的模样，每次回想起训练，曾经满身的淤青仿佛还在隐隐作痛。好朋友很不理解，都得了冠军了，为什么还这么拼，"还能每次都能拿冠军呀？""为什么不？"，这是我的回答。

我在球队3年，"我们是冠军！"这句话我喊了3次。是的，你没有看错，我最终在大三时成为一队之长，并带领球队拿下2021年黑龙江省英式橄榄球锦标赛冠军，实现了"三连冠"，证明了我们橄榄球女孩的实力！

我曾经以为"一切皆有可能"只是一句广告语，但如今这句话已然成为我的理想信念。敢为的自信是所有奔赴看似遥不可及的目标的第一步，"永不言弃"的耐力是最终实现目标的必胜法宝。

**你不会想要考第一吧？**

"橄榄球场上寒冷、湿滑，但这才是真正的最佳教育场所。想象你正在比赛，有一半时间，你都被对手撞倒在地，全身都快被撞碎了。另一支队伍比你们高大、强壮得多，你们要输了，但你要一次次挣扎着爬起来，想着怎么去赢回来。是坚忍不拔和责任感让你去鼓励队友，也鼓励自己。"这是孕育了英式橄榄球运动的拉格比公学的校训之一。我想，这也是橄榄球对人精神内核的锻造方式。

赛场上的角逐养成了我不服输的性格。大一上学期我的成绩只是专业第16名，在大一下学期打球之后我的成绩开始起色，逐渐上升到第四五名，但是直到第五学期，我仍未取得过专业第一的成绩，每次我都努力冲击，每次都以失败告终。身边同学看到我在训练如此辛苦的情况下还这么拼命学习，忍不住问我，"你不会是想考第一吧？"我坚定地回答："想呀！"

"狭路相逢勇者胜"，越困难就越要战胜它！记得在高数的考试复习中，作为文科生，我的数学基础很差，不得不在夜读区熬夜复习功课，我上半夜对高数题一筹莫展，即使求助网课，但效果仍然不好，做不出题目。我沮丧地离开座位，打算去接杯水，顺便在夜读区到处走走，舒缓一下焦躁而烦闷的情绪。谁知竟在转角遇到了球队的队友梁小莉（就读于计算机科学与技术学院），我急忙向她请教，她也很热情地放下手中的工作开始给我讲题……这一讲就讲到了凌晨2点，我才终于解开了自己的困惑。

在队友的帮助下，我后半夜的复习渐入佳境，思路清晰了许多，当我终于完成复习任务抬起头时，发现天空已经泛起鱼肚白，我知道新的一天到来了，我也终于渡过了难关。心中不免油然生起一种"轻舟已过万重山"的畅快，我也爱上了这种历经困难、突破极限的"自虐感"。当你为了一个目标付出越多的辛苦时，收获的时候，就越能感觉到成功的喜悦。正是在这样持续性的高强度复习中，我终于在第六学期拿下专业第一，并且以专业第一的总成绩成功保研。

在橄榄球运动中，对队友的绝对信任，和队友的默契配合，让我更加明白团队合作的重要性，我也更加懂得集体荣誉感是带好队伍最重要的品质之一。反映在学生工作中，我变得更有责任和担当了，在工作处理中更加注重团结合作和沟通。

在学院团委的3年，我从一开始不被看好，蜕变为学院团委常务副书记。在创新创业中，过硬的身体素质也支撑着我走过无数个通宵和做科创的夜晚，永不服输的性格支撑我在经历了数次落选、答辩被否定之后，依然鼓起勇气冲击超一流比赛,最终在大三取得3个省级创新创业奖项。曾经的那个在院级比赛中被老师怼到面红耳赤、在校级比赛被评委直接否定的"科创小白",终于在大四蜕变成优秀的双创导航员,也开始为学院的双创教育贡献自己的一份力量。

就这样热爱了4年。我们应该深爱一样东西,为它拼搏奋斗,感受它带来的痛苦与艰难,也享受它带来的荣光与幸福。尽管在青春里,这样一种热爱长满芒刺,时常扎痛人心,但它让我获得了一种用生命热爱的东西,拥有了"背水一战"的魄力、"永不言弃"的耐力、"狭路相逢勇者胜"的胆力。我"爱"得无怨无悔,也"痛"得畅快淋漓,这是我肆意洒脱的青春,也是我光彩照人的大学。我,"橄"不同!

**同学感言1**:李隽姝学姐在我的印象中,是一个优秀的领导者,她总是可以轻而易举地注意到队员在训练场上的情绪,会积极了解,也会及时引导。在队员训练时,她也会给予正确的指导,提供很多建议。她同时也是一个十分优秀的橄榄球运动员,在激烈的比赛对抗中,她从未退缩过,有她在的比赛,队友们都仿佛打了强心剂、吃了定心丸。

——同学 潘慧

**同学感言2**:作为隽姝的同学兼室友,在工程的4年我真的见证了她的成长。初来工程时,我们都怀揣着"人生充满期待,梦想连接未来"的美好憧憬,而隽姝真正做到了坚守初心,她锲而不舍、坚强执着、谦虚谨慎、严于律己、乐观向上、为人正直。还记得大一的时候,隽姝带着我们共同排练歌曲《没有什么不同》,我觉得这首歌就是她的真实写照,这一路上她伤心过、痛哭过,但是她都没有轻言放弃,每当跌入谷底的时候,她都会让自己重新振作起来!就这样,她在学业、文体、学生工作等诸多方面都取得了优异的成绩,希望隽姝在未来的路途上如星灿烂,如风自由,未来可期!

——同学 胡世威

**辅导员感言**:隽姝用实力诠释了学生个性发展的育人理念,立足学习根本,在体育、辩论等方面都有所钻研且有建树。4年学习生涯虽短暂,但未来发展无限,相信她会在今后的日子里做熠熠生辉的星。

——辅导员 刘文璟

# 身上涂满色彩，映出彩虹的斑斓

编辑：刘永超

### 故事主人公简介

苏伯原，男，中共党员。毕业于黑龙江省佳木斯市第一中学，2018年考入哈尔滨工程大学船舶工程学院，2022年被免试推荐至本学院攻读硕士研究生。本科期间获得陈赓奖学金1次、MARIC创新奖学金1次、校优秀学生奖学金5次。获得全国水利创新设计大赛一等奖、"红色印记"主题文化成果展示一等奖。获得校优秀毕业生、三好学生、优秀学生干部、优秀共青团干部、军训优秀学员、疫情防控优秀青年志愿者、国际雪雕大赛优秀志愿者等荣誉称号。曾任校青年志愿者协会主席、院学生会主席团成员、班长等职务。

**红色：第60期学员苏伯原向您报到**

我小的时候就对哈军工（现在的哈尔滨工程大学）这所学校有着深厚的感情。我的姥爷曾经当过兵，当时军队里很多战友都报考哈军工。在我儿时，姥爷总和我说能考上哈军工的人都特别厉害，所以哈军工在我心中既神秘又崇敬。在高考报考前，我特意乘车来到哈尔滨工程大学（简称"哈工程"），一进校园就被学校大气的青檐碧瓦吸引，看着图书馆进进出出的同学，我深切地感受到了浓厚的学习氛围，回家后我毫不犹豫地把第一志愿填为哈工程，这是我做得最果断也是最正确的决定。

在船海专业认识课时，我的辅导员刘永超老师的一句话让我至今难忘："在我开学时听到校长说我们是哈军工第55期学员，我激动地流出了眼泪。"这句话也将我拉回了开学典礼现场，姚郁校长对我们说，"你们是自哈军工以来的第60期学员"。我知道，我此时此刻身着隐形军装，脚踏军工土地，第60期学员苏伯原正式报到。我也暗下决心在接下来的4年里，无论是在学习还是生活中，我都要用军工的精神去支撑自己迈过一个个难关，牢记着作为船海人的担当和使命。

**蓝色：三沙之行，牢固船海梦想**

2021 年 7 月，有幸作为 15 名学生代表之一，我跟随学校远赴我国最南端的三沙市参加实践活动。当我登上船时，船长和副船长瞬间将我们围了起来。"我看到你们衣服上写着哈工程，咱们这艘船从设计到建造再到下水，大多数是你们哈工程的优秀毕业生完成的。你们看这个船舱绘制图就是你们学长完成的。"船长激动地说道。"是啊是啊，我看到这些名字也很熟悉，里面就有我的同学和学生。"同行的王超老师骄傲地回复道。看着旁边上海交大、浙大、南开的学生向我们投来难以置信又羡慕的目光，我的心中无比骄傲自豪，同时我也更加确定选择船舶海洋专业的意义。2009 级的哈工程毕业的学长，现在已经是航标站的站长，他细致地向我们讲述了他如今的工作，从他讲述的故事中，我知道了很多哈工程毕业的造船师和工程师如今都在祖国最需要的地方，兑现着为船、为海、为国防的诺言，而这也是我未来努力的方向。当我站在海滩，瞭望湛蓝海域上停泊的涂有中国国旗的船舶时，我感到特别踏实和安心，我希望我以后能为捍卫蓝色国土做出贡献。身为哈工程的学生，无论何时何地只要接触到有关知识，我都会被触动。我也希望可以用所学的专业知识做贡献，为我们的国家添砖加瓦，也希望我国的海军实力因为有我们工程船海人的助力越来越强。

**金黄色：从自身做起，带领班级触底反弹**

我在哈工程的入学分数只有 601 分，这在佼佼者众多的船舶学院已经排到了倒数。大一微积分是百人制的大课堂，我那时候会经常跟不上老师的节奏，本想做好笔记在课后慢慢消化，但没想到后面的内容越来越复杂。加上科目众

多，这让基础不够牢固的我将模糊的知识点越积越多，期末复习时只能通过刷题突击来最大化弥补知识漏洞。虽然没有将里面的知识完全吃透，但是通过对大量题型的总结、步骤的套用，我依然拿到一个相对不错的成绩。

到了大三开设专业课，我发现很多知识环环相扣，之前基础课没有学透彻的知识点会让专业课的学习陷入云里雾里。当我在学习船舶操纵耐波性课程的时候，老师经常会说："这是你们大一微积分的基础知识，就不再赘述了。"但是通过摸套路获得高分的我早将当时并没有研究透彻的知识忘得一干二净。老师的跳跃让我难以跟上学习进度。在学习浮体水动力学这门课时，各种长难公式已经无法通过规律去解决。每天听天书一样的吃力感，也让我渐渐意识到只有把曾经微积分课程遗漏的知识点一一搞清楚才能继续前进。我当即为自己空出一段补漏时间，专门把微积分、大学物理、结构力学等课程的书本翻了出来，一遍遍推导公式，每天学习到凌晨两三点。每当我遇到推导不顺的公式，想放弃时，那种课堂上无法听懂老师讲课的无力感都会作为动力，支撑我继续把没有完成的"硬骨头"啃掉。那两个月，八公寓顶楼的自习室成了我的半个宿舍。最后，大三学期，我的9门科目获得90分以上的成绩。现在反过来看，我更加意识到基础知识的重要性，把每一个知识点吃透，不要抱着投机取巧、得过且过的思想。这样后面的学习才会更加轻松，我们一定要及时吸收学习的知识点，避免像我这样连夜狂补知识。

我们班的同学也有着和我类似的经历。刚入学时，我所在的班级成绩在学院排在最后。班级同学的成绩都在学院的中等水平，虽然没有成绩太差的同学，但是大家成绩的"相差无几"也让许多同学"安于现状"，失去了往前冲的动力，也缺少对未来规划的目标。在大二下学期线上教学期间，我注意到班级同学们不能适应这种上课模式。我意识到如果再这样下去，别说往前冲，连中等的成绩我们都无法保持。就在这时，辅导员刘永超老师给我们开了一场改变我们班级"命运"的班会。在班会上，刘老师说我们班的"没有短板"就是我们最大的优势，这决定了我们拥有很高的上限，具有很大的潜力。现在缺少的就是一个具体的、大家可以一起努力的目标。经过一番讨论，我们一致决定将期末成绩排到学院第一名、大三结束班级同学解决所有挂科问题、毕业去向率100%作为我们共同的目标。这个目标当时实现起来比较困难，但是刘老师在我们每个人身上贴上的"潜力股"标签，成了我们最好的动力。

有了目标和动力，就要有具体的实施办法。由于我们刚接触专业课，有的知识点我自己研究很久也不能理解，但当和同学请教交流的时候，同学的一句话可能就让我茅塞顿开。为了帮助同学们提高学习效率，刘老师联合我与各位班委一起推出一套可以节省大家学习效率的流程方法，起名叫"高效复习法"。这个方法就是让学习好的同学上课记好老师介绍的重点细节和课程框架，某学科科目强的同学整理好自己对学科特殊的理解和心得，在下节课上课之前分享到班级群，既起到了复习上节课的作用，也可以和下一节的新课更好地串联起来。基础薄弱的同学上课只需要专心听讲，课后根据班级群里的笔记和心得查缺补漏。经过一周的试验，我发现一些同学对自己没有掌握的简单问题不好意思继续追问。面对这个问题，我们立刻组织了班内同学，以寝室为单位进行自助帮扶，使用腾讯会议讨论知识盲点和无法解开的题目。这样学习好的同学在给别人当老师的过程中加深了对知识的理解，学习中等的同学获得了更高的学习效率，学习较落后的同学也可以把该掌握的知识第一时间掌握。当这一套流程开启了良性的循环时，同学们略显松懈的学习状态立刻有了改善，整个大二下学期，我们班级平均成绩由原来的 78 分一跃达到 85 分，完成了学院第一名的目标，并遥遥领先于其他班级。在后来的学习中，我们一直沿用这样的学习方式，班级保持学院第一名一直到毕业，也实现了大三下学期班级没有人存在挂科科目、升学率 85%、毕业去向完成率 100%的目标。我和班级的同学在大学的生活里努力做到最好，触底反弹，这代表了我们在大学的成绩。对自己负责、对达成目标努力、遇到困境不服输是这段经历给我们最宝贵的财富。

**绿色：致力公益 带动青协为哈工程增添温暖**

我如今担任学校青协主席，帮助别人也是我最有成就感的事。在几年前，我在学校举办的国际雪雕大赛中担任志愿者，在零下 20℃的天气里，我协助参赛队伍制作雪雕。虽然冻到手脚麻木，但当我看到在自己的帮助下，一个个雪块在选手们精雕细琢下精美灵动，我感觉自己身前挂着的志愿者工作牌都在闪闪发光。

我记得迎接 2021 届新生时是个雨天，一位 80 多岁的老奶奶来送孙子上学，舍不得与孙子分别，一直站在学校栅栏外向学校的方向张望。我给奶奶披上了雨衣，聊天得知老人担心第一次离家的孙子，我告诉奶奶："我们学校的老师、辅导员都特别负责，学习环境也很不错，食堂更是能满足来自天南海北同学的胃口，您就放心吧！"在我的介绍下，奶奶渐渐平复了心情，被志愿者护送离开。看到他们离开的背影，我也想起了自己的家人，我觉得做志愿活动就是要有一颗同理心，即使是面对陌生人也要真诚以待。这件事也被央广网等多家媒体相继抓拍报道，获得千万浏览量，我们志愿者的笑脸、我们的亲切问候也获得了广大家长和同学的好评。我意识到这次迎新不仅代表着我自己，还代表着

哈工程，能用自己的热情为家长们答疑解惑，树立哈工程学子积极向上的形象，这是一件很有意义的事情。

在入学时，很多新生主动加入校青协，就是因为入学迎新时有志愿者帮助他们拿行李，让他们感到很温暖，所以他们希望明年的自己也可以成为学弟学妹们来到哈工程第一眼看到的"温暖的人"。作为校青协负责人，我感到很自豪，有同学因为志愿服务活动而热爱校园、热爱同学、热爱公益，这种认知和传承比做很多小时的志愿服务都有意义。

我带动越来越多的人参与到公益活动中，也希望将公益活动办得有声有色、丰富多彩。我和同学们一起号召学校同学清理积雪，组织志愿服务队进行核酸检测和疫苗接种，负责第十四届国际大学生雪雕大赛相关工作。此外，我还带动各院系同学积极参加班助活动，为定点帮扶对象免费辅导课程；也组织全校同学将关爱写在信中寄给偏远山区的孩子，将知识通过网络传递给更多上不起学的家庭；组织各院系进行暑期三下乡社会实践活动，组织近千名返校志愿者迎新返校。渐渐地，在做公益的过程中，由最初的感兴趣，到后来心中拥有的责任感，再到如今对待公益的平常心，我早已习惯将公益渗透到我的生活中。4年的公益活动让我完成了量的积累，这4年的经历更让我树立了正确的价值观，让我今后的人生都会在公益的陪伴下越走越远。

### 彩色：全面发展，才能拥有广阔的天空

在大学4年里，我一直注重自己的全面发展。在体育方面，作为100米、200米国家二级运动员加入校田径队，三年来我代表学校多次参加省级、国家级

比赛，获得省运会 4×100 米亚军、全国大学生田径锦标赛 4×400 米第十名，并打破校运会记录。文艺方面，我考取钢琴十级并加入校钢琴团，多次获得全国钢琴比赛金奖，荣获合唱比赛"最佳指挥"奖。在语言表达能力方面，我考取普通话国家一级证书，获得"船舶讲解大赛一等奖"，也曾受邀中央电视台"金牌主播"活动并进入全国 50 强。在大学的生活里，我将全面发展做到极致，我也希望可以带着身边的同学一起走向更加全面的道路。

"笑着取胜，才是青春胜利的姿势；始于热爱，才能迈出坚定的脚步；全面发展，才能拥有广阔的天空。"这是我的座右铭，也是我一直以来践行的生活态度。笑着生活，保持热爱，全面发展，在今后学习生活中不断积累、不断成长，将身上涂上更多鲜艳的色彩，在人生的阳光路上映出彩虹的斑斓。

**同学感言 1**：苏伯原同学担任学生会主席团成员期间，一直积极组织学院内的各类文体活动，带领同学踊跃报名参加，春季长跑、拔河比赛、跳大绳等体育运动处处都有他的身影。特别记得在参加 2020 年合唱比赛时，学院没有合适的音乐指挥，苏伯原自己主动担任指挥，每天带领合唱同学训练到晚上 10 点多。回到寝室以后，自己还要对照网上视频练习，便于第二天更好地带领大家，每次都要练到熄灯后才肯上床休息，他最终不负众望，带领所有合唱同学获得合唱比赛亚军。苏伯原同学同时还担任班长一职，新冠疫情防控期间，始终关注同学的身体健康情况和生活状态，有同学身体不舒服，他第一时间回到寝室查看情况，深夜陪同学去医院检查治疗，到医院后帮助同学办各种手续，并一直陪护照顾着，是班里同学的"大家长"。

——同学 刘宇浩

**同学感言2**：大一的时候在学生会的述职大会上，我第一次认识苏伯原。我虽然早已忘记述职的具体内容，但还记得他述职时大方自如、满怀激情的表现。在后来的了解与交往中，我才知道他多才多艺。我和他选过同一门钢琴选修课，课上听他的演奏确实很棒，文艺上颇有天赋，校运动会上也见过他参赛的身影。大三的时候，有幸和他在学生会继续共事，他作为主管文体部门的负责人，见证过，也听说过在他的带领下学院取得的许多成绩。伯原一直以共同进步作为目标，和他接触过的同学，都会带上优秀的标签。他带领的班级也是学院十分优秀的班级，这与他严格要求自己、积极帮助他人是分不开的。他还特别热心肠，对待志愿活动满腔热血，我想他担任校青协主席也是想在学生会卸任之后，继续为志愿活动的开展贡献力量。总之，他的优秀是实实在在的，是靠自己的家国情怀和不懈努力锻造而成的。

——同学 徐润泽

**辅导员感言**：苏伯原是一名全面发展的同学，他的成绩在学习上一直位于学院前列，多次获得校优秀学生奖学金。他先后担任班级班长、学院学生会主席团成员、校青年志愿者协会主席，多次获得校优秀学生干部等荣誉称号。他文艺体育两开花，普通话一级、钢琴十级、国家二级百米运动员都是他的代名词。他科创公益双丰收，全国大学生水利创新设计大赛一等奖、多项校级优秀志愿者称号都是他的附加项，也正因为他的全面发展，他获得了2021—2022年度校三好学生标兵以及陈赓奖学金。未来，苏伯原将以一名辅导员的身份继续为学校发光发热，希望他能在新的岗位上创造更大的辉煌。

——辅导员 刘永超

# 是学霸，也是冠军

编辑：吴俊明

## 故事主人公简介

丁铮锴，男，中共党员。2014年考入哈尔滨工程大学经济管理学院，2018年被免试推荐至哈尔滨工程大学体育部攻读硕士研究生，2021年毕业就职于南开大学体育部。在校期间获得国家奖学金1次、硕士研究生国家奖学金1次、校优秀学生奖学金6次。获得省三好学生2次、校优秀学生干部标兵、优秀共青团干部标兵、毕业金榜个人突破之星、优秀毕业生等荣誉称号。获得中国乒乓球俱乐部甲A联赛团体冠军、省学生运动会混双冠军、省大学生锦标赛单打冠军。

我成长的各个阶段与乒乓球这个项目密不可分。每当我遇到困难，我只要想起球场上那个浑身汗水、意气风发的少年，就会汲取到足够的力量去披荆斩棘，向阳而生。

和乒乓球结缘要从小时候讲起。2000年奥运会上孔令辉3∶2击败瓦尔德内尔，夺得世界冠军，孔令辉夺冠那一刻怒吼的画面深深地印在了我的脑海里。从此，梦想的种子在我幼小的心灵里逐渐萌发，我也要学乒乓球成为世界冠军，于是妈妈给我报了乒乓球班，我的乒乓球之路从此开始了。

**梦碎球场**

我的童年没有得到像同龄孩子父母那样的疼爱，没有与伙伴游戏的欢乐，有的只是枯燥的挥拍、不停重复的正反手练习、艰苦的体能训练。输球后我多次偷偷流泪，我也想过放弃，但每次想到登上奥运会领奖台，升国旗、奏国歌，我就充满了斗志。几年训练下来，经过层层选拔，市赛、省赛、全国赛，我从全国几万青少年乒乓球运动员中脱颖而出，入选国家少年乒乓球队。

2011年我入选国少队，去国家正定乒乓球训练基地参与训练。在基地里我见到许多和我相似年纪的孩子，他们正在一方方球台边挥汗如雨。同年入选的有日后国家队队员樊振东、林高远、梁靖崑等，我感到了巨大的压力，我也看到了国家队竞争的残酷。总有半途淘汰的队员，我在内心告诉自己："丁铮锴，你一定能打败他们所有人，成为乒乓球世界冠军。"于是我练得更加刻苦，每天完成日常的训练后，我还要加练2个小时，每天早上4：00，我都会早早起来练一个小时力量。国少队竞争十分激烈，轻伤不下火线，由于训练强度过大，训练中我的腰部肌肉多次拉伤，我忍住疼痛，积极比赛，打败一个又一个对手，我逐渐成了国少队中的佼佼者。天有不测风雨，在训练中过于投入，我在一次跑动失位后重重摔在了地上，躺在地上站不起来，我知道是旧的腰伤加重了。教练组打电话给我的父母，通知让我离队回家养伤，几天后，我离开了训练基地。我后来无数次夜里梦到那年意气风发的少年，走进那所荣耀的殿堂。回到家里以后，我治好了自己的伤，医生说我可以打乒乓球但不能再进行高强度的训练，这就意味着我不得不放弃职业乒乓球运动员的道路，放弃成为世界冠军的梦想。我回到了高中继续我的学习。经过3年的努力，我通过高水平运动员测试，考进了哈尔滨工程大学。

**学霸历程**

刚刚步入大学这个新环境，我担任学生干部，参加了各种各样的社团活动，丰富多彩的新生活让我迷失方向。我沉浸于社交，整天热衷奔走于各个活动之间，学习上一塌糊涂，当时的想法是毕了业去公司、企业工作，大学4年拿到毕业证就行了，学习上及格万岁，多锻炼自己的工作能力才是重要的。大二的时候，辅导员吴俊明老师找到我，他第一次和我聊天问我为什么高考成绩在高水平运动员中是不错的，可是大一的成绩单非常难看。我对吴导说了我个人的想法，吴导给我讲了体育部很多毕业生的案例，以及未来职业的选择，这次谈话仿佛为我打开了大学世界的新大门，我才知道将来我还能从事体育行业，还能从事与乒乓球有关的工作，我突然觉得大一白念了。吴导的话语为我指明了方向，我要努力学习，争取保研，读体育教育训练学研究生。

之后，我开始了我的逆袭之旅。努力学习真的不容易，由于大一的荒废，我觉得学习上最大的困难是坐不住板凳，听不懂老师讲的内容。于是我每天坚持去图书馆学习，刚开始的时候，在图书馆总犯困，我就准备好咖啡、可乐等饮料提神，几周坚持下来，发现学进去知识就不犯困了。同时，上课的时候我认真听课，下课的时候，我会主动跑到老师跟前小心翼翼地问我没听懂的、我没理解的知识点。我一边理解一边仔细地把老师的讲解记下来。由于我担任班长，每门课老师的微信我都有，正是这种便利条件，我经常在课后利用微信和老师讨论问题。经过不懈努力，我学习成绩从班级倒数冲到了全班第二。从此，我开启了学霸模式，连续6个学期我都获得了一等奖学金。

我学习的同时，学生干部的工作也没有放下，在我的带动下，我的班级在2016年逆袭成为2014级全校本科平均成绩最高的班级。本科阶段，我拿了学生干部的所有荣誉。

这样，我以优异的成绩成功保研，攻读体育教育训练学硕士研究生。

研究生阶段的学习远没有想象得那么一路坦途，我由于本硕专业不一致，本科没有学习过体育专业，很多课程都感觉在听天书，每天上完课都一头雾水。别的同学都比我听得明白，我连一些基本的原理都听不懂，我感觉自己连考试都很难通过，我想要放弃，于是我又找到了吴导。我说："吴导，我有点不想读研究生了，我跟不上，每天上课也听不懂，我看他们啥都会，我感觉我连考试都过不去。我感到压抑，我觉得谁都比我强。"吴导跟我说："你这是本科生和研究生角色转换出了问题。第一，你本科光环太多，6次一等奖学金，国奖获得者，优秀标兵，省三好，等等，你觉得现在你有点不如别人，有心理压力。第二，你还在本科那种被动学习模式下没有转换过来，缺少主动学习的能力，读书的能力不强。你得沉下心来，你自己得多看书，你不能指望老师一字一句地给你念，书里没弄懂的就问老师，体育部的老师都会倾囊相授。你这么努力才能保研，现在就这么放弃太可惜了，你不想当体育老师了吗，你不想教乒乓球了吗？把兴趣爱好作为工作是一件幸福的事情，可是幸福都是来之不易的，来得太容易就不觉得幸福了。回去好好想想这些吧。"吴导的话又一次深深触动了我。我发现了自身存在的问题，于是我沉下心来认真学习，查阅相关的资料，不懂就问老师。有一次体育科研方法里面有个方差检验和T检验，我就没搞太懂，我跟老师交流完还是没弄明白，当时把我愁坏了，于是我又去请教我的教练,他了解我,他用乒乓球的案例给我讲解了方差检验和T检验,这下我彻底明白了。后来在导师许水生老师和其他体育部老师的帮助下,我逐渐开始适应研究生的学习生活,通过选修一些体育部特色的课程,很快弥补了专业上的不足,并顺利通过研一所有的课程。

研一的学习和查阅资料,为研二开题和撰写论文打下了良好的基础。研二在开题的同时,我开始尝试撰写小论文,起初投稿并不是很顺利,获得一篇又一篇的拒稿。后来经过不断修改,终于有期刊同意录用,不过编辑又给我很多修改意见,在修改过程中,我感觉自己又学到了很多东西。经过修改,我的第一篇文章终于正式录用了。在这次修改中,我也学会了一些撰写小论文的技巧,研二期间我一共发表了4篇文章。2020年,我获得了研究生国家奖学金。

### 冠军之路

大二的时候和吴导聊完,我明确了自己的目标就是努力学习、刻苦训练,获得保研资格,将来继续从事体育教育。我更有动力参加乒乓球训练了,也更加认真对待乒乓球训练,我对自己的作息和锻炼都提出了要求,每天都在去体育馆和图书馆的路上。我也参加了很多商业比赛,不断打磨自己的技术,研究乒乓球规则,研究出一套独树一帜的打法。

2016年全国大学生乒乓球锦标赛,在男单比赛中经过一路厮杀,我进入16进8淘汰赛,当时只要打进全国前8,保研就稳了。11∶8,10∶12,11∶9,9∶11,前4局我和对手战成2∶2平,总是领先被扳平,我开始有点着急了,打法有点冒进,先后出现多次失误,最终以8∶11落败。保研的大门刚刚开了个缝,又关上了。后来的几个月里,我都在反复回忆这场比赛,是自己的心态出了问题,比赛时候想法太多,没有专注于比赛。一板一板计算,一板一板和对手拼,才能获胜。

2017年在黑龙江省大学生乒乓球锦标赛的比赛,我终生难忘。我一路过关斩将打败各路强手闯入男单决赛,由于连续作战,我的腰伤又发作了,腰部已经明显肿了。看着近在咫尺的冠军,我告诉自己:"拼了!没有选择。"决赛前,我进行了冰敷,又打了冷喷剂,我现在还清楚地记得喷完冷喷剂,我后腰上汗毛一根根直立的感觉,也记得那种刺骨的凉。我最终咬着牙拼下了这场比赛,获得了黑龙江省大学生乒乓球比赛男子单打冠军,这也是哈尔滨工程大学在黑龙江省乒乓球比赛中第一个男子单打冠军。进入大学后,我很久没有在正式比赛中获得冠军了,这个冠军我等了3年。

2018年,我和队友又获得了黑龙江省大学生乒乓球锦标赛混双冠军。我以

2枚金牌为我本科运动生涯画上圆满的句号。

从国少队回来以后，我认为职业乒乓球运动员的梦想彻底结束了，但生活总会有惊喜。研二上学期，我跟随黑龙江省队训练，不断打磨自己的技术。机缘巧合下，我被推荐参加了全国乒乓球甲A联赛，并获得团体冠军，获得了乒乓球国家健将等级证书。这为我去南开大学就职打下了良好的基础，也圆了我职业乒乓球运动员的梦。

2021年3月，我参加南开大学体育老师的面试，吴导在我南开大学面试前陪我精心准备，帮我修改PPT，指出我在说课中出现的问题，在面试现场给我线上指导。最终经过6轮筛选面试，我进入了国内一流学府南开大学。回首我的整个成长过程，我要感谢我的辅导员吴俊明老师，是他在我迷茫的时候为我指明了方向，是他给了我追逐梦想的动力，也陪伴我成长。我也要感谢我的导师许水生老师，是他的诲人不倦让我顺利地完成了研究生期间的学业。我更要感谢哈尔滨工程大学，因材施教的育人环境、以人为本的育人理念，使我能够个性化成长。"大工至善 大学至真"的校训已经深深根植在我的内心世界。

**同学感言1**：丁铮锴是我7年的好兄弟，从本科一直到研究生，我们共同成长，共同经历了很多。他在7年的学习过程中始终保持积极乐观的心态，在面对困难的时候，他从不轻言放弃。当我遇到难题时，他尽己所能帮助我走出困境。在学习、工作的过程中，他都将集体利益摆在首位，重情义，能力强，他是我学习的榜样。

——同学 吴孟超

**同学感言2**：丁铮锴作为我研究生期间的班长，工作认真负责，踏实肯干，任劳任怨，无论是老师还是同学都对他赞不绝口。在学术上，他积极与同学分享经验、交流想法；在日常生活中，他与大家相处得非常融洽；在学习过程中，只要大家有困难，他都会积极帮助。

——同学 闫晓萌

**辅导员感言**：丁铮锴为人正直、乐于奉献、进取心强、自律性强。他做事果断，从不拖泥带水，什么工作都做得井井有条，具有奉献精神，班级有工作他永远第一个站出来完成。他生活中积极帮助同学，努力在各方面提升自己，从不自满骄傲，始终谦虚谨慎。在研究生期间，他积极参加各项活动，支持学院学生工作，身为党员他起到了很好的模范带头作用。

——辅导员 吴俊明

**研究生导师感言**：丁铮锴积极进取、拼搏上进、敢于担当，我最大的印象就是他精力充沛、不知疲倦。他在学习过程中精益求精,从来不会得过且过、虚度光阴!在日常生活中,他态度谦虚,从不会麻烦其他人,做什么事情都信心满满,充满正能量。

——导师 许水生

## 纸上得来终觉浅，绝知此事要躬行

党的二十大报告指出："教育、科技、人才是全面建设社会主义现代化国家的基础性、战略性支撑。必须坚持科技是第一生产力、人才是第一资源、创新是第一动力。""我们要坚持教育优先发展、科技自立自强、人才引领驱动，加快建设教育强国、科技强国、人才强国。"当今世界百年未有之大变局正在加速演进，科技创新已成为国际战略博弈的主战场，围绕科技制高点的竞争空前激烈。当前科技创新在高校中备受重视，通过科技创新不仅能将教科书上"晦涩"的理论变成生动的动手实践活动，还能在实践的过程中加深对专业知识的理解，将理论与实践有效地结合起来，更能为学生在课堂以外打开另一扇知识殿堂的大门，完善学生知识链条，使学生开阔专业视野、增长自身才干。

本篇选取4个科创实践方面的成长故事，以最真实鲜活的案例展示了大学生在学好理论知识的基础上，积极投身到科技创新和实践活动中。他们或拥有过硬的本领，或携手志同道合的伙伴，或怀揣一往无前的冲劲，或有着执着坚守的工匠精神，他们从书本中汲取智慧，从实践中增长本领、提升能力，练就"硬脊梁""铁肩膀"，担起肩上的时代重任，为大学生们树立了通过深度实践获得成长、成才的榜样。

# 水声工匠的科创之路

编辑：于欣欣

### 故事主人公简介

陆雪松，男，中共党员。毕业于江苏省盐城中学，2012年考入哈尔滨工程大学水声工程学院，2016年被免试推荐至浙江大学攻读博士研究生。本科期间获得国家奖学金1次、校优秀学生奖学金5次，获得美国大学生数学建模竞赛Meritorious奖、全国大学生电子设计大赛省级二等奖，获得校优秀毕业生、三好学生等荣誉称号。

在生活中，跟我玩得比较好的朋友都会恭维我一声"科创大神"，如果让我拿出东西证明，我还真翻不出多少获奖证书。我觉得自己更像一个执着于自己专业的小小"工匠"。

对于工匠，我的理解是：第一，执着专一；第二，低调独立；第三，精益求精。总之，无论何时何地，工匠们都需以自己的专业和敬业打造卓越。

下面，我用我的故事，诠释我的信条。

### 执着专一的热爱

我始终认为想要做好一件事，首先要热爱它，才能够从容面对途中的困难，执着地走下去。

我同学评价我是"万能的雪松",意思就是我什么都会修,耳机鼠标,手表台灯,手机电脑……感觉我好像是蓝翔毕业的,其实在我温顺的外表下藏着一颗桀骜不驯的心。小时候的我什么都敢拆,我老爸是电气工程师,他的工作室里堆着各种设备的电路主板,我没事就拆了玩。我9岁的时候,第一次设计出了经典的多开关电灯控制电路,简单说来就是我家里卧室里的照明电路,卧室门口有开关,床边有开关,书桌旁也有开关,这几个开关都能开和关闭屋内同一盏灯。没有特殊元件,比如说,单片机或者其他什么数字元件,纯就是开关之间的硬件连接,这几个开关是串联还是并联?显然都不是。这个问题我在后来初三的物理课上碰到了,不过,当年才两三年级的我可是花了整整3个小时才想出来的。脑补一个画面:大晚上,一个小屁孩,趴在工作台上,开着台灯,安安静静3个小时,拿着铅笔设计草图。我想要是换成别人,早就跑去看《恐龙战队》了吧。我曾经拆了我爷爷用了10年的收音机,改造了雷速登的赛车遥控器,我还偷偷拆了家庭影院的音箱,装上语音识别芯片,做了个语音控制音响,只要喊一句"音乐"就能开始自动播放歌曲,就像以前你们看过的机器人"小波"一样。爽倒是很爽,我因为拆了家庭影院被我妈大骂了一顿。其实倒不能怪我妈不通情理,主要是,绝大多数被我拆掉的东西都装不回去了。不过,拆着拆着也就拆出心得了,我爸对我的评价是"从小就具备一个专业工程师的潜质"。

于是乎,4年前,我就带着这种潜质来到了这里,我的大学科创从"蹲守"518开始。

蹲守?听上去有作案嫌疑,那是在我大一第一次参加启航杯的时候,我第一次作为队长带着伙伴们参加比赛。当时学院的科创氛围不是很浓,一个学长要带十几组,根本管不了我们。我们小组的几个人还都不好意思去烦学长,但比赛对场地和仪器都有需求。有一次从学长口中了解到实验室的负责人是张淑娟老师,于是,我就准备去求助张老师,结果几次去找张老师,张老师都不在。因为我们下课,老师也正好下班,周末老师又不上班。一天,实在没辙了,我决定死看死守,今天怎么也得把张老师堵住。午觉不睡了,我吃过饭就往实验室门口一蹲,坐等老师上班,但不知太累还是怎么了,我蹲着蹲着居然靠门上睡着了。张老师上班时,把她吓了一跳,以为门口昏倒了一个学生,差点把我送医院。当时我看到一堆摞得跟小山一样的仪器时,心想:我天,这下发了。我就像一个饿了好久的人捡到了面包一样,恨不得一口都吞下去,这种爱到贪婪的程度也是没谁了吧。

知道"不疯魔,不成活"这句话吗?说的就是,不到走火入魔的境界,就不能达到技艺的巅峰。其实，很多人不能理解我们这些对电子有着近乎疯狂热爱的人的想法。大家眼中如垃圾一样的电子元件，在我们眼里都如视珍宝，所以大家都觉得我们是奇葩。但我却越来越相信，这种执着而专一的热爱，可以让一切困难为其让路，即使在最绝望、最无助的时候，热爱也是永恒不灭的动力。

### 低调独立的坚守

坚守什么呢？所谓磨刀不误砍柴工，这里说的就是"磨刀"的过程。

话说，如果在图书馆看到一个趴在窗户口打半个多小时电话，并且还跟电话里的人发生争执的同学，你会认为他在干什么？在跟对象吵架？也许吧，不过我可没有这么幸运，因为我的争吵对象不是女朋友。

那是我学C语言的故事，我当时为了用单片机，由于学校还没开课，所以只能自学。还记得当时，我就窝在图书馆5楼多功能教室里，那个屋有暖气、有电源，还有网速很快的无线网。遇到不会的问题，唯一的办法就是问以前高中时一起做竞赛的几个同学，但他们大多数人都在南京，没办法，我就攒了一堆问题，长途电话打到南京，当时的长途套餐还是8毛钱1分钟。图书馆信号不好，我就趴在5楼电梯旁边的窗户口，一打半个小时，有时候还因为一些问题发生争执。我有个朋友跟我开玩笑说："你要是给爸妈打，或者是给女朋友打，情有可原，但你居然是为了学习。"也是啊，现在想想我都被自己感动了。

话说，总在图书馆也不是事儿，于是就有了下面的故事。

自从发现水声楼509创新实验室这个风水宝地之后，509几乎成了我的第二寝室，也是从那以后，别人下课回寝室打游戏，我在509；别人去图书馆学习，我在509；别人出去逛街休闲，我还在509。几年下来，这都成习惯了。有次下大雨，我下课正准备往水声楼赶，室友对我说："这么大雨，还去干吗？"我就开玩笑地说："这你就不知道了吧，听说，下雨天，苦咖啡和单片机更配哦~，哈哈。"于是，很多时候为研究某个东西，不被打断思考的节奏，我需要在实验室包宿通宵，大家都知道，水声楼的大爷晚上都会清场，以前是每天21：30到21：45这段时间，实验室门口就会准时响起大爷那浑厚的男中音"走啦，到点儿了"。出于安全考虑，没有特殊原因实验室是不能通宵的，于是，我就学会了跟大爷各种"斗智斗勇"，还总结了一套很有用的实战经验。首先，三十六计第一计，就是瞒天过海。大爷来赶人的时候，就说："好嘞，大爷，正收拾呢，马上就走了。"暗度陈仓，调虎离山，实验室如果有3个人，明面上走2个人，让大爷看见，大爷以为我们确实走了。留下那个想包宿的人，就把实验室门一关，灯一熄，只开个台灯和笔记本继续工作。当然，如果半夜被大爷发现咋办，这时候，你要用"空城计"和很多包宿的必备神器，等等。当然，个人建议少包宿，对身体不好，提高效率才是王道。为了充分利用时间，我的大学几乎"无假期"。

大学4年的寒暑假，我只在大四度过一个完整的寒假。大一寒假参加美赛，暑假参加电赛和航模，大二寒假参加美赛还有2个科研立项，暑假有电赛、robocup、飞思卡尔和航行器比赛，大三寒假又是被美赛和科研占据，暑假还有实习和电赛，我只有在大四的寒假才可以放下所有包袱回家陪陪父母。

要说累，那是肯定的。假期里在家吃着西瓜、看着联赛，多爽，何必闷在实验室里闻着焊锡和三氯化铁的味道，时不时熬夜写程序。大一的一次比赛的前一天，因为连续一个星期没日没夜地调电路，我生病烧到40度。当时要焊电路，我一坐就是一个下午，而且焊电路的态度认真得不像话，走线绝不乱飞线，横平竖直，拐弯的地方都用镊子折成45度，焊点处的连接都不惜辛苦把铜丝拨出来，折成90度，插到孔里再上锡。这种细致程度，我回头想想真是一身鸡皮疙瘩。不过，事实证明，做出来的根本不是电路板，那是工艺品。

还记得大三参加的那次 RoboMaster，我和张渊博俩人在启航的机器人中心做战车，那时候从设计电路板到焊接，再到调程序全包了，因为是地下，白天也开灯，如果不看表的话根本不知道是白天还是黑夜。因此我们晚上经常工作到23：00才反应过来启航活动中心锁门了，出不去了，我们就只能睡在实验场地边上。因为是地下，晚上很冷，没带被子，我就裹着衣服，双手环抱，躺在地上的海绵垫子上睡，好几次半夜被冻醒。这些年做比赛，两只手多次被钳子夹伤、被烙铁烫伤、被镊子扎出孔，我也因程序 bug 消不掉而失眠过，也因为节假日仍要为完成项目工作而感到心累和孤独。投入了上万元的资金，花费了上千小时的精力，却仍会带来责备和不满，但这些，不仅能帮助我在学习上取得高分和奖励，还能帮助我在项目上赚到额外的知识和金钱。最重要的是，它逐渐让我变得更加独立、理智，教会我去承受压力和享受孤独，最大限度地用自己的才华去创造未来。

我确信，一定是那些艰难的日子成就了我们。

### 精益求精的求索

精益求精，是对自己的工作和方法的精雕细琢，更像是一种情怀、一种执着、一份坚守和一份责任。

那时候，学院学生科创的整体水平并不是很高，于是，随着自身实力的增强和自信心的建立,我想是时候做点什么了。于是,在大二下学期,趁着换届,我从学生会跳槽到了团委,怀着一腔热血,就和黄杰两个人下定决心,即便靠我们两个人的力量,也要把咱们系的科创带起来,就从振兴 DSP 社团开始。我后来当了社团竞赛部的部长,他做了 DSP 社团的主席。当时,我们的 DSP 社团处于低谷期,社员少、招新难,为了吸引眼球,我们绞尽脑汁地做各种好玩的科创作品用来展示,费用大都是我们自掏腰包,我们闲置的生活费都砸在了一堆又一堆的电子元器件上,这可不是几十、几百块钱的问题,有时候都上千了。有时候我们也开玩笑,"你这芯片多少钱?""1200 元,昨天电源接反了,烧了。"呵呵,弹指一挥间烧了 1200 元,也是蛮刺激的。招新完后,社员是有了,但缺少有经验的学长指导,我们每周都要忙于各种活动的策划,因为没有老师和学长来讲课,我们俩只能亲自上阵,摸索前进。我们不仅是活动的策划者,还是执行者,很多时候为举办一个周末的培训,既要去校团委跑流程,又要连夜备课、边学边教。说实话,第一次讲课时,我紧张得口干舌燥,"放大器"说成了"放器大"。对于没有兴趣的人来说,科创的培训很枯燥,尤其是理论讲解部分,所以为了让大家听得懂,听得下去,我们总是想尽办法把培训变得有意思,搞点小实验、讲讲笑话、爆些糗事,我们的培训不像必修课,就算无聊也必须上,培训一旦无聊,就没人来了。我们,除了看着空荡荡的教室心寒外,说不出任何话来,科创对我们来说已经不是个人的事情了,而是关乎到一群人的荣誉。我也反思过,何必这么累,别人不想上进我们还瞎折腾什么,有人发我们工资吗?发奖状吗?有加分吗?没有。不过后来,我俩也想明白了,我们要做的是去影响别人,而不是让别人来影响我们,我们做这些事不为别的,就算是为了给水声学院的科创培养继承人。哪怕只有一个人来参加这个培训,我们也教,把我们自己辛辛苦苦学到的知识传授下去,让同学们少走点弯路。牛顿说过,我之所以有这些成就,是因为我站在了巨人的肩膀上。我们不算巨人,但至少是一块垫脚石,给学生们一个稍微高一点的起点,所以我们愿意为任何一个来参加培训的人认真讲课。一年的努力,我们终于让 DSP 社团重回了校级 5 星社团。

我很感谢我的好朋友黄杰,没有他,我做不成这件事,当然还要感谢帅帅的王超学长。我也很感谢一直跟着我干活的几个副部和可爱的小部员们。

我做的这件事,靠的是一份决心,一种态度,一种能将爱好、技术和积极的心态融合在一起的信仰。水声科创梦,我只实现了一小部分,虽然我不能继续做下去,但希望志同道合的学弟学妹们能继续努力,也算是为了自己的梦想练练手。

热情会给我动力,坚持能给我实力,情怀能给我魄力。作为一个小小的工匠,我平凡渺小,但自信、不甘平庸,努力让自己不再为自己的无能而后悔。

**同学感言1**:作为陆雪松的室友兼竞赛队友,我见证了他4年的成长。我们一起参加E唯协会的电赛培训,一起参加电赛,一起熬夜,一起组织DSP社团活动。愿我们永远保持一颗探索世界的好奇心,归来仍是少年。

——同学 黄杰

**同学感言2**:作为陆雪松的同班同学和好朋友,我觉得他是个蛮有钻研精神的人。还记得大一的时候,看到他为了比赛作品,在管理学课上反复画电路,也还记得他曾为了做出最好的课程设计,通宵调程序。我很佩服他的这种精神,希望他能保持对科技的这份热爱,保持对工匠精神的这种坚持。

——同学 马晓晨

**辅导员感言**:我很庆幸你选择了科创这条路,我知道这也源于你小时候的兴趣,更重要的是,它提高了你的思维和逻辑能力,提高了你的思辨能力和认识水平。对社会问题的看法和理解,对科学问题的直觉和敏锐,对生活的感悟,对人生的思考,你也会有更多深层次的理解和提高。"不疯魔,不成活",希望你真正读懂了工匠的内涵。不负期许,不负韶华,不忘初心,砥砺前行,我愿作你永远的"大学知心友,青春引路人",继续陪伴你成长。

——辅导员 马旭卓

# 非典型工科男的大学生活

编辑：于欣欣

**故事主人公简介**

汪嘉华，男，共青团员。毕业于齐齐哈尔实验中学，2012年考入哈尔滨工程大学水声工程学院，2016年毕业就职于搜狐。本科期间任校学生会办公室副部长、社联组织部副部长。曾创立校微博协会。

我是哈尔滨工程大学水声工程学院20120511班的汪嘉华。我的故事名字叫"非典型工科男的大学生活"。为什么叫非典型呢？因为与大家印象中的工科学术男不同，我是一个不走寻常路的非典型工科男。我没有继续读研或者去声学研究所，而是去北京从事了互联网行业相关的工作，拿到了滴滴、美团、联想、新浪、杏树林、腾讯视频等公司的 offer。我尝试过创业，创办过自己的青年旅社，做过志愿者，近距离接触过马云、刘强东、雷军等大咖，总之，学生时代的生活也是蛮丰富的。我也非常愿意与大家一起分享我这段激情燃烧的岁月。尝试、视野、人脉、梦想，这4个关键词是我大学生涯的主要收获，下面我就围绕这4个关键词与大家一起聊聊我的故事。

**尝试——尝试更多可能，为了遇见未知的自己**

首先是尝试。我一直相信只有不断尝试，才可能预见未知而美好的自己，我也可以骄傲地说我的大学有深度，因为我勇于尝试。不尝试你怎么知道你想要什么。

我在大一、大二的时候做过校学生会办公室副主任、校社团联合会监管部部员、校广播站播音员、水声学院团委实践部部员。那期间我们举办过多场大型活动，共同经历过熬夜写主持稿、通宵讨论活动策划、一起去和商家谈赞助等忙碌的时光。那段时间虽然累，但却很快乐，我不仅收获了很多志同道合的朋友，也学会了很多炫酷的技能。我学会了剪音频、做视频、写策划、做宣传、写播音稿、采购物料，学会了换位思考，知道了细节的重要性。在多方面的接触和尝试中，我渐渐地了解自己的性格以及自己的长处，了解了自己内心真正想要的是什么。

在大三的时候，我和几个朋友还尝试过创业，想要做一个自己的青年旅社，经过调研，选址在中央大街和火车站的范围内。当时考察到在哈尔滨做青年旅社有较大的市场，我们想做一个个性化的青年旅社。比如，可以给住客提供行程规划，公共区域开设酒吧、咖啡厅，定期策划文艺小众活动，体验胶囊床位以及"虚拟现实"VR眼镜等高科技产品。梦想是丰满的，但是现实是骨感的。在实操过程中我们遇到了很多意想不到的困难，比如，创业之初的资金来源，因为家庭条件不允许，资金一部分来自合伙人，一部分是我们在网上发布创业计划众筹得来的。我们还和无良装修队斗智斗勇，怎么才能催他们如期完工，并不偷工减料。特别是手续申办方面，我们更是一头雾水，在申办营业许可资格证的时候才发现，青旅还有很多地方不达标，比如，防火通道的搭建等，这一切远比我们想象得要复杂。当拿到属于自己的营业执照时，我们才初尝成功的果实。在运营一段时间后，我们发现创业这条路远没有我们想象得那样美好与理想。精力牵扯过多让我们最终放弃了该计划，不过也还好，在饱和营销一段时间之后，我们对青年旅社进行了抛售，最终也算收支平衡。

这次不算成功的创业经历，让我了解了一个项目从开始创建、到上线、到推广、再到以后正常运营的相关流程细节以及选址、装修、办手续等具体工作，最重要的是，让我明白创业这件事情并非一日之功。创业不是只靠着一腔热血就能够完成的，更需要成熟的心智以及丰富的相关经验，创业期间也让我有了更加沉稳和不怕输的心态。

大二时一个偶然的机会，我接触到了新浪公司的微博产品——新浪微博墙。这个产品全国各个知名高校都有，但是在我们学校当时基本处于荒废状态。我于是辗转联系到了新浪微博黑龙江省的负责人，经过总部统一安排的2轮面试以及培训和职责确定，我成为新浪微博的哈工程负责人。

当时的微博主页已经有4个月没更新，参与量几乎为零。说实话当时网络产品的管理和运营，对我来说是一个全新的领域。从团队组织、运营方法，到项目运作，我基本上是摸着石头过河。

没有团队，我就从在校级组织里一起工作过的小伙伴中去选择适合的人，一个人一个人去游说，从文案到美编，从策划到摄影，就这样靠着在各级学生组织的人脉，7个人的微博协会很快组建起来了。发展到现在，微博协会已经是一个有着22人的团队。

由于未掌握网络产品的运营方法，我认真统计、研究各种题材和内容的点击量和转发量，比如，发什么样的内容大家会喜欢，什么时候发微博点击量高，在题材符合正能量的同时迎合同学喜好，我认为这是网络产品存在的底线。就像做科研一样，根据点击量曲线图，总结摸索一定的规律和方法。我后来发现，大家喜欢的内容是社会热点问题和校花美颜等，更喜欢在午休期间和晚上睡觉前刷微博等等，这也为我在今后找工作积累了经验。

协会创办之初，没有具体项目，我就积极联系学校各机关部门，校团委、校招生办、校青协、校社联等，我一个部门一个部门地去沟通，争取他们的支持和信任。我当时对学校社团管理政策方面掌握得还不是很全面，微博协会也只是一个学生自发的民间组织，没有到校团委注册，也不是官方的学生组织，因此在招新和举办活动的时候受到很多限制。这期间经历了不信任、不认可，我认为这种不信任主要源于对协会本身和微博不了解。于是，我们主动积极沟通，用事实说话，向校团委展示我们主页所呈现出的优质内容，庞大的粉丝群体（大概3万）以及不俗的阅读量（大约1万），渐渐地，校团委不仅认可了我们，更是把我们列为校团委名下的学生组织，甚至还主动联系我们，让我们承包了校团委的robomaster机器人大赛和2015—2016年的国际大学生雪雕大赛的全程微博宣传。说到雪雕大赛的微博宣传，那段时间对我来说非常难忘，那几天我每天都要在冰天雪地的室外做采访、拍照片。手指颤颤巍巍地按快门，甚至有时候冻得手机开不开机，我们就屋里屋外来回跑。我们还要顶着语言不通的压力，一个一个采访国外的参赛队伍。为了提高转发量和点击量，我们还与国内其他队伍所在学校的官方主页进行沟通，希望可以得到转发支持，后来甚至还联系到了共青团中央的官方微博。正是在我们不懈的努力下，雪雕大赛3天的话题阅读量就达到了250万的惊人数字。

我也在不断地尝试中遇见了美好的自己。

### 视野——限制我们发展的不是能力，而是视野

限制我们发展的从来都不是能力，而是视野，这是我在大学的又一收获。

2015年2月，我有幸参加了亚布力年会的志愿者活动，成了参会嘉宾的接待秘书。亚布力中国企业家年会是一个大型企业家年会，参会的企业家有马云、刘强东、王中军、雷军、王石等，它被誉为中国的达沃斯论坛。这彻底改变了我看待问题的角度和层次。我从只着眼于眼前，转变为想要积极投入到社会的发展和前进的洪流当中去，想用自己的力量来改变世界。

在亚布力期间，我最大的收获是遇到了很多优秀的同龄人。他们是来自全国各大高校优秀的学生。在全国 3000 份简历中经过层层面试才筛选出的 200 名优秀的学生。其中不乏翘楚，比如，天津工业大学周鑫，虽然还只是大三学生，他却可以作为创始人开办公司，拿到天使投资，甚至俞敏洪入股他的公司，还会玩转资本市场，会做风险投资，年纪轻轻就可以与新东方总裁俞敏洪、投资人薛蛮子、大作家冯唐等人同行，甚至还收到了杨绛先生生前的赠书，令人艳羡。哈尔滨商业大学的刘佩直，父母给了他 5 万元作为本金，他尝试股票投资，没想到在大盘最鼎盛的时候他在股市的资金已经达到了 100 万，目前，开始进军影视行业，现在在杭州做得风生水起。周杨，1994 年出生，是清华动力工程研究处的研究生，前往美国得克萨斯大学深造。还有现在活跃在国内各大公司的朋友们，他们带我看到了学校之外广阔的世界。这些都是我们的同龄人，当我们还在为逃课、玩游戏、追剧而得过且过的时候，他们已经开始走在了时代的前列。

这次会议帮助我跳出井底的那块跳板，原来外面的天空是如此广阔，原来我们有能力去做那么多事儿。从那时开始，我更加苛求自己去进步、去学习。也是从那时开始，我开始接触互联网圈，并对此产生了浓厚的兴趣。

**人脉——借力者强，借势者智，借智者王**

大家一定听说过 6 度空间理论：你和任何一个陌生人之间所间隔的空间不会超过 6 个人。也就是说，最多通过 6 个人你就能够认识任何一个陌生人。人脉即外脑，一个人的力量是有限的，我们要善于借力、借势、借智。

当朋友们知道我对互联网行业感兴趣的时候，他们帮我一起建立了一个国际大学生求职实习信息发布群，希望能够帮助我多积累些互联网的人脉和资源。群里每天都会发布实习信息和求职干货，群到现在已经达到 1500 多人的规模，群内既有在校大学生，如北大、清华、港大、南京大学、东北三省等大学的学生，又有各大公司的人事及相关从业者，比如，新浪、网易、滴滴、百度、阿里、腾讯、联合利华、宝洁等公司的人员。这个群的直接目的是为公司和大学生之间搭建一个职位供求平台，确实帮很多人找到了适合自己的实习信息和工作岗位。但是对于我来说，它更是我与外界联系的触角，不仅使我获得了更多实用的知识和技能，比如，如何写简历、如何面试等等，更重要的是通过它不断延伸，我可以不断接触更大、更广阔的世界。

通过群里的小伙伴，我还去参加了在北大博雅饭店举办的全国高校新媒体论坛，学习了其他大学新媒体发展的技巧和新媒体行业未来的发展走向。我受邀参加了在北京钓鱼台国宾馆举办的共享经济体制峰会，了解了国家对共享经济的政策，以及滴滴 UBER 等互联网公司的未来走向。我参加了虎嗅网的年会，近距离接触了锤子科技的创始人罗永浩，听罗老师讲了 2 个小时的单口相声。他机智的反应和睿智的回答深深地吸引了我。

人脉就像我与世界联系的触角，它不仅使我接触的世界越来越广阔，更重要的是让我与世界越接触越亲密。

**梦想——当你知道自己想要什么的时候，全世界都会为你让路**

上大学以来，我一直不断地问自己到底想要什么样的生活。我想我现在找到了，我希望自己能够成为一名互联网行业的产品经理，可以亲手构建出一个可以改变人类生活习惯的产品，创新与变化是行业特点，我喜欢因此而带来的任何机遇和挑战。

但是，以我的专业背景和家庭背景，选择这个行业还真是受到了一些阻碍。我相信大家或许都有父母不支持自己梦想的经历。我的父母也是如此，我的父母都是大学老师，他们一直认为工科生应该一心一意搞学术、做实验，进科研院所才是王道。互联网行业对我来说是另辟蹊径，对他们而言是不务正业。所以，他们要求我必须考研，否则断我粮草。一时间无法说通他们，我只好考研、创业、找工作 3 方面同时兼顾，妄图想要拿着 offer 考研。直到去年 10 月，我彻底陷入大学最黑暗的时候，创业艰辛、复习缓慢、找工作不顺，3 方面同时兼顾的结果当然是惨不忍睹。当时的我站在了人生岔路口，接近崩溃。在这时，我咨询了我的几个好朋友，他们都劝我，一定要做自己想做的事，无论这条路有多么艰辛，否则以后真的会后悔。于是，我下定决心必须与父母正式谈谈了。我记得很清楚，那天，我和妈妈谈了整整一个晚上，把我经历的事情、我的想法一并跟她说了，结果他们竟然不再反对了。

从决定从事这个行业开始，我就有意识地积累和互联网知识相关的知识。接下来，我讲讲去滴滴公司北京总部实习的故事。在我接到了豌豆荚、滴滴、职业梦、美团、去哪儿等公司的实习通知时，我最后决定去滴滴公司实习，因为我认为这是一家想要改变人类出行方式的公司，这与我的理想很契合。在滴滴工作时每天都非常繁忙，我早上 9 点出门晚上 10 点多下班，回到租住的不到 10 平方米的小屋内，居住条件很艰苦，晚上有暖气还好，早上起来的时候窗户上总会结厚厚的一层冰。每晚下班后，一个人面对空空的屋子感觉有些悲凉。但是我觉得自己身上充满了能量，有用不完的劲儿，终于在一次产品体验的月度报告大会上，我的报告被评为最有价值报告，为公司产品品质的提升起到了较大的推动作用，收获了同事们的一致好评，还有1000元的奖金，这场及时雨成功帮我缓解了房租危机。公司甚至把我的海报挂在了最显眼的位置上，大家每天都能看到我，那段时间，我瞬间成为公司内部最为知名的实习生。

当你勇于直面自己的内心并找到自己真正想要的方向时，不要畏惧，此时的我们应该欢呼雀跃，为自己找到了内心而喜悦，不要去刻意加重内心的包袱。只有认定了梦想，相信自己，全世界才会为你让路。借用罗永浩老师在锤子手机发布会上的一句话，未来属于我们当中那些仍然愿意弄脏双手的少数分子。只有勇于尝试以及勤于实践，才能掌握属于自己的未来。

这就是我的故事，一个非典型工科男的成长故事。最后，我想说，学弟学妹们，重要的不是我们身处何处，而是我们身往何处。认准了你想要的就去干吧，我们还这么年轻，试错便是通往未来的阶石，吃亏，没什么大不了的。

我是汪嘉华，一个集梦想与无畏于一身的男子。

**同学感言1**：汪嘉华是我在水声学院的直系学弟，我和他在校学生会办公室以及院学生会一起共事，2年里我见证了他从青涩走向成熟，我们也从同事变成了最好的朋友。在紧张的学习生活以及繁忙的学生工作当中，他始终不断思考，尝试创新，策划活动时经常能迸发出新奇的想法，为活动增添不一样的色彩。大学后半段，他更是突破自己，组建的微博社团也成为学生活动经常出现的靓丽风景线。在他不断尝试和努力后，这段校园经历也成为他迈向社会的基石。希望他在工作和生活中可以继续勇敢拼搏，不断尝试突破，让自己的人生更加丰富多彩。

——同学 姚凌宇

**同学感言2**：汪嘉华在我人生最关键的那几年，充当着亦师亦友的角色。他是学生会的副部长，是我新媒体运营工作的领路人，不仅仅给了我很多指引和方向，更重要的是他在用自身的行动感染着我们。无论是多彩的学生活动，还是丰富的工作经验，以及起伏的人生经历，汪嘉华都在用行动和结果向我们证明，勇敢努力去付诸行动，最后定会有所收获！我也希望我们的未来都会越来越好。

——同学 陶子墨

**辅导员感言**：尝试的路途崎岖，追逐梦想的道路更是坎坷，对于汪嘉华来说，尝试、视野、人脉、梦想是他大学生涯最为宝贵的财富。尝试突破自己，尝试接触未接触过的领域，从慌不择路到得心应手，是我们每个同学应该学习和经历的过程。不因困难而停滞不前，也不因小小成就沾沾自喜，努力在失败与成功中发现最美好的自己，找到自己愿意一往无前的梦想。同时也希望汪嘉华同学永远不忘初心、坚持自己，向着心中那个更美好的自己前行。

——辅导员 马旭卓

## 最好的感情 就是让彼此成为最好的自己

编辑：闫毓麟

### 故事主人公简介

周之豪，男，中共党员。毕业于济南市商河一中，2018 年考入哈尔滨工程大学动力与能源工程学院，2022 年被免试推荐至哈尔滨工业大学攻读硕士研究生。本科期间获得国家奖学金一次、国家励志奖学金两次、校优秀学生奖学金四次。获得海洋航行器设计与制作大赛国家二等奖两项、省"互联网+"大学生创新创业大赛金奖、中国 TRIZ 杯大学生创新方法大赛三等奖、全国大学生数学竞赛三等奖，申请软件著作权两项。获得校学习标兵、优秀共青团员、三好学生等荣誉称号。

大家好！我叫周之豪。上面的主人公简介中写了很多我在大学四年里面所获得的成绩，但是我觉得大学四年我最大的成长和收获，是遇到了我的女朋友——张微。所以，我要给大家讲的是一个关于我和她的故事。

### 在校园里遇见了"另一个我"

谈起与张微同学的相识，我们都会用"世界上另一个我"来形容我们之间的缘分。原本完全陌生、毫无交集的两个人，因为同样来自山东省，高考的成绩同样是606分，同样选择哈尔滨工程大学动力与能源工程学院，两个相同的决定为我们共同的成长拉开了序幕。

在军训的联欢活动上，我们第一次相识。聊天中发现，我们不仅高考成绩和生源地相同，而且连音乐爱好甚至吉他型号竟然也相同。随着更深入的了解，我们发现在这些"相同"之上，我们有许多的"互补"。

我，特别重视基础课程的学习，在上课时始终保持高度集中的注意力。特别是微积分课程，为了弄懂书本上每一个公式，我在课后会把书本上的每个公式都推导一遍，通过这种"记住公式、理解公式、拓展公式"的方式，我对课程体系和逻辑有了更深入的理解，在学习上做到游刃有余。

她，特别重视综合能力的锻炼，在大学生活中总是乐于接触新的事物，积极参加各种活动，并找到了学业与学生工作间的平衡点，也通过学生干部工作收获了别样的精彩。

我们有着共同的爱好与互补的性格，就像是两个相似的"火石"擦出爱情的火花。2018年学校第九届合唱与重唱大赛的总决赛上，张微作为动力学院清乐合唱团的一员，参加了比赛。比赛结束后，我鼓起勇气冲到后台，紧张地向张微递上了一束花，在大家的掌声中，我和她，成了"我们"。

在社团招新、科技展览等学院组织的各类活动中，我们看到了许多学长学姐做的发动机、机器人和无人机等科创作品。这深深吸引了我们，自此我们共同下定决心，一定要融入学校的学习环境，参与到科技创新实践之中，实现学习、科创"两开花"。这也是我们第一次共同树立凭借全面发展取得优异成绩，最终获得推免资格的目标。就这样，我们开始了大学生活。

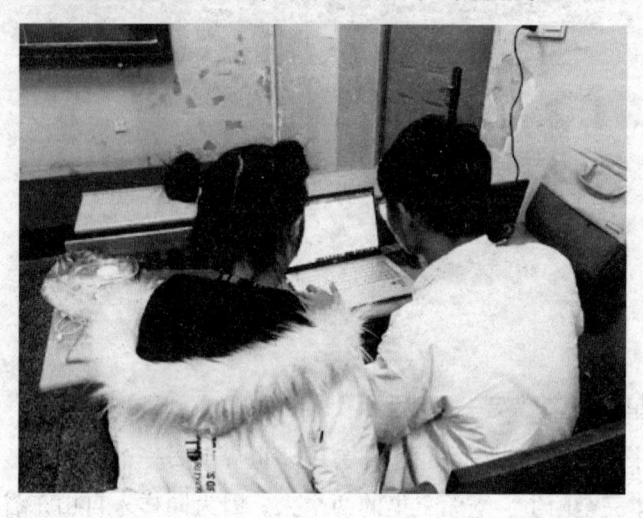

### 图书馆是我们的"老地方"

大二进行专业分流时，在能源动力大类下，张微选择了热能工程，我选择轮机工程。我们在互相讨论专业方向的选择时，都觉得选专业最重要的是根据自己的实际情况和兴趣，选择真正适合自己的专业。即使是情侣，我们也不希望太过于捆绑，保持一定的距离对双方的发展都好。

我们虽然选择了不同的专业，但本科阶段基础学科之间交叉的内容还是很多。考试时间不同，我们就采取"先考的帮后考的梳理知识脉络"的策略。我们互相挑选例题讲解，共享学习笔记，在加深专业学习的同时也拓宽了知识面，更加全面地把握了自己的专业课程。针对相同的考试科目，我们总结出了专属的"钳形复习法"，即分头复习同一门学科，再互相讲解，用"双倍学习力"破解复习路上的难题。图书馆四楼的大木桌子就是我们约会的固定地点，从早上八点到晚上图书馆打铃关门，只要没有课，我们总是默契地在"老地方"见。

有一段时间，我陷入了迷茫与焦虑中。我明明一直在努力地争取科创成果，请教了很多学长，也学会了不少软件，但身边不少同学都参加了多项创新创业竞赛，取得了成果，而我始终都没有制作出一个属于自己的作品，特别是没有在比赛中证明我的能力。我如果再这样坚持下去，依旧一无收获的话，那么我付出的努力到底值不值得？我是不是要考虑放弃？张微知道后想了好久，想要帮助我走出来。有一天晚上，我们从实验室出来，走到体育场中央，坐在草地上，在宁静的夜幕下有十几个跑步的学生，这个夜晚是大学特有的安静而奋斗的夜晚。我们一起回顾这一年的成长过程，她指出我们始终都将希望寄托在学长学姐身上，希望他们能够给我们更多的指导和帮助，很少想要靠着自己的努力去组建一支团队，去做自己想做的项目，成为项目的开创者和主心骨。参与各类比赛也比较盲目，我们从来都没以一个比赛的获奖来作为坚定的目标，并对这个目标做长时间的努力。最重要的是我们虽然时刻想着要比赛、要拿大奖，但是并没有付出足够多的时间去提高自己的能力。我们共同反思，明白了遇事要先从自身找原因，努力做自己才是最大的动力来源。

大三时，我们共同参加了海洋航行器设计与制作大赛。刚接触科创，张微像大多数"科创小白"一样，既紧张又迷茫。竞赛经验较丰富的我一直在旁鼓励张微，为她梳理整个科创过程，从科创产品的产出，到三维建模和流体仿真等科创技术的学习。渐渐地，她也有了自己的科创目标，于是，我们共同组建了科创队伍。在老师和学长们的帮助下，我们参与了"船舶高压灭火器液位监测系统"产品的制作，我负责电路板的设计，张微负责人机交互系统的制作完善。我们充分发挥两人的特长，在比赛答辩的时候，她负责制作 PPT，我负责答辩。我能从她的幻灯片中理解她的意思，她也会配合我的语言和答辩习惯，设计 PPT。

在彼此的交流中，自身的不足之处也更加清晰，我们也知道了自己需要努力的方向。日复一日地沉淀与积累，让我们收获了诸多成功的果实。三年来，我们携手获得国家奖学金、校学习标兵、国家励志奖学金、黑龙江省"互联网+"大学生创新创业大赛金奖、第十届海洋航行器设计与制作大赛国家二等奖、黑龙江省知识产权杯三等奖等各类奖项荣誉28项，奖学金合计35400元。

### 携手公益是我们"秀恩爱"的新方式

大一上学期，我们一起加入了动力学院的"小火柴"志愿服务队。第一次志愿服务是去养老院拜访。在养老院，我们一同看望了一位经历过抗美援朝战争的老奶奶，在沟通的过程中，我们被老奶奶抗美援朝的经历深深打动，我们意识到，志愿服务不但是帮助他人的过程，还是感受自己成长的过程。

参与志愿服务成为我们之间独特的"秀恩爱"方式。我们曾共同参与校青协的支教活动，共同策划给小学生科普知识的教案，也曾共同担任全国海洋航行器设计与制作大赛的志愿者。比赛是在夏天，张微所在的 B 组负责室外水池的维护，炎热与劳累一直伴随着整个活动。身在 A 组的我便会给张微送午餐、送电风扇，帮张微坚持下去。最终，我们都获得了全国海洋航行器设计与制作大赛优秀志愿者证书，也在志愿服务中留下了那个夏天最美好的回忆。白雪皑皑的冬天，在国际大学生雪雕大赛中，我们用自己的热情帮助来自五湖四海的朋友。

在志愿服务工作中，我们相互建议、相互扶持，对方优秀我也与有荣焉，更是自己加倍努力的动力，彼此的督促与进步也成了我们感情不断升温的纽带。

不同的风景，相同的那个人，我们携手为他人服务的美好时光让走过的四季都变成了彩色。

### 最好的感情，就是让彼此成为最好的自己

因为喜欢摄影，大一开始，张微便加入了学院的新闻部，后来又担任了动力学院团委副书记，通过学生工作，她参加了很多活动，也掌握了很多技能，比如，写新闻稿、平面设计等。有一段时间，因为参与的学生工作过多，张微期末复习的时间被压缩。我在帮她复习的同时，告诉她参加学生工作，一定要把握好自己的方向，分配好自己的时间，要优先完成学习任务。

大三时，我担任了大一新生的副班主任和自己所在班级的学习委员。因为是第一次参与学生工作，我和张微交流与新生沟通的经验，在她的指导下，我为班级同学制作学习任务表，定期为大一的同学们召开班会，讲解学院的推免政策，鼓励大家努力学习，分析大家的综合测评成绩，与本班同学分享自己的学习笔记，有时我会与学习有困难的同学聊到凌晨两点。

我们也曾面临过困难与挫折。暑假一同留校准备推免工作，那段时间是我们最难忘的时光，夏令营的名额申请，研究生方向的选择，面试问题的多种多样，一切都充满了未知数。但也是那段日子，让我们更明白我们彼此存在的重要意义，为了准备面试，我们在图书馆天天研究，互相担任面试官模拟面试。

为了缓解紧张的情绪,我们也经常去松花江边散步,尝遍中央大街的美食。暑假参加夏令营的时候要写自荐信,在学生工作中练就了好文笔的张微帮我一字一句地润色文书材料,修改英文自我介绍。我先参加了夏令营,有了面试经验,便化身为她的指导老师,一个问题一个问题帮她解答。最终,张微通过预推免成功保研至哈尔滨工业大学,我则同时拿到了天津大学与哈尔滨工业大学的夏令营 offer。当然,我选择与她继续携手同行。

有她的陪伴,有了为同一个目标携手奋进的坚定信念,挫折与困难也幻化成我们共同进步的催化剂。

真正好的爱情,是我爱你,所以愿意为了你,努力让自己变得更好。评判感情只需一个标准:只要是对的,就一定会让你变成更好的人。感谢哈工程,这个优秀的平台,让我遇见了优秀的你。我爱你母校,无论将来我身在何方,我都愿意为了你,让自己变得更好!

**同学感言1**:周之豪同学是我的舍友,我和他也是比较好的朋友,大学四年,我看得出他非常努力,也看到他取得了很多成绩,我为他自豪和高兴。在生活上,他积极阳光,热爱运动,为人慷慨、真诚。在学习上,他也经常帮助我,在考前和我一起总结考试重点,给我梳理考试内容。祝愿他以后取得更好的成绩。

——同学 赵晏萱

**同学感言2**:周之豪学长是我们班的副班主任,也是我科创与学习路上的小老师。每当我遇到关于比赛、考试的问题,他总是和我面对面交流许久,给我梳理问题的解决方法。最近我们要分专业,周之豪学长为我解答了很多关于不同专业的问题,在他的引领下,我们班非常活跃和优秀,很多同学获得国家奖学金,在科创比赛上也取得一些成绩,感谢周之豪学长。

——同学 赵俊杰

**辅导员感言**:周之豪同学性格开朗,待人热情,与同学相处融洽,总有自信的微笑。他用勤奋刻苦、立志钻研的品格诠释着"非学无以广才,非志无以成学"。周之豪和张微同学向我们诠释了爱情最美好的样子是任何时候都能齐头并进,不是一直望着对方,而是一起眺望远方。

——辅导员 闫毓麟

# 从"0"到"1",科创小白的艰难逆袭

编辑:李大任

### 故事主人公简介

赵芬,女,中共预备党员。毕业于山西省忻州第一中学,2018年考入哈尔滨工程大学核科学与技术学院,2022年被免试推荐至西安交通大学核科学与技术学院攻读硕士研究生。本科期间获得国家奖学金、校优秀学生奖学金。获得校学习标兵、优秀共青团干部标兵、三好学生、优秀学生干部等荣誉称号。曾任院团委副书记。

**飘在空中做科创,我摔得很惨**

初入大学,面对新环境和各种新奇事物,我对一切都充满了好奇,在学院为每个学生团队配备了科创导航员后,我了解到了创新的魅力,并信心满满,希望做出一番成绩。机缘巧合之下,我认识了学院2017级的学姐,她的智能升降变轨汽车项目刚好缺人手,于是我参加了这个项目。虽然自己很好奇为什么核专业的学生要做这方面的科创,但为了锻炼自己的创新能力,我还是全身心投入到了其中。但整个过程很煎熬,如何用软件设计模型,如何进行智能化编程,这些知识我在课堂上都学不到,只能自学,那段时间除了上课,我和小组成员基本上泡在实验室。当成品出来的那一刻,虽然做得很粗糙,但内心很兴奋,晚饭时,我奖励自己一杯奶茶。在最终项目评审出结果的时候,我们与优秀失之交臂,看着许多同学拿到了优秀结题,我心里有些失落,满肚子问号,思考为什么我的项目不能得到优秀。

第二天,我联系了评委刘老师,想听听他对项目的意见,老师的一番话给了我信心,但也让我重新进行了深入的思考。他说,"你的项目创意很好,但缺少专业知识的支撑,有面子,没有里子。"那一刻我明白了,我如果学的是机械制造相关专业,有了知识积累,可能会将这个项目做得更好,但由于缺少专业

知识的支撑，只能照葫芦画瓢，做出的成果不一定符合机械原理。明白了这个道理，我知道我需要更扎实的专业知识。

**专业知识让我"落地"，我逐渐站稳了脚跟**

大二的时候，我开始学习有机化学和无机化学，作为核燃料相关专业的课程，这两门课是基础中的基础，有了前车之鉴，我更加重视每一个化学原理和公式。一次乏燃料（核反应后留下的反应原料）课程上，周老师告诉我们目前我国乏燃料后处理的技术虽然有了一定的成就，但与国外相比仍然有一定的差距。听到这点后，我课后主动联系了周老师，提出想运用课上知识，在乏燃料后续利用上开展研究，从中提取出能够利用的原料。老师听后对我的想法表示支持，并鼓励我积极研究。我利用晚上休息时间，查阅国内外文献，那段时间寝室打印的材料越堆越多，不知不觉堆满了整个桌面，我发现在众多的文献中，对如何从核废料中提取钚的应用仪器的研究相对缺乏。于是，我把想从核废料中提取钚的想法和老师交流了一下，刚好老师之前做过一些研究，并把这些资料分享给了我。

于是我进一步缩小文献范围，专攻钚提取技术，在研究过程中，我发现自己仍然缺少一定的专业知识，仍然难以将自己的想法落地。在询问老师后，他给了我一个建议，到教材和论文里去找类似的"提取原理"，看看能不能通用。在翻阅了十几本专业书籍资料后，终于在2021年国庆节假期第一天的下午，我找到了"杯式连续沉淀器中草酸亚铁"的沉淀工艺，这种工艺的原理可以应用到钚的提取上，这让我兴奋不已。我当即将这个想法和老师沟通，老师认可了我的思路，并共同确定了"钚线核心复合双池草酸钚连续沉淀器"这个思路。那天下午，我兴奋地在寝室跳了起来，几个月的努力终于有了一些进展。

有了这个进展，我进行了2天的调整，在那个国庆假期，阶段性地总结了一下自己的前期进展，我发现老师总讲的回归课本、回归原理，我们已经听习惯了，甚至没有那么在意，但很多事情的道理就在我们听多了并不以为意的地方，所谓"大道至简"。

**厚积薄发，我成功站在省赛舞台上**

在继续推进项目的过程中，我发现在建立模型和演算实验数据上仅凭借我自己的力量，难以完成。于是，我联系了同专业3个在计算机建模和实验方面有一定功底的同学，共同开展这个项目。计算机建模的过程很顺利，我们很快确立了自己的模型，但是在实验数据演算上，我们遇到了难题。搅拌萃取效率实验数据偏差值超出了预期，如果这个关键的数据没有演算出来，那么整个项目将会推迟，甚至是搁浅。于是我们找到老师，一起研究这个问题，老师为我们团队申请了一周的实验室使用时间，并陪着我们从头到尾梳理了一遍建模和实验开展的过程。那段时间，我们一有空闲时间就跑到实验室做实验，也因此常常错过吃饭的时间，但团队成员没有怨言，反而大家都憋着一股劲，一定要把这个数据验证出来。最后，我们立足"杯式连续沉淀器中草酸亚铁的沉淀工艺"中的实验数据和原理过程，反复比对实验过程和原理，找到异同点和借鉴点，最终在一周后，实验数据与计算机建模数据成功实现一致性匹配，团队也基于此申请了一种草酸钚杯式连续沉淀装置专利。

基于这项研究，我们报名参加了第七届黑龙江省"互联网+"创新创业大赛。比赛的思路与做项目的思路还是有差异的，整个方案设计包括PPT设计，前前后后开了20多次组会，过程虽然很艰苦和漫长，但是当最终方案敲定的那一刻，我心里十分满足。最后，我们的项目"谈核容易——智能交互式辐射科普装置"获得了省赛三等奖，这也是我第一次获得创新创业竞赛奖项。

回想大学4年，我从一个科创小白到成功站在省赛舞台上，这让我不禁想起脱口秀里面的一句话，人生没有白走的路，每一步都算数。曾经付出的每一点努力、投入的精力，都是我们宝贵的积淀，一定会有厚积薄发的一天。

**同学感言1**：赵芬是我隔壁班的同学，由于是同一个专业，我们经常在一块儿上课、学习，她不仅成绩优秀，而且性格随和，课上能和老师积极互动，课下也能和我们聊成一片。真正接触最多的应该是一起组队参加比赛的时候，一开始对比赛什么也不懂，经常因为大大小小的困难而感到无能为力，但是赵芬同学总能调动我们的情绪，像团队的"开心果"，激励团队坚持下去，我很荣幸拥有一个这样的朋友。

——同学 刘雨熙

**同学感言2**：赵芬同学是20181521班的一名学生，在平日与同学、老师相处时，能够看出她阳光开朗、乐于助人、积极向上的性格。作为同学，在与赵芬同学相处时，她不断帮我磨炼技艺，我们互换经验，共同进步，还不辞辛苦地安慰我，让我摆脱掉低沉的心情。

——同学 王易鸣

**辅导员感言**：赵芬同学在4年的学习过程中，没有被暂时的迷茫和挫折打败，能够在挫折中总结经验，并对自己的生涯进行合理规划。4年时间，她在学业、学生工作和创新创业各个方面寻求突破，并在这个过程中不断成长，她的故事值得学习和借鉴。

——辅导员 李大任

## 玉经磨琢多成器，剑拔沉埋便倚天

失败并非终点，除非你已向命运屈服。在历史的洪流中，突破逆境，获得成功的人数不胜数，然而当代青年大多数成长在顺境中，缺乏磨砺，人生阅历较浅，一旦面对突如其来的逆境，往往表现出极大的不适。但要想适应新时代、新要求，迎难而上、攻坚克难的品质正是当代青年应具备的，应把每一次挫折都当成一次历练，振奋精神，艰苦奋斗，从他人逆袭成功的案例中汲取经验，才能让新时代青年在平凡的日子里熠熠生辉，在时代的步伐中勇毅前进。

本篇选取了3位优秀学生遭遇挫折、战胜挫折，最终逆袭成功的成长故事。以真实的经历告诉大学生们在挫折、困难面前该如何绝地反击、凤凰涅槃，在逆境中如何发现和培育有利因素，将逆境转化为背水一战的压力、绝地反击的机会，创造辉煌的青春经历。"奋斗的道路不会一帆风顺，往往荆棘丛生、充满坎坷。强者，总是从挫折中不断奋起、永不气馁。"对于新时代中国青年而言，机遇与挑战并存，应逢顺势而快上，乘东风而勇进，处低谷而力争，受磨难而奋力，为国家富强、民族复兴做好充分的准备！

# 网瘾少年涅槃重生

编辑：于欣欣

### 故事主人公简介

王君辉，男。2009年考入于哈尔滨工程大学水声工程学院，2015年考入哈尔滨工程大学水声工程学院攻读研究生，毕业后在中电某所做市场技术支持。曾因沉迷网络游戏于2010年、2012年先后2次留级。

**迷茫后的沉沦**

现在我还清晰地记得6年前自己刚入学的样子，那时的我也幻想过自己可以取得优异的成绩，靠奖学金就能养活自己，不用拿家里的一分钱。有梦是好的，但是如果不为之付出努力，那梦就只是幻想而已。当时的我就只是幻想了一下。

年轻的我，太任性，以为大学中的学习真的是必修选逃、选修必逃，加上我叛逆懒散，我大一的生活基本上是在篮球场和网吧里度过的。

毫无悬念，我留级了。我第一个大一的记忆只剩下篮球、魔兽游戏、七八个同学还有辅导员芦老师。我忘不了父母失望的眼神，也忘不了我信誓旦旦地跟他们说我一定改过自新、好好学习的誓言。

我很不喜欢回忆这段过往，因为每回想一次都会骂自己100遍，把尽可能侮辱的词汇用在我自己身上，我实在太混蛋了。第一次跌倒主要是因为我沉迷网络游戏，然后我戒了，第二次还是由于网络游戏，因为一年之后我又重新开始玩了。我当时给自己定的目标仅仅是补考后不及格科目不能超过3门，但是常在河边走哪能不湿鞋。

第二次留级是在大二的时候，我当时少算了一门实验课，以为补考后不及格科目还是3门，当郭书记把我叫到他办公室，跟我说我需要留级的时候，我真的体会到了什么叫作天旋地转，如果不是旁边同学把我扶到沙发上，我就会当场晕倒在地上。一直以来，我以为自己天不怕地不怕，是个什么都不在乎的滚刀肉，但是那天我认识到自己有多脆弱。

**沉沦后的觉醒**

之后的几天，我完全活在梦里，我不知道怎么跟父母说，事实上我也一直瞒着他们。直到我大三上学期的时候，因为在父母看来，我已经是大四了，该找工作了。

犹记得那天是2014年春天的第一个雨天，那一天我没吃下饭，我觉得我拖不下去了，必须跟父母坦白。晚上，我一个人在济海湾旁边给我妈打电话，我哽咽着把事情告诉了她，不记得她说了什么，只记得我爸的咆哮和手机狠狠摔在地上的声音。

第二天，我妈用我爸的手机打来电话，跟我说："怪不得在家的时候总是一脸心事，怪不得总不给家里打电话，这2年也是难为你了。一直瞒着家里你应该也不好受，别怪你爸生气，他只是对你的期望太高，毕竟你以前那么优秀。"

没有亲身经历的人根本体会不到那种想把自己打死的冲动。我这么不争气，让父母那么操心、那么失望，父母这时候竟然想到的还是我的难处，竟然还让我别生气。当时我就想，我一定要把大学剩下的路好好走完，不能再这样混下去了，但是当时并没有要考研的冲动，甚至压根没想过。那一年夏天，我都没敢回家，找了个理由待在学校里，因为我怕看到父母失望的眼神。

新学期的一天晚上，我接到朋友的短信，她是我最好朋友的女友，也是我的高中同学，"十一"假期就要结婚了。她跟我说他俩吵架了，因为我朋友总玩游戏，很晚了还不回家，问我是不是在和他一起玩游戏。我说没有，然后她就跟我聊了起来。她说我俩一样不务正业，不知道将来怎么养活妻儿，说我高中的时候多优秀，现在的我让她很失望，跟我说谁保研了、谁直博了，让我看看我自己……

如果那天她情绪不激动，她也许一辈子也不会对我说这些话，我也许会继续得过且过，努力"安安稳稳"地度过剩下一年。她的话确实伤到了我，也惊醒了我。

其实类似这样的话，太多的人对我说过，我的父母、辅导员和很多朋友，但都没有像这次这样改变我这么多，现在想想她的那一席话是促成我转变的直接原因。

第二天，我找到好多朋友，包括芦老师，问他们我的经历对读研有没有影响，剩下的时间够不够我来准备考研。他们中很多人第一反应竟然认为我在开玩笑，确认我是真的想做的时候，他们都真心鼓励我，而且之后不遗余力地帮我，我的父母也非常支持我。

### 觉醒后的行动

那年9月2日，我买齐了考研复习能用到的东西，来到11号楼5029教室，现在看来，那一天才应该是我大学生活正式开始的时间。

从9月2日到12月27日，140余天，是我长这么大最充实的日子，每天都过得有迹可循。早上5：40起床，洗漱、早餐，上午6：30到自习室，看数学到11：30，午饭后回自习室，从12：20开始看上午错的题到13：30，趴会儿休息到14：00，起来洗脸然后看英语到17：30，吃饭回自习室差不多18：10，看一个小时左右政治选择题到19：00，看专业课到22：00，之后回寝室洗漱、烫脚，看数学教学视频直到电脑没电大概是00：30，然后上床睡觉。

每一天我都是这样过的。我每天的休息时间不到6个小时，但是每天都精神饱满，只要我想睡，一趴下就睡过去了，反而不像从前深夜12点上床，到凌晨2点才能睡着。现在反思，我知道那是因为我前几年过得很不踏实，怎么会睡好？

当然，复习的最开始是很费力的，我的基础实在太差了，但我从来没想过放弃。我的硕士朋友，也就是我原来的本科同学会经常找我聊天，给我打气加油，讲专业课的难点。

我也会每天晚上给我父母打电话汇报进展，聊天谈心，我妈说我以前一个月都不给家里打一次电话，现在却一天一打，让她都有点"烦"了。她说我用功是好事，但也别太累，用她的话说，"别学出精神病来"。从一开始她就告诉我："考不考得上不重要，努力了就行，将来就算考不上也千万别想不开。"她没见过那么认真学习的我，怕我出事。

那一种温暖却让我心酸，我不知道以前我到底是让她操了多少心，以至于我玩，她担心，我学，她也担心。我让她不要担心，跟她说这些天我才开始真的后悔，并不是后悔我留了两级，而是后悔之前的四年我都白活了，这些天才是最充实、最开心的日子。

这不是漂亮话，一个人越是学习，就知道得越多，越发感觉自己的无知，促进自己去求知，来满足自己的求知欲。自己进步的过程是开心的，特别是明显地感觉到自己进步的时候。

那段时间我很开心，每次结束一天的学习，在返回寝室的路上，我戴着耳机听着歌，没人的时候还跟着节奏迈着步子晃着头，那种充实的快乐是以前的我没办法体会的。

**前行中的风雨**

备考的过程是痛苦的，尤其对于我来说，每天睡眠不足导致上火牙齿疼，一日三餐基本吃素菜，看到肉就感觉牙疼。冬天的11号楼五楼冷得不行，刚去的时候人是满的，到后来只剩下4个人，我一直坚持没走，一是别的地方人满为患，二是5029自习室里面有我坚持的记忆，我到现在偶尔想起，都会忍不住再去5029自习室坐一会儿。

复习的过程是寂寞的，在自习室里没一个熟人，我一天也说不了几句话，有的时候感觉全世界都抛弃了我。我甚至在桌子上贴了一张纸，实在无聊的时候就自己跟自己聊两句，也会把当时想做又不敢做，或者没时间做的事记下来，现在回头来看，感觉自己当时特别好笑。

我因为基础太差，准备得又太晚，开始的时候和同学讨论问题都不知道对方在说什么，一度感觉自己选择考研根本就是个笑话。我曾经想过报一个考研班，但是想想一天要拿出来好几个小时坐在教室里面听课，感觉时间根本浪费不起。

复习完一遍数学跃跃欲试，结果一张往年题做下来只能得五六十分，那种崩溃的感觉让我有毁灭全世界的冲动。但是我坚持下来了，我一直没有放弃，因为我背后有太多关心我的人看着我。

10月的时候，大家都在忙着找工作，我却没有一点儿想法，因为我觉得我一次只能做好一件事，我想考研，那我就只准备考研。

但是辅导员芦老师找到了我，他希望我找份工作保底，我说我没心思，他问我是不是就想一门心思考研了，我点头，他说那你回去好好考研吧，就算你将来没考上，下学期我一定帮你找一份合适的工作。

当时我的眼睛就红了，我是个感性的人，否则我也不会在哪里摔倒就在哪里再跌一跤。我一直不明白老师为什么对我这么好，我一直想如果我是辅导员，认识一个像我一样的学生，我会看都懒得看他一眼。

芦老师一直都不遗余力地帮我。看专业课的时候，我心里一直感觉不靠谱，毕竟当初没学好，跟我硕士朋友说了之后，他说你不用担心，先看好数学，以后周末我就坐你旁边，你哪不会我给你讲哪里。有这样的老师、朋友，我有什么理由不付出十二分的努力！

**风雨后的彩虹**

考前朋友问我感觉能考多少分，我说400分，他们都以为我在开玩笑，但我没有。考完之后我很失望，我跟朋友说我感觉我都过不了线，去年录取线是275分，他们又感觉我在开玩笑，但我自己知道我没有。

成绩公布那天，我正在超市买东西，我的一个朋友打电话过来，说考研成绩出来了，问我查没查，知道我没有查成绩，又不在家，就要去准考证号帮我查。我说短信告诉我结果吧，别打电话，我怕我控制不好自己的情绪，因为我感觉我的成绩不会理想。2分钟不到，朋友打来电话说，"大辉哥，恭喜你啊，360分，准备请客吧！"我忘不了他当时激动的声音，听得出他是发自内心地为我开心。

我的父母好久没有像那天一样因为我那么开心了。我爸跟我喝了两盅酒后，对我说，"既然考上了就好好读，别像之前那样了。考上也不是多么长脸的事，在我看来你2年前就应该保研才对"。不用说，我也会抓住这来之不易的"第二次机会"。

我以为考了360分，我可以找任何一个我想找的导师，但是现实却又一次狠狠地扇了我一耳光。我找的第一个导师因为我本科成绩婉拒了我，但是在我看来这份委婉并没有让我保存多少自尊。

在和同学商量之后，我找到了现在的导师，这位导师脾气好，亲自带学生，能学到东西，现在的我是真心想学习的。我想通过自己的努力在工程留下属于自己的脚印，更想让关心我的人因为我自豪，让看低我的人看到我的付出和成长。

这140多天，不仅让我一个连降两级的"学渣"顺利考研成功，还让我顺利通过了英语四级考试，在那之前，我考了9次英语四级，没有一次过400分，但是这次我却考了510分。我还修了3门通识教育选修、3门专业选修、1门必修、1门声学测量实验和1门大物重修，而且成绩都及格了。这些让我进一步重拾对未来、对理想的信心和勇气！

**彩虹中的成长**

读本科期间，我没有学到太多的知识，但大学却教给我更重要的东西，那就是人人都会面对困难、挫折和失败，跌倒后不可怕，可怕的是失去站起来的勇气。一帆风顺的时候我也有过，我可以拍着胸脯说大学之前，确切地说是高三之前，我的成绩比大部分同学优秀，那时候我也很自豪。

一直很优秀确实很爽，但是克服困难、战胜自己、获得成功的感觉，我认为更爽。当初我选择考研更多的是想证明我学习差是因为我不想学，甚至想过将来考上，不去上学，但是后来，我爱上了那种充实的生活，我坚定了读研的决心。见证过毕业找工作时，不同的同学面临的不同待遇之后，我很庆幸自己选择了读研，让我得以用全新的面貌步入社会。

有时我会问自己，如果还是我行我素，继续沉沦下去，我现在能学到什么？学到如何"走位"、怎么"躲大招"、"光速QA瞬间爆炸"、"残血绕视野极限反杀"？

上大学之前，我一直是校篮球队主力，运动健将，刚入学时体重140斤，由于一直玩游戏，生活变得不规律，我的身体被拖垮了。第一学期我的体重骤减到120斤，跑两圈就累得不行，大三上学期，我还得了次胃病，去医院做钡餐，医生说我的胃70岁了。这是游戏人生带给我的一份"厚礼"，我现在不得不比别人更加重视自己的身体。

一个人并不是只为自己活着，我很喜欢一个词——羁绊，这个词表达的是一种说不清、道不明的人与人间的感情交织。当你迷惘时，想一想那些为你活着的人，充实快乐地走好以后的路，不要让爱你的人叹息落泪，不要让你爱的人失望痛苦，更不要让自己将来满头白发，回忆过去的时候，发现自己虚度光阴、忆无可忆。

**作者寄语**

写这篇文章时是 6 年前了，但是考研的生活还是历历在目，生而为人 30 多年，考研的那 140 天始终是我最难以忘记的日子，是我最充实、最无愧、最引以为傲的日子。

刚毕业时，我在航空某研究所做硬件设计师，我发现自己并不适合这份工作，后来跳槽到中电某所做市场技术支持相关工作，和人打交道多一些，不用天天坐在电脑前，我发现自己找到了喜欢的工作。作为学长，我给大家的第一个建议是了解世界之前要先了解自己。在哈工程，我们不但要获得知识，还要获得学习知识的能力，不要仅局限于学校安排的专业课，拓展学习领域，让未来的自己可以有更多的选择。

第二个建议是努力永远不晚，付出总有回报。看着自己进步真的是一件暴爽的事，每个人都应该给自己创造一段无愧无悔的日子，每当回想起来，总会从中得到巨大的能量来激励自己前进，让现在的自己无惧回头看那时的自己。

最后，我把最想说的一句话送给年轻的你们：想做什么就努力，在最美好的年纪、最美好的地方留下最美好的回忆，不要留下遗憾，一转头兴许就是一辈子。

羡慕年轻的你们，与你们共勉！

**同学感言 1**：看了王君辉学长的故事后，我懂得了只要努力，一切皆有可能。我现在的成绩不是很好，这一切只能怪罪于我自己的不努力。看到学长准备考研时的作息时间表，我感到很吃惊，也很惭愧。吃惊在于他对时间的安排井井有条，惭愧于和他对比，我简直浪费了太多太多的时间。我现在也会仿照学长的时间表学习，希望也能像学长一样考研成功。

——同学 丁烨

**同学感言 2**：看了王君辉学长的成长故事，我看到了一个迷失自我的大学生的蜕变过程。其实大学里迷失自我的大学生不在少数，他的成长经历是对迷失自我的大学生的警醒，也是对他们重拾信心、找回自我的鼓励。我很敬佩他的勇气与毅力，他的逆袭和他的成功都源于他的努力和毅力，这样的精神是值得我们学习的。无论是学习，还是其他的事情，我们都要学会坚持，学会跌倒了还能够爬起来，直至冲向终点！

——同学 于雪松

**辅导员感言**：人人都会犯错，跌倒并不可怕，可怕的是不能重新站起来。

之前的错误已经铸成，现在需要做的是走好以后的路。既然把自己的故事讲了出来，就说明你已经正视了自己不堪的往事。再接再厉，希望你在以后的学习生活中保持住那份坚持不懈的韧劲，勇往直前，相信自己，你就是最棒的！

——辅导员 芦雪松

# 从游戏代练高手到学霸，到底有多远？

编辑：高明

### 故事主人公简介

曾强，男，中共党员，2015年考入哈尔滨工程大学航天与建筑工程学院，2021年被免试推荐至西北工业大学攻读硕士研究生。曾因沉迷网络游戏于2015年、2016年先后两次留级，至2017级继续学习。本科期间连续两年专业成绩第一、综测成绩第一，获得国家奖学金、校陈赓奖学金。获得全国大学生数学竞赛（非数学类）一等奖，国际大学生工程力学竞赛（亚洲赛区）个人赛、团体赛特等奖，全国周培源力学竞赛三等奖。获得省三好学生、校学习标兵、毕业金榜进取之星等荣誉称号。

我从小就有异常强烈的好奇心，比如，我小学时在学校听了用电安全知识后，回家立马就尝试徒手捏着铁夹子，伸进电插板里，在保险丝断之前被电麻了，也吓傻了，同时也真切感受到了"学以致用"的快乐。满脸络腮胡的初中班主任在第一堂课上跟我们讲了一句话："读书不一定能让你们将来挣很多钱，但一定能让你们更加了解这个世界。"从那以后，我就觉得络腮胡是帅和浪漫的特征。贪玩是小孩儿的天性，在作为留守儿童的我的身上，体现得更淋漓尽致，就像我不会去控制我对知识的渴望一样，我没想着去控制自己贪玩的心。就这样，中学6年住校生活，让兼具学霸和玩霸双重属性的我，在忽而拼命玩游戏、忽而拼命学习中"野蛮"生长。

2015年8月，从成都出发来哈工程报到的前夜，我躺在床上失眠了，试着想象我接下来的大学生活。然而作为家里第一个上大学的人，我对大学认知少得可怜，当时我对大学最多的憧憬就是"大学应该很好玩儿，想干什么就干什么"。

**休学**

我家在四川盆地，云层很高，因此看见的云都是平面的，来到哈尔滨才第一次看见立体的云。军训最惬意的时候就是和刚认识就十分合得来的同学们，在短暂的休息时间里仰躺在操场上聊着天，眯会儿眼又睁开，欣赏3D的云朵。随着越来越多的了解，我对大学生活的简单想象也逐渐变成了更立体的认识。

得益于初高中6年的住校经历，我报到当天上午就很快铺好了床，买好了生活用品，下午到学校附近的网吧进行一次深度体验……军训完刚开始上课的时候，微积分和线性代数讲的都是很基础的知识，认真听了几节课后，我感觉很简单，想到别人常说的高数如何如何难，不禁嗤之以鼻，也不过如此。我那时已经熟悉了新的网吧环境，加之受到"考前随便复习一下刷刷题就能过"传说的影响，我索性不去听课了。于是在开课第一个月内，我就过上了"网吧—大美食堂—宿舍"三点一线的简单自由生活模式。贪玩儿的欲望得以尽情满足，至于上课，刚开始还让室友帮忙答到，后来不知道啥时候自己也忘了这茬儿。

欲望一旦任其横流，整个人就会往一个维度坍缩。我开始不回宿舍休息洗漱，开始不去食堂吃饭，玩儿累了睡，睡醒了玩儿，外卖送到座位，头发乱如鸟窝，直到网管也无法忍受，才把我轰走。然后，我就回去洗个澡清醒了再去网吧。通过夜以继日地"努力奋斗"，自己能靠着游戏代练挣点小钱，然后这些钱全部充了网费。我每个月跟爸妈打电话都掩饰说自己过得很好，辅导员也找我谈过几次，但刚燃起的愧疚和自责又很快被游戏的快乐淹没。就像毒瘾一样，在极致的快乐享受后是更难以承受的空虚，因此只能追逐更多虚无的快乐。

有一天早晨，在饥饿的促使下，我鼓足勇气打算去食堂买豆浆油条。出了网吧门，恍然发现外面不知什么时候已经铺满了厚厚的一层白色，我仰起头，看着天上正飘洒着的鹅毛大雪，不知道什么时候哈尔滨已经进入冬天了，原来这就是冰天雪地啊！身上的衣服有些单薄，我颤抖着，深一脚浅一脚感受着积雪，手里捧着刚买的热乎的豆浆油条，又回到了我的网吧座位。那时，我不知道如何离开那个网吧，也根本不想走出来，因为我觉得只有躲在里面才可以不被任何烦恼找到。当时连第一个学期都没上完，我仅参加的几门考试不是缺考便是交白卷，成绩惨不忍睹。大家可以想象得出来，我后来毫无意外地休学了。

**退学**

2016年9月，在家人们"至少混个毕业证以后好找工作"的说法下，我复学了。我已下定决心戒掉英雄联盟——之前一直玩的网游，事实上确实是戒掉了。我的宿舍也从2015级搬到2016级，我和2016级的同学一块儿住。

但是由于很长时间没坐在课堂上认真上课，我的精力总是无法集中，也没想着主动去调整，就任由自己上课看手机开小差。实在闲得无聊，我又下载了手游《王者荣耀》和网友开黑。在以往的游戏经验指导下，我很快达到了"王者"段位，玩了一个多月后又达到代练的水平，在游戏里又开辟了自己的舒适区。至于学习上的烦恼，当然是到时候再说，慢慢地，我能通过游戏代练挣钱了，最多的时候一天就能赚到400元（这意味着我一个人能超过父母俩人艰苦工作的收入），这样我原本就有的"早点出去打拼肯定也能混得不错"的想法又滋生了出来。加之已有的几次假期打工经验，每次都能得到很好的评价，我退学的想法就更加强烈了。

我当时还非常认真地权衡了摆在自己面前的两条路：第一条是退学做专职游戏代练，月收入超过1万，这对于当时的我来说是非常诱人的；第二条是留校学习，混个本科毕业证。我认为混个本科毕业证也不能达到月入万元，权衡的结果是我决定要退学。逃过了辅导员、副书记再三的劝说挽留，"如愿"得到了退学申请书，完成退学申请的过程，只需要从11号楼走到主楼。

说实话，我已记不太清当时在去主楼的路上究竟想了些什么，除了那句响彻我脑袋的话"读书不一定能让你们将来挣很多钱，但一定能让你们更加了解这个世界"。这个在我们村支教快10年、有着一脸帅气络腮胡初中班主任的话突然在我耳边响起，时隔数年这句话又一次激起了我心里的热血，让我想起了初入哈工程时的雄心壮志，让我认真地思考了我这些年究竟为什么要读书。走到"济海湾"，我突然想到这是我人生最后一次求学的机会了，我迅速调了头，扔掉了那张退学申请书，冲回了11号楼，向一脸不解的辅导员笑着说道："我要留下来好好学习。"导员轻轻地拍了拍我的肩膀，说了句："如果你真的想通了，那就拼尽全力吧，我一定支持你。"我留下来了，于是我的大学生活在大学的第三年开始了。

**重生**

曾子曰："吾日三省吾身：为人谋而不忠乎？与朋友交而不信乎？传不习

乎?"曾强曰:"吾日三省吾身:我是谁? 我在哪儿? 我要干吗?"这是我决定重新开始之后经常在睡前思考的三个问题,我要通过不停追问自己这三个问题,时刻警醒我自己。

2017年9月18日,在2017级同学结束军训后,我回到了久违的教室,然而连续2年的搓键盘、搓手机生活让我提笔忘字,当想起来字长啥样时才发现连手上的肌肉记忆都快没了。写字尚且如此,其他方面更是不堪,比如,熬夜习惯让我上课精力根本无法集中、脑子里以前学的知识严重断片儿,等等。但好在动力充足,我心里憋着一股劲儿,淋漓地发挥了"没有什么不可能"的精神,一个多月硬生生地把自己调整了回来。

辅导员没有继续让我住在上一级的寝室,特意帮我找了一个2017级寝室,保证每天的生活学习节奏和2017级同学都一样。当时因为连降两级,我获得了"校园传说"强哥的"美名",庆幸的是,2017级寝室同学没有因此而嫌弃我,每天无论是出早操、吃饭、上课、上自习,他们都会叫上我。他们的"热情"让我都不好意思拒绝,辅导员几乎每周都联系我,了解我的近况,询问我的困难,就这样在周围同学、老师的不断鼓励中,我用了3年的时间终于正式拉开了大学学习和生活的序幕。我迎来了大学甚至可以说是人生中的关键转折点,新学期的第一门考试《普通化学》,这门课的复习考试过程可能是我这辈子都无法忘记的记忆。

《普通化学》这门课程的知识点很多也很碎,每次看书的时候感觉自己什么都会了,但做题的时候却还是不会,加之那时候信心不足,压力又很大,这让我很是焦虑。那段时间跟辅导员谈心就成了我的强大精神支柱,他耐心地鼓励我,让我一点一点儿把知识点吃透,多问同学,彼此相互帮助,最重要的是他十分信任我、支持我,这让我心安,我整个人也从焦躁的状态慢慢恢复到平静。我便从头开始一页一页地仔细看书本,把每一个知识点拆开,一点儿一点儿地弄明白,就这样这些知识点慢慢地能够形成一套属于我自己的记忆体系,让我感到欣喜不已。带着这样的状态,我自信满满地走进考场,考完后从容地离开。虽然我心里知道结果不会太差,可是当查询到《普通化学》考了86分的时候,我还是激动地跳了起来,泪水也不争气地流了下来。我还可以! 我能行的!!《普通化学》的学习,让我找到了自己的学习方式和学习节奏,学习也终于走上了正轨。

从天天熬夜第二天起不来到养成早睡早起的习惯,从上课无法集中精力到全神贯注,我只需一间自习室、一支笔、一本书。我牢牢记住老师所讲的每一个细节,踏足教材、辅导书的每一个角落,每一天的细细耕耘让我觉得收获满满。同时，我不急不躁，因为我知道基础知识的认真打磨是为了最后装机时的高效可靠。就这样，《微积分A（一）》98分、《线性代数与解析几何》100分……在认认真真地学完每一门科目后，我考取年级第一也成了理所当然之事。

越努力越幸运，2019年，学院选拔《理论力学》这门课程获得高分的同学，去参加国际工程力学竞赛（亚洲赛区），我因为《理论力学》考了94分被"幸运"地选中。经过认真训练准备，我同队员在学院指导老师的带领下，代表学校参加了首届国际大学生工程力学亚洲赛区的比赛，在与参赛队伍持续三天的比拼中，参赛队伍包括浙大、天大、西工大等数十所985、211学校，我同时斩获个人赛特等奖和团队赛特等奖，也带领哈工程代表队获得了团体一等奖的好成绩。最让我高兴的是，帮我们领奖的李鸿老师和郭晶老师说，我们通过这次比赛淋漓尽致地向全国大学生展现了我们哈工程师生的风采和教学水平。这可能是我第一次如此强烈地感受到什么是担当，什么是使命！

此外，我作为投手参加了两届校垒球赛，和航建学院的参赛伙伴们通过平时的刻苦训练和每一场比赛的团结奋斗，第一年杀入决赛，憾负对手屈居亚军，第二年斩获冠军。

国家奖学金、科创比赛全国特等奖、体育竞赛奖、被保送西北工大读硕士……现在的我，为"强哥"这个曾经因游戏而获得的绰号正名。

**觉醒**

现在回顾那一段曲折的历程，我仍感热血澎湃。当我竭尽全力追寻梦想的时候，所有平时可能会让我纠结犹豫的难题仿佛都不存在了，因为我知道我必然会一个个跨越它们。

在哈工程的 6 年大学生活里，我最大的收获就是不断刷新对自己的认识、对自己所处的这个世界的认识以及不断清晰的目标。同时，我打从心底里感恩我所拥有的一切，无论是哈工程美丽的校园环境、丰富的学习资源，还是尽职尽责的老师、相互勉励的同学、朋友和亦师亦友的辅导员，都让我感到无比幸运和温暖。比别人多 2 年的大学时光让我痛苦，也让我坚定，痛苦的人才深刻，而深刻的人才坚定，未来还很长，我会因此走得更沉稳、更长远。

**同学感言 1**：曾强是我本科期间的室友，在学校的时候同学们都亲切地称他为"强哥"，这既是因为曾强同学非常稳重有担当，也是因为他是一个早我们 2 年进入学校有很多"校园传说"的学长。在学习方面，他特别勤奋，不但每天起早去教室占座，而且在课前的一段时间里，他也会抓紧时间研读课本，早早进入听课状态。他的成绩也非常好，微积分、线性代数、大学物理等科目都取得了 95 分以上的好成绩。在生活中，他乐于助人，并且与同学们相处得特别融洽，在每次考试之前都会提醒我们考试的重点，他也会经常参加各种文体实践活动，作为航建学院慢速垒球队的一员夺得过校赛的冠军。毕业一年之后再回忆起来，曾强在学习、科创、生活、实践等方面都做了很多，处处都起到了表率的作用，给我们留下了很深刻的印象。在未来的学习、工作中，我也会向强哥学习，努力做到每天都能有一点进步，让自己变得更好。

——同学 修心岩

**同学感言 2**：说起曾强，我想说，首先他是一个普通人，是一个和大多数人一样会偶尔沉迷游戏的人，是会有惰性，也会偶尔对未来感到迷茫并不知所措的普通人。但同时，他又如他名字一样，是某些方面的"强人"，特别是他强大的学习能力、良好的学习心态、自始至终的自信、无私奉献和勇于尝试的精神让我印象深刻。说他学习能力强，是因为不管课程有多难，他总是可以跟上老师的节奏，并通过复习和练习提出自己的理解和看法；说他学习心态好，是因为不管短时间内有多少考试，他总是可以按自己的节奏、有条不紊地进行复习；说他自信满满，是因为不管面对多么强大的竞争对手，他总是可以发现自己的亮点并把优秀的自己展现出来；说他无私奉献，是因为他总是会主动承担起不属于自己但属于公共部分的责任；说他勇于尝试，是因为他总是不畏惧尝试新鲜事物带来的失败，踏出自我挑战那一步。他的普通和优秀构成了一个立体的曾强，让他显得不是那么遥远但又能鼓舞人心。于我而言，他是同学、是竞争者，更是朋友和伙伴，激励并陪伴着我的成长。

——同学 邹小鹏

**辅导员感言：**曾强同学为人善良、正直，有担当，面对困难不轻言放弃，敢于正视自己的问题，并努力提升自己。他的学习状态、学习效率都离不开他强大的内心，那份执着追求深深地打动我，让我们都不得不为之动容。同样，对于许多同学来说，他是榜样，他的那份坚持能够鼓励更多的同学积极进取、奋发向上。

——辅导员 高明

# 我和大学生活的博弈

编辑：梁艳艳

## 故事主人公简介

刘岩奇，男，中共预备党员。毕业于伊春市第一中学，2018年考入哈尔滨工程大学航天与建筑工程学院，2020年由2018级降级至2019级。本科期间获得校优秀学生奖学金，获得优秀共青团干部等荣誉称号。曾任院团委新媒体部部长，获得校共青团优秀新媒体平台称号。

2018年8月24日，我站在我的大学门口，看着在阳光下熠熠发光的大学校牌，在心中暗暗许诺下一个光明的未来。我要铆足了拼劲，认认真真地上课，加入各种社团和学生组织，让自己的大学生活多姿多彩，却没想到遭遇了场与大学生活的博弈战。

### 我与父母的博弈

从高考报志愿选择院校和专业时就与父母产生了不同的意见，我当时认为自己已经长大了，不能一味地走他们规定好的路，没有听从他们的"建议"，来到了自己报的大学。或许是因为新环境的不适应，也或许是因为高三的高压生活让我产生了报复性心理，离开父母管束的我像是被放飞的小鸟，"自由自在"起来。刚开学一个月，我就在"打联盟"和"吃鸡"中把对未来的期盼抛在脑后。结果可以预料，期末考试成绩出来，我有好几科都是60分，微积分只考了43分。

　　大一下学期，面临专业分流，我在选择专业时与父母发生了强烈的争吵，加之他们对我的成绩不满，我开始彻底放弃自己，缩在虚拟世界里去寻找曾经的自己。我每天打游戏、发呆冥想，期末时大学物理、微积分和概率论全部挂科。那个寒假，我不想回家，家里那个冷战的样子甚至让我心生厌恶。

　　大二上学期，应该是我整个大学期间最颓废的学期，与父母之间的矛盾越发激烈，每一次打电话最终都会演变成吵架。我一遍遍试图说服父母支持我，一次次诚恳地向他们保证自己会开始努力学习，但是每一次换来的都是打击。最终，我的心态彻底崩溃，开始放任自流，每天过得浑浑噩噩，对生活也都提不起一点兴趣。就像是对父母的一种报复，就是不学了，谁都别想管束我，这样的生活过够了。慢慢地，我的身体和精神都越来越衰弱，甚至开始走向"极端"，产生了就这样消失在这个世界上的可怕想法。

　　班主任在了解到我的情况后，帮我找了一个心理咨询师。心理咨询师跟我和父母谈了很多，他指出我们最大的问题就在于没有正确、理性、平等地进行沟通，过大的压力导致我可能有一定的躁郁。经过一段时间的沟通，父母从极力反对到最后无奈同意了我留级的决定。

　　那一刻我突然觉得，曾经把我压垮的黑云一下子全都散去了，在那一刻我感受到了重新开始律动的心跳。这么多年，从小到大，他们终于肯接纳我提出的一个建议了。当时我觉得，这场博弈我赢了，爸妈输了。

### 我与生活的博弈

　　在降级后的第一个学期，也是重新读大一的下学期，培养方案的课程我基本通过了，因为新冠肺炎疫情原因学生没有开学返校，我就在家里的饭店打工。一开始是前台看店收钱，后来当端菜的服务员，到最后去后厨做烧烤师傅，我深刻地体会到了父母的不容易。前台要记住每一桌点了什么菜、上了什么菜，要协调好服务员和后厨，还要仔细核对账目和收钱。有一次，我在收银时疏忽大意，没有看客人扫码付款结果，半天没收到微信支付提示，等再追出去时人已经走了。调查之后发现他们是外地来的人，应该是惯犯，就这样被逃掉了一单，那一单有300多块钱。一整天辛苦赚的钱就这样没有了，甚至还亏了钱，我心里十分愧疚，父母却安慰我："没关系，长了经验就好。"

　　在后厨当烧烤师傅，我一站就是半天，顶着40多度的温度，六七小时不间断烤，当时戴的帽子都湿了一整圈，抬手用手背擦擦汗，有时候额头上粘的都是调料和辣椒，火辣辣的痛。一到冬天，炉子很热，窗户比较冷，由于排烟扇的流量很大，导致有风从窗户缝进来，时间一长，肩膀就会受风。有一次我听到我父亲和我母亲说，他的手臂已经抬不起来了，最多能举到与肩膀平齐，再抬高就会很疼，去医院理疗太贵了，于是他们就买了200多块的理疗仪。这么多辛苦的工作，绝大部分都要爸爸和妈妈两个人承担，我真的难以想象这种工作强度。他们却毫无怨言，因为他们知道，只有这样我才能有更好的生活。

在饭店每天会面对形形色色的人，面对客人提出的不合理要求，父母总是笑脸相迎，我当时很不解，问他们："他们都这样了，你们咋还能给他们好脸色看啊？"他们只能苦笑说："你和他们吵，以后谁还敢来你家，这不是为了赚钱吗。挣这点钱多不容易啊，只能忍着呗，饭店也是服务业啊。"

我曾开玩笑地和他们说："我在这里打工，你得给我开点工钱啊！"我爸就笑着说："这些都是给你的，你才是老板，我俩就是给你打工的。"当时我的内心五味杂陈。之前认为自己赢了父母的小心思，现在看起来是那么幼稚，我发誓等到疫情彻底稳定，开学了，我一定好好学习，不能辜负父母用汗水一点一滴换来的钱，换来的吃穿不愁。

大二上学期，也是课比较少的一个学期，我在完成每日的学习任务后，用自己的空闲时间去做兼职，送食堂的外卖。一开始我是去每个档口收餐，每次负责半层楼的收餐，然后用小推车将收好的餐送到分拣房，点外卖的人很多，每次的外卖箱子都非常重，每箱都有好几十斤，搬起来很辛苦。我后来在分拣房工作，要对每一份外卖进行分类，分到每个公寓的箱子里，然后扫码，其间还要接同学打过来找不到餐或者催促的电话，有时还会挨骂。刚到冬天的时候那个小分拣房里面很冷，没戴手套的话，手几分钟就冻得冰凉，那个时候我才意识到，原来我没有体验过的艰辛是父母替我扛了起来。在那一刻我觉得我不仅是为了自己学习，也是为了我的家人们，为了不辜负他们的期望，为了不让他们难过，为了让我们都有更好的生活而学习。

如果是之前叛逆的我，肯定不会认同这种想法，我会想，我是为我自己，怎么样都是我自己的未来，贫穷也好，富贵也罢，过得怎么样也都无所谓，错的不是我，是这个世界。现在我想通了，我们之所以要努力学习、努力去奋斗，不仅仅是为了自己，还为了家人，为了将来能给父母一个安稳幸福的晚年生活，为了让自己将来回首往事的时候不那么遗憾。此刻，我才明白，这场博弈根本没有意义。

**我与大学的博弈**

经历过生活的教训，我回到了学校，到了大二下学期，课程多了起来，我制订了详细的计划，每天早上6：00起床，洗漱，去吃早餐，然后提前到要上课的教室去看书，中午下课吃完饭后，如果是12：20下课，就在楼下买一份饭，然后到下节课的教室去占个座，如果是上午11：30下课，就去食堂吃饭，饭后小憩一会儿，以免在下午的课堂上犯困，结束一天的课程后，晚上找自习室去看书。之前和我一个寝室、土木专业的室友，找了一个考研教室，我就每天空闲时间跟着他去自习，晚上10：00回到寝室，洗漱，看一会儿买的网课，不断充实自己其他方面的技能，晚上11：00睡觉，以饱满的精神迎接第二天的学习生活。

之前的几个学期，我每天都昏昏欲睡，从上课一直睡到下课，而现在，每天上课时都很精神，能够集中注意力去听老师讲的内容，之前认识的同学跟我打趣地说着，我们都怀疑你是不是被外星人"夺舍"了，怎么完全变了一个人。

这学期不仅仅要学习应该学的科目，还要用周末去补之前欠下的"债"，由于之前的科目成绩都很低，基础很差，在学习进阶版的这些课程时，我就非常吃力。就比如，学习材料力学，由于理论力学的底子没有打好，有时老师说一个基本的定义，我都要问一下我的室友这是什么。刚开始上材料力学课的时候，我连最基础的弯矩都不会求，我觉得这样行不通，于是我又把之前的课本翻了出来，两门课一起学习，同时请教一些学长，有时有一些不懂的地方，我会去向正在学习这些课程的学弟请教。在之后的课程中，其他同学只需要带一本书，而我需要带好几本书。

大二下学期末，我终于还完了那些年少轻狂时欠下的"债"，把之前没有通过的科目都通过了，平均分也从之前的61分追到了72分。因为之前的成绩实在是太低了，这些科目都占着很大的学分，现在每一科都达到80多分也只能提升很小的加权平均分。

大二快结束时，我竞选了学院团委的新媒体部部长，以前的我在学习之余也会打一打游戏，但现在，因为担任了学院团委新媒体部部长，每天除去正常上课的时间，剩下的时间都在复习课程和工作，没有时间去打游戏，时间久了，也觉得游戏其实没那么重要了。

我觉得这段担任团委新媒体部部长的时间，让我成长了许多。在这段时间，我学会了如何更有效率地与他人沟通，怎么处理矛盾，如何更加合理地安排时间，对部员的工作分配等，同时我的新媒体方面的技术有了较大的提升。

由于之前学习生活带来的巨大压力，加之不规律的生活饮食习惯，去年的体检单显示尿酸、血脂、转氨酶全高，体重也达到了惊人的90公斤，膝盖还有滑膜炎。我于是戒掉了饮料，每天大量喝水，当时每天喝的水按治疗来说有四五升，然后抽出一点时间去锻炼，近期的体检单显示除了转氨酶偏高，其余都变得正常了。通过我不懈的努力，生活在我的掌握下开始慢慢回温，我铆足了劲准备也给生活来一巴掌，告诉它，我不是好欺负的，看见没，咱就是这么牛！

到此时，我已经与生活和解了，确切地说是与曾经不堪的自己和解了。岁月让人成长，一个少年成长为一个学会收敛、开始变得有趣、让人喜欢的成年人，感谢岁月给我的沉淀、生命给我的苦难，爱我的人给了我力量，批评我的人给了我清醒，帮助我的人给了我机会。但凡是岁月馈赠于你的，都有它的道理，别纠结命运送给你的东西，因为命运在暗中都标好了它的意义，没有价格，只有意义。5年的大学时光是岁月给我的沉淀，让我以后的路走得更加坚定而清醒，对于今后的打算，我想选择去支教或者去当辅导员，用我的故事启发更多的人，用我的行动去实现更高的人生价值。

**同学感言1**：在困境中觉醒，在绝处中蜕变，我始终坚信，在逆境中才能看清一个人的能力。能力不足的人，往往会被困难打倒，从此一蹶不振，有真本事的人，则会在逆境中发挥自己真正的实力，最终化险为夷、东山再起。显然，刘岩奇是后者。

我和他在工作中认识，我作为学院的团委常务副书记，一开始就对这个比我大一届的新媒体部部长充满了好奇，几次接触下来，发现他虽然平时给人一种生人勿近的样子，但是不苟言笑的背后蕴藏着一颗坚毅细致的心。他作为一个"引路人"，把我领进新媒体工作的大门，在陷入困境时，选择站在我身边，共同面对挑战，可以说，我们亦师亦友，彼此互相成就。作为他故事的"见证者"，我深有感触，谁的青春不迷茫，谁不会遇到一些挫折，在面临这些的时候，与其怨天尤人，不如从自身出发，直面问题，将泪水和遗憾化为支撑自己不断向上的磅礴伟力，几次坚持下来，一定会与那份成长的喜悦如期而遇。

——同学 雷锦潮

**同学感言2**：犯错不要紧，重要的是如何从错误中走出来，从错误中成长。我在大一时进入院系的新媒体部，在里面是部员，负责帮助指导我的正是刘岩奇同学。刚开始，这位"学长"的存在感并不强，不太爱说话，指导的时候也有些缺乏"热情"。慢慢地，我与刘岩奇同学熟络起来，发现他的热情慢慢燃了起来。在业务上，他与我更加积极地沟通交流，在学习上他也帮助了我许多。

现在从同事角度看，他业务娴熟，热情负责；从同学角度看，他变得好学、好问，成绩也显著上升。我很高兴见证了刘岩奇同学的"逆袭"之旅，希望我的这位"学长"，在今后也能攀登更高的山峰。

——同学 王伟健

**辅导员感言：**过去的失败，不能决定未来，人最大的敌人是自己，而不是困难本身。我对刘岩奇的印象用两个字概括就是"主动"，他没有其他学业问题学生对待学习和生活的"摆烂"，而是主动"内卷"，对自己落后的地方积极追赶。人生路漫兮，路途遥且长，不能因眼前的不满意而故步自封、自暴自弃，从现在开始努力并不晚，只要找到努力的方向，逐渐形成"正反馈"，纵使曾经学习迷茫，只要咬定学习不放松，必会学有所成、业有所立。刘岩奇"蜕变"的故事很好地诠释了"什么时候开始努力都不晚""越努力越幸运"。

——辅导员 褚悦

## 千淘万漉虽辛苦，吹尽狂沙始到金

"科技兴则民族兴，科技强则国家强"，当今世界正经历百年未有之大变局，我国发展面临的国内外环境发生深刻复杂的变化，对加快科研攻坚提出了更为迫切的要求，致力于加快建设创新型国家。青年学者是科技创新的生力军，青年人才是攻坚克难的排头兵。青年学生应当用好高校科研创新的大舞台，深入弘扬和践行科学家精神，立大志、明大德、成大才、担大任；应当坐得住冷板凳，将论文写在祖国需要的大地上，帮助解决国家关键技术难题，推动原始性高水平科研创新，肩负起青年学生的时代重任与使命。

本篇介绍了4位优秀研究生在科研攻坚路上的成长故事，他们勇于挑战，认为过程比结果更重要，敢于挑战学术权威；他们志存高远，心无旁骛，坚持做高质量科研；他们开拓创新，锐意进取，不甘心在别人层面亦步亦趋。他们为新时代大学生从事科研工作提供了良好借鉴和优质范本，用刻苦钻研激发自身科研内在的驱动力，做到有态度、有思考、有方法、有成果，不断向科学技术的广度和深度进军，助力我国科技自立自强，推进世界科技强国建设！

# 为科研"疯魔"

编辑：苏智

### 故事主人公简介

李帅，男，中共党员。2008年考入哈尔滨工程大学，2012年被免试推荐至哈尔滨工程大学船舶工程学院攻读硕士研究生，2013年以硕博连读方式至哈尔滨工程大学船舶工程学院攻读博士研究生，毕业后赴荷兰特文特大学开展为期2年的博士后研究。2019年任哈尔滨工程大学船舶工程学院副教授。研究生期间获国家奖学金1次，发表高水平文章14篇。

江河不惧沟壑，虽曲折，终入大海；雄鹰不问艰难，纵跌倒，翔于天际。在大学的学习中，挫折和磨砺教会了我矢志不渝，初心不忘，厚积必有薄发。

### 过程比结果更重要

参与本身就是一种收获。通过2次失败的比赛经历，我更加深刻地理解了"过程比结果更重要"这句话。

刚入大学时，我对各种活动都充满了兴趣和好奇。大一时，我参加了"鸡蛋撞地球"的比赛，这个比赛要求把鸡蛋放入自己设计的缓冲装置中，从10米高处扔到地面，前提是鸡蛋不被摔破，速度快与质量小者更优。我和队友经过激烈的讨论，设计了2种不同的装置。2个作品的设计原理分别是两种极端，第一种装置十分保守，鸡蛋肯定不会摔破，但是装置的体积和重量都相对较大；第二种装置我们希望用它来险中求胜，在去掉大量的缓冲物品后，装置质量极小，完全只依靠一种特殊的缓冲结构。结果不出所料，第一种装置里面的鸡蛋完好无损，但是成绩不佳；第二种装置里的鸡蛋碎得稀里哗啦。我们最终没有获得任何名次。

大三时，我和2位同学组队参加了美国数学建模比赛。为了比赛，2010年的冬天，我没有回家过年，整个寒假都在学校学习。最初是跟着理学院的老师学习一些数学建模基础理论和数学软件的使用方法，我们仅靠这些知识储备去参赛还远远不够，还有很多与比赛相关的东西需要学习，如信息检索、专业英语写作、文章排版等。虽然十分辛苦，但当自己能够用学到的理论知识去解决实际问题的时候，这种获得感和满足感在以往的学习生涯中是体会不到的。

真正的比赛要求是在三天四夜的时间内，根据赛题撰写一篇规范的英语学术论文，由于比赛问题比较灵活，解决思路又各式各样，每一队最后的解决方案都不一样，关键就在于思路的独到性和创造性。比赛一开始，我们在选题上就出现了矛盾，整整一个上午我们都处在审题和选题阶段，通过几番讨论，最终在当天下午做出决定。确定选题后，在数学建模的过程中，我们又出现了意见不一致的情况，经过几番激烈的争论，排除掉完全不可行以及不合理的方案，我们从剩余的方案里选出了最后的解决思路。

思路确定后，我们便开始查找文献并得到了预期的结果。这个过程十分考验我们的团队协作能力，不能因为自己的思路被否决了就不开心，或者"撂挑子"。这与篮球比赛一样，缺少任何一个队员都不行，没有单靠一个人就能够完成的比赛。由于任务的艰巨性，我们每人每天晚上的平均睡眠时间只有4个小时，比赛完我整整瘦了12斤。后来，我经常跟同学调侃："想减肥吗？去参加比赛吧！"

几个月之后，组委会宣布比赛结果，我们只拿到了"成功参赛奖"。失落肯定是有的，但是我们都觉得达到了参加比赛的预期，从准备比赛到比赛结束的整个过程都让我们自身有了很大的提高，掌握了很多科学研究应该具备的技能，对科学思维的锻炼也很有用。随着科研的深入，我越来越坚定了对这次比赛的认识。

后来进入实验室后，我发现很多在数学建模中学会的技能和思维，对科研的帮助很大，例如，文献检索，如何快速搜集有用的学习资料，面对新课题如何迅速找到解决方法，等等。

**不疯魔不成活**

对一件事情如果没有100%的付出和投入，就很难取得成果。

我进入正规的科研是做本科毕业设计。由于我是本硕博连读，毕业设计的课题是由博士生导师确定相关的基础知识由一个师兄带我学习，师兄让我去读一篇博士论文，同时给了我一个基本程序让我学习，但是程序中每个变量的含义我都不知道。师兄安排给我的任务是我进入大学以来遇到的最大挑战，面对一个自己从未接触过的领域，我感到十分迷茫，对自己的能力也产生了疑惑。

在跟父亲的电话中，我告诉他："不知道我能否拿到博士学位，感觉自己距离博士学位实在是太遥远了，我不知道能否坚持下来……"父亲十分理解我当时的处境和心态，但是除了鼓励和理解，也不能直接带我走出困境。

后来，我决定先坚持学习一段时间，看看自己是否适合科研工作。之后，我每天一大早起床就拎着电脑去图书馆，一边学习相关理论，一边对照程序学习，试着揣摩程序中每个变量的物理含义，试图将程序与理论公式联系起来。我每天都会解开一些心中的疑惑，但是同时也会出现新的问题。

最疯狂的几天里，我在晚上做梦的时候都在想问题。由于大脑活动过于剧烈，很多个晚上我都不能完全入睡，室友们都劝我好好休息，说我当时的状态都要"走火入魔"了。就这样，2个月过去了，我终于在气泡动力学方面摸到了一点皮毛，也算是入门了，自己对程序有了较好的理解。后来，我可以大幅地修改程序、优化程序，以及编写新的程序了。这是一个让我脱胎换骨的阶段，我至今仍记忆犹新。当时调程序犯下的各种各样的错误，都让我获得了宝贵的经验，使得现在的我编写和调试程序如鱼得水。现在我也带一些师弟入门，我觉得一个人在困难的时候能得到他人的指点，可以少走很多弯路，节省许多时间，这固然是好事。但是如果没有指导就怨天尤人，甚至成了自我放弃的理由，那就是自身的问题了。

其实，无论是潜心思考、渐入佳境，还是得人指点、答疑解惑，很难说哪种学习方法更高明。但不管是哪条路，只有自己走过才知道，我们要记住一句话，"不疯魔不成活"。

### 尽信书，不如无书

面对"权威"，要敢于质疑，有自己独到的见解，才能做出创造性的成果，正所谓"尽信书，则不如无书"。

研一时，我经常向师兄们请教气泡动力学相关的问题。我当时对"涡环模型"十分感兴趣，但是实验室还没有完全掌握该数值模型的精髓。我也是初生牛犊不怕虎，跑去问师兄"多涡环模型"是否可以建立起来，当时师兄就笑了，说道："这个数值模型不可能建立起来，全世界都没有。"

随后一年的时间里，在闲暇的时候，我经常会想起这个对话，也在不断加深对"多涡环模型"的思考，总是觉得理论上这个模型应该是可以建立起来的，只是在数值方法上可能比较困难。

随后的研究中，我发现要深入研究气泡动力学行为，"多涡环模型"的建立具有重要的意义，只是目前的研究水平还达不到。所以，经过不断推导，我把这个模型的相关公式推导了出来，并尝试着编写程序将这个数值模型实现，但是尝试了很多次都以失败而告终。

就在这个问题已经搁置了一段时间后，我某一天突然有了灵感，把程序的相关参数重新检查了一遍，发现某个积分路径似乎出错了，我将其修改之后发现程序通了！我终于成功了！不过，这个程序十分不稳定，某些问题能够解决，某些问题却不能解决，这让我百思不得其解。我又开始了一段时间的思考。

后来，导师请了一位国际上的学者来实验室交流，这位学者是"单涡环模型"的提出者。我觉得这是难得的好机会，一定要向他讨教一番。没想到，他对"多涡环模型"的建立也持怀疑态度，他也觉得这是一件不可能完成的任务。我向他说明了我的思路和方法，他觉得我是在瞎做研究，思路不对。和这位学者的讨论，我虽然没有得到任何帮助，但是我心中已经下定决心要将"多涡环模型"完全建立起来，让这位学者心服口服。

再后来，我静下心来慢慢琢磨每一处细节，找到了一个稳定性强的数值处理办法，使得所有相关问题都能够得以解决。剩下的就是要验证我所建立的"多涡环模型"的有效性。

我和导师以及师兄沟通了自己的想法，想通过实验对数值模型进行验证。通过与多组实验结果进行对比，数值结果与实验结果吻合度良好，这说明了我的模型是有效的，而且精度也很高。通过这个数值模型，可以发现更多新的物理现象，解释许多以前没有认识的机理。我把数据进行了整理，撰写了一篇学术论文，投到美国物理学会旗下的 *Physics of Fluids* 杂志上，并且推荐那位学者作为我的审稿专家。经过几轮返修，我的论文最终被该杂志接收。后来，那位学者又来到我们实验室交流，为我这篇文章的书写竖起了大拇指。

整个"多涡环模型"的建立经历了 3 年左右的时间，其中听见了许多"不可能"。面对"权威"，我们要敢于质疑，有自己独到的见解，这样才能做出创造性的成果，所谓"尽信书，则不如无书"。

当然，自己独到见解是否正确，取决于前期的积累和思考，并不是凭空出现在自己的脑海里。就像毛主席的教导"没有调查就没有发言权"。经过这几年的经历，我觉得成功就是勤奋努力、坚持不懈、无畏无惧。作为新时代的大学生，我们就是要敢于迎难而上！

**重视数理基础，紧跟世界科技前沿**

除了书中关于科研中遭遇挫败时的经验外，我也有一些新的感悟愿意与大家分享。

首先，对于立志要做学术研究的同学而言，一定要重视数理基础，不断践行"大学至真"的校训，勇攀科学高峰，走向世界科技前沿，多与世界级专家沟通学术思想（具体可以阅读他们的论文，在学术会议上与其沟通交流、与其开展合作研究，甚至加入其科研团队等），紧跟世界科技前沿。

瞄准自己的研究目标，"挖深坑"，做到独创独有，勇攀科学高峰，才能更好地助力我国科学技术的创新发展。值得一提的是，在荷兰特文特大学开展博士后研究期间，我有幸和著名专家美国工程院院士开展学术合作，取得的成果也受到了他的高度评价，这也是我不断前行的巨大动力。在"深挖坑"中获得的满足感是巨大的，它让我在探索科研过程中，逐步形成了科研良性循环。

其次，对于未来想离开学术界、进入工业界的学生而言，一定要将研究工作与国家重大需求结合起来，注重提升解决工程实际问题的能力，以及与人沟通协调的能力。加强与工业应用部门沟通交流，不能只停留在课题组已有的研究基础和研究领域上，掌握国家和行业最新的发展动态和需求，跳出自己的舒适圈，与时俱进，培养工匠精神和科学家精神，精益求精，不断实践。

纯粹的科学研究不应该由名利所驱动，而是应该由人类的好奇心和民族责任感所驱动。如果一辈子能不受外界干扰，可以专心地搞好科学研究，不断地拓宽知识边界，为国家解决一些艰涩的科学问题和瓶颈问题，那么这就是非常幸福的事情。未来，我将在自己的岗位上不断拼搏进取，为实现伟大的中国梦贡献自己的力量。

**同学感言1**：李帅同学的故事，给我上了生动的一课，我发现他的成功是必然的，而非偶然的。从他的经历可以发现，他勤于思考，失败也无法阻止他前进的脚步。他的科创之路在开始就遇到了困难，但他还是坚持不懈。习惯性思考以及扎实的理论基础总能为他带来源源不断的灵感。

——同学 李彤

**同学感言2**：李帅同学有扎实的理论功底，也是实验室中最勤奋的几个人之一，而且工作效率高，总能快速有效地完成科研项目。他总是具有创造性的思维，能够把许多知识融会贯通，运用到科研工作中。他非常善于思考，习以为常的事情，在李帅眼中可能看到的是事物背后的东西，追求事物的本质和内在的机理，与他讨论问题总能让人豁然开朗。这与他的勤奋密不可分，日积月累的学习让他能够扎实掌握基础理论。正如爱迪生所说，"天才是百分之一的灵感，再加上百分之九十九的汗水"。灵感有了，汗水也有了，成功还会远吗？

——同学 韩蕊

**辅导员感言**：李帅同学能够静下心来学习知识，不骄不躁，做一些有用的事情。他冷静执着，在追求真理的道路上不惧权威、迎难而上。李帅同学在同届学生中第一个发表 SCI 学术论文，他在科研路上的成功值得我们思考和学习。

——辅导员 苏智

**研究生导师感言**："死读书""尽信书"，这都是我们不愿看到的现象，我们希望学生们对事物有自己的思考、有自己独特的认知，李帅同学就是一个成功的典范。李帅同学是一个勤于思考的人，对新奇的事物、未知的领域都有着求知的欲望，这种求知欲是不会被困难所阻挠的。他经历过失败，遭遇过困境，更受到过质疑，但他依旧敢于"天马行空"。不断努力和尝试，成功就在不远处。

——导师 张阿漫

# 成功就是再坚持一下

编辑：李唯一

## 故事主人公简介

叶天贵，男，中共党员。2008 年考入哈尔滨工程大学，2012 年被免试推荐至哈尔滨工程大学动力与能源工程学院直接攻读博士研究生，2017 年获得博士学位并留校任职，主要研究领域为复杂结构振动与声学、舰船减振降噪技术等。曾获得中国大学生年度人物提名奖、省大学生年度人物奖、首届工信部特等创新奖学金等。博士论文获评首届"全国船舶与海洋工程学科优秀博士论文"。

很荣幸有这个机会来分享我的故事，我的故事很简单，但却并不平凡。本科的第二年，我从化学工程与工艺专业转到了动力与能源工程学院的轮机工程专业。我由于基础较好，成绩始终保持前列，并在 2011 年 9 月保送本专业直博。

### 文献破译时感受"角色转换"

当我满怀信心迎接博士的新生活时，就遇到了我求学生涯中的最大难题。还记得导师第一次将一份英文文献放在我面前让我学习的时候，我的内心是恐惧的。恐惧来源于对新事物的畏难情绪，更来源于对自己的不自信。

那是我第一次正式接触外文文献，尽管我的英文基础不错，但其中还是有近一半的单词是我之前从未见过的，绝大部分是专业词汇。于是，我痛苦的

"破译"过程开始了。翻来覆去地看,逐字逐句去翻译,我大部分的时间用在了查单词和记单词上,更不要提理解里面的理论、方法和内容了。一个星期过去了,文章只看了一遍,对其中的内容也似懂非懂。

于是,我开始请教导师和师兄师姐,在他们的帮助下,我逐渐找到了阅读外文资料的窍门,开始有意总结、整理一些常用的专业词汇,并慢慢积累,保证每天外文资料的阅读量。

渐渐地,在掌握了一到两千个专业词汇后,我发现阅读变得顺畅了许多,刚开始是四五天看完一篇文献,后来是一两天,再后来是几个小时。由少到多的积累是进步的关键,直到现在,我还保持着每天阅读外文文献的习惯。

对一个学生来说,最难的恐怕不是某一个课题,而是进入角色和适应工作。那篇外文文献现在回过头来看,只是一个简单的数学推导,但对于那时的我来说仿佛是世界级的难题,如同赤手空拳上战场。对周围的一切一无所知带来的恐惧感使我面对全新的问题手足无措,这也许就是"万事开头难"的原因。然而,当我逐渐适应了工作、进入了角色后,再遇到难以解决的问题时最起码已不再是赤膊上阵了。正是克服了"开头难",我在日后的科研路上走得更加自如。

**编程纠错中体会"坚持不懈"**

"罗马不是一天建成的",这句话我们耳熟能详,它告诉我们:赢,贵在持之以恒。恒,完成幼苗成长为参天大树的抱负;恒,实现小溪汇成江河的理想;恒,成就了骏马至千里的志向。

我的博士课题方向侧重基础理论研究,有时要先查阅几天甚至几星期的资料来理解一个理论,再根据理论设计编写程序,最后依照程序的运算结果撰写论文。程序的编写过程往往很痛苦,面对一堆复杂的公式、一个个烦琐的程序,我经常熬夜到凌晨三五点,简单小憩几个小时后就又开始一天新的工作。无论吃饭或是睡觉,脑中浮现的都是那一堆复杂的公式、一个个烦琐的程序。

一次,导师给了我一个比较复杂的题目,在对它充分理解后我便开始编程。一个多月过去了,经过我的日夜奋斗,从我手中诞生了一个长达几千条命令的程序,可悲的是虽然它十分壮观,但根本算不出结果。在如此众多的命令中找出几条错误语句就如同大海捞针,我也请教过师兄,将程序简化了许多,但仍旧没有解决调试结果不正确的问题。

于是,烦琐而枯燥的复查工作开始了。接下来的两个多星期我过着寝室、教学楼、图书馆三点一线的生活,每一行命令、每一个字符、每一个变量我都一点一点地仔细检查。相比重新编写一遍程序，检查的过程要痛苦得多，不仅要与原本的思路衔接，还要跳出这个思路去寻找问题，每一个小小的错误都有可能是问题的关键。

这样一天天下来，痛苦逐渐转变成了烦躁，这种烦躁压抑在心里，久而久之，就像是一团枯叶中的火星，慢慢烧了起来。最终，当我复查了两遍依然没有发现问题时，我逐渐失去了耐心，打算从头再写一遍。但想到之前编程花费的时间，我权衡了一下，和自己做了一个约定，再检查最后一遍，如果还是没有发现问题，就重新写。就这样，我生生把心里那团已经燃起来的烦躁压了回去，横下心来"最后一搏"。

第三周周六下午，我坐在图书馆自习室靠窗户的位置，继续检查着令人眼花缭乱的程序。突然一个之前从未注意到的变量进入了我的视线，抱着试一试的想法，我重新演算了这个变量，确实发现了一点问题。

我瞬间紧张了起来，或许真的是这个问题。错误修改后，我怀着忐忑的心情调试了一遍程序。成了！我不敢想象，真的成功了！几个星期以来压抑着的所有感情一下爆发了出来，这种感觉也许是这辈子最爽的一次，从未有过！如同一块堵在河道上的大石瞬间爆裂，河水喷涌而下的状态，我真的不由自主地跳了起来。

也许是乐极生悲，我挨着的窗户是开着的，这一跳，头正好磕在了窗户上，破了两个口子。我只能放下程序，去找图书馆管理员简单包扎一下。管理员也很奇怪，第一次见到有人编程编得头破血流。

如果不是再坚持一下，我真的会把原来的程序推倒重来，然而不管重新编程的结果如何，都将是我的一种损失，人生中将少了那份爽快，更少了对克服困难的执着。当想要放弃的时候，再坚持一下，也许就不虚此行。

作为一个研究者，一路走来，正是一个个小小的经历让我逐渐收获不仅仅是学术上的成果，还有人生的感悟。困难中再坚持一下，让我的科研之路走得更加踏实坚定。

俗话说："山重水复疑无路，柳暗花明又一村。"成功总是留给坚持到最后的人，布满荆棘的科研之路，我们如果能够再坚持一下，总会找到通往成功大门的钥匙。

**国际会议上感悟"独立自主"**

我记得第一次参加的国际会议是在加拿大蒙特利尔举办，毕竟从未参加过这样的会议，再加之语言交流并不很顺畅，因此会上一些具体的学术问题，我已记不得了。

但令我印象深刻的是一位八十岁高龄的老教授。这位在该领域从事研究已达五十余年的老教授，在会上做了一个简短的报告，虽然双腿已经十分不灵便，但他依然坚持自己走上讲台，不要他人搀扶。吃饭时我留心观察了他，从取餐到用餐的过程中，他都坚持独立用餐，尽管行动不便，但仍是只要力所能及，便不随意麻烦他人。

也许这仅仅是一个老人的固执，但我宁愿相信这是一位老科研工作者的品德和职业素养。

中国现在正在努力由制造业大国发展为制造业强国，其中的关键就在于科技创新能力，我们想要实现这个目标，必须走独立自主的科技创新道路。我们能做的就是从自己做起，培养自己的科技创新意识，提高自己的科技创新能力。只有如此，我们自己的竞争力才能越来越强，我们国家的制造业强国梦才能成真。

前辈的成绩是令人羡慕的，但前辈的处世之道更值得我们深思。这次参会，我学到的不是解决问题的具体方法，而是解决问题的思路，那就是独立自主，做自己的东西，这种思路也将一路伴随我，让我走得更远。现在的同学们或许在科研方面都喜欢依靠别人，缺少独立自主思考的能力。我认为，我们要学会独立，独立才能使我们成长。

回想起直博的这些年，看似枯燥无味，却也丰富多彩。其实这主要取决于我们对待困难的态度，每个人都会遇到困难，但是如果我们把它看作一个提升自己的机会，每次克服困难都会有一种成就感，我们就会不断得到乐趣，不断地经历，不停地收获。

遇到的每一个人或事都能给我带来感悟，在每一个感悟中都有无尽的味道。品味这味道，让我脚下的路越走越宽、越走越远。希望我的故事能帮到各位学弟学妹，也希望大家能像我一样找到一条最适合自己的道路，并且越走越好。

**同学感言1**：叶天贵是大我一届的师兄，也是我的朋友，我们曾在同一个研究所，处在同一个学习室。常常如此，与不熟悉人的距离会加深我们对一个人传奇故事或者成就的传奇

感觉，渐渐地，他也就成了一个传奇。我最开始认识他，他就是这样的：他是一个传奇。当我渐渐有机会去了解和接触他之后，我了解到传奇的他是一个有故事、励志却可触摸、有品质、低调行事、为人真诚、有思想、露于行不显于色的人。之于我，多些这样的朋友、良师，难能可贵！

——同学 张相元

**同学感言2**："如果你做一件事，就尽可能把它做到最好。"这是叶天贵师兄经常对我们说的一句话。小至论文中一个图片的修改，大至生活中的为人处事，师兄都以切实的行动向我们印证了他的话，他就是这么做的。正是由于这种严谨务实的求学态度，才使其在短短三年的博士生涯中取得了绝大多数人望尘莫及的科研成果。值得一提的是，对我们这些初入研究领域的师弟，师兄总是尽可能地予以最大的帮助。即便是一个很小的问题，叶天贵师兄也是耐心解答，这一点使我们深深感动。相信叶天贵师兄会越来越好。

——同学 韩超

**辅导员感言**：作为叶天贵同学读研期间的辅导员，我为他感到骄傲！很多同学在刚刚入学时，对科研具有很高的热情，但是真正坚持下来的同学却很少，而像叶天贵这样一直坚持下来的，更少之又少。他能把自己沉淀下来，勤恳钻研，严谨治学。我相信，这些品质和经历定会让他在以后的人生路上一帆风顺。

——辅导员 李唯一

**研究生导师感言**：天贵同学在读博期间的科研、学习以及工作都是优秀出色的，并得到了多项荣誉。相信这些经历和积累都将成为其人生道路上的宝贵财富。希望其在以后的工作和学习中，继续保持并发扬严谨治学的作风，兢兢业业，争取取得更大的成绩。

——导师 靳国永

# 创新三部曲

编辑：于欣欣

### 故事主人公简介

韩笑，男，中共党员。2007年考入哈尔滨工程大学水声工程学院，2011年被免试推荐至哈尔滨工程大学水声工程学院攻读硕士研究生，2013年提前攻读博士研究生。研究生期间获国家级学术成果奖励3项，发表高水平文章6篇，获专利2项。获得国家奖学金1次、CASC二等奖学金1次、校优秀学生奖学金2次；获得校优秀学生干部标兵等荣誉称号。

2007年8月，我考入哈尔滨工程大学水声工程学院，2010年9月获得保送研究生资格，2013年9月通过硕博连读方式成为一名博士研究生。在研究生阶段，大家听到最多的词可能就是创新，写文章需要创新，写专利要有新颖性，硕士博士开题需要有创新点，因此我们竭尽全力、绞尽脑汁地追求创新，"被虐"得很痛苦。

那到底什么是创新呢？我认为创新不单纯是"人无我有"，别人没有想到的你想到了，创新还是别人想到的没有去做的你去做了，别人想到了也去做了但是没有你做得好，即"人有我优"。那么到底如何才能做到创新呢？这就是我今天故事的主题，创新三部曲。

**跟着走，做笔记的能力和科研的能力同样重要**

创新的第一步是跟着别人走，重点是模仿式的学习，学习前人在这方面积累的知识、经验和所达到的高度。我认为这个阶段，我们自己的积累是非常重要的，而这种积累只靠脑袋是不行的，必须要做笔记。做笔记的能力和科研的能力同样重要，我跟大家分享一下我与笔记本的故事。

我第一次与我的导师见面时，他送我的礼物是一个笔记本，当时我还很激动，想着导师很看重我，第一次见面就给我礼物。我后来才知道对每一个进组的学生，他都会送一个笔记本。

当时导师要求我们用这个笔记本记录，阅读的文献里面比较好的句子或者新颖的方法，每次和导师交流学术问题的时候也都需要带着这个笔记本，某些创新的想法就能被及时记录下来，类似图片展示。说实话当时我没有太在意，心想不就是记笔记，当这个本子我快用完了的时候，我才明白老师的良苦用心。如果没有笔记本，没有良好的记笔记的习惯，我不会取得这些成果，从某种程度上说，记笔记的能力其实与科研能力是同样重要的。

我的笔记主要分为两类：

一是文献笔记。4年来，我累计阅读文献120篇。按照通信体制的不同，我把下载的文献整理分类，比如说，OFDM水声通信的文章我就单独建立了一个文件夹。在OFDM这个研究方向比较有代表性的就是Milica Stojanovic 和 Zhou Shengli 等人，我于是就以他们的名字建立新的文件夹分别保存他们发表的相关文章。

当然也不是所有的文章都是自己感兴趣的，或者跟自己研究方向密切相关的，我还建了一个文件夹用于专门存放那些让我受益匪浅的文章。除此之外，我个人还比较喜欢读纸质的文献，整理纸质文献笔记50篇，这样方便我在文献上做标注。我一般边看文献，边打开word文档，整理文章出彩的部分，然后复制过来，标上文献的标题和作者等相关信息，方法操作简单，对将来查询和反复品读会有很大的帮助。

二是试验笔记。试验数据处理结果，我也及时保存下来，一方面有些结果可能是经过长时间运行得到的，如果不及时保存，再次运行程序会浪费很多的时间；另一个方面是这些数据的处理结果可以直接成为我们撰写文章的素材。

大家也许认为没有技术含量，大家都会做，但是正像刚才提到的别人会做而没做的，这也是一种创新，这个习惯是我前行的基础。

### 并肩走，交流比埋头苦干更重要

创新的第二步是并肩走，这里的并肩走并不是说你已经到达这个学术方向的顶端，而是指我们要积极地抓住机会，甚至是创造机会与同方向的学术牛人交流，深入了解这个方向的问题。这里我想与大家分享一下我与斯克里普斯海洋研究所MPL实验室H. C. Song教授的故事。

哈尔滨工程大学每年都会拿出经费支持研究生出国进行短期的学术交流或者参加高水平的国际会议。我有幸先后参加了第164届、第166届和第169届美国声学会议。

2012年10月，第一次去参加美国声学会议，会议在美国堪萨斯城召开。第一次当着许多外国学者做报告，我非常紧张，我要做10多分钟的英语汇报，最惨的是还有交流，全程下来我衣服都湿了。国外学者特别注重交流，对报告中不太清楚的问题他们会很果断地向你询问，即使由于时间关系没能现场提问，他们会后也会找机会跟你交流。

当时的分会主席就是H. C. Song教授，我当时对他不是很了解，直到2013年我决定申请联合培养博士生项目的时候，我才知道他来自美国加州大学圣地亚哥分校斯克里普斯海洋研究所，是时间反转镜水声通信方面的专家。H. C. Song教授也是我联系的外导之一，我把我想要去他那边联合培养的想法告诉了他，为了能得到他的回复，我把国际会议期间与他的合影一起附到了邮件里。没想到很快收到了他的回复，他很乐意接收我去做联合培养。

说起出国留学这个事情，我想很多同学还是非常感兴趣的，去国外好的高校或者科研院所学习，确实能给自己带来不少的收获。参加国际会议其实是一个很好结识自己专业领域国际顶级学者的机会，能够大大增加自己成功申请留学单位的概率。

2013年12月，我第二次参加美国声学会议，本次会议在美国旧金山召开。由于会议之前我就做好了功课，所以这次会议，我有针对性地跟一些学者进行了简单的交流，交流内容包括自己正在从事的相关研究以及对他们文章里面一些比较感兴趣的问题。

其间有一个小故事跟大家分享一下，我把它叫作一个问题引发的思考。记得当时我在听一个关于信道相干时间测量的报告，H. C. Song 教授突然坐到了我旁边的位置，然后问我如果让我去设计一个 OFDM 系统，我会怎么设计它的数据块长度。

听到这个问题的时候，我的脑袋一片空白，后来他让我结合信道的角度去思考，我才恍然大悟，原来他是想让我从信道相干时间的角度设计数据块的长度。他后来解释，其实任何一个搞水声通信研究的人都不能脱离水声物理层面，只有对声学的本质认识得比较透彻，才能设计出可靠有效的通信系统。我才意识到自己平时设计水声系统的时候，并没有对通信参数有过多的思考，其实这在实际应用中会存在很大的问题。这件事后，我再思考问题时，思路自然就开阔多了。

前段时间，我读了 H. C. Song 教授关于自适应时间反转镜的几篇文章，采用这种方法处理自己的试验数据时，总不能取得较好的效果，后来我就把自己遇到的问题以及处理数据得到的结果发邮件给 H. C. Song。我很快就收到了他的邮件，在邮件中他提出了我可能存在的问题，然后建议我应该怎么去做。按照他的方法，我很快就完成了算法的改进，得到了想要的数据处理结果。

3次国际会议让我明白，交流比埋头苦干更重要，至少现在的我不会因为语言障碍而放弃交流的机会。我的交流也不仅限于导师和师兄，还有文章作者、学术上的专家，现在我仍然与6位国外教授保持着邮件往来。

**领着走，拓展学术能力比完成科研任务更重要**

创新第三步是领着走，同样要指出的是，领着走并不是指你已经成为这方面的学术专家了，而是指在这个方向上找到突破口、找到创新点。我认为拓展学术能力比完成科研任务更重要，或者说我的目标不应该仅仅是拿到硕士、博士学位，还应该是提升自己的学术能力。这里与大家分享一个故事，外场试验的故事。

2012年8月，我第一次参加课题组组织的外场试验，试验地点在黑龙江省牡丹江市莲花湖。第一次参加外场试验的我跟很多人的心情一样，非常兴奋，充满了期待。第一次参加试验我就给自己定了一个目标：通过这次试验我要学会相关仪器设备的使用以及如何开展水声通信试验。

试验的第一天是在船头和船尾开展仪器联调，把所有仪器搬到试验船上，有些任务已经完成的同学就躲在阴凉的地方乘凉。我在老师身边认真学习每一个仪器的连接及使用方法，发射端包括信号源、功率放大器和发射换能，接收端包括水听器、放大滤波器、采集器以及其他一些水声通信必要的辅助仪器，如声速剖面仪。这样一天下来，我基本掌握了试验仪器的使用方法。

经过一天的仪器联调，所有的试验仪器达到了最佳工作状态，第二天就正式开始通信试验。不同于前一天的岸边仪器联调，现在发射设备和接收设备分别放在了两条船上，试验人员也被分成了两批。为了更加熟悉仪器设备的使用，我就每天去不同的船。试验过程中老师先是近距离发送信号，然后将发射、接收船的距离逐渐加大，采集不同信噪比下的试验数据。试验过程中还将发射换能器和接收水听器布放在不同的深度。

当遇到问题的时候，我也会及时向老师或者师兄师姐请教，比如，发射换能器为什么要布放在这个深度，声速梯度对水声通信的效果会产生什么影响等问题。现在看来在那次莲花湖试验中，我基本实现了既定目标，学会了常见仪器的使用方法，又了解了开展水声通信试验的大体流程，这也为我今后成为试验主要负责人奠定了很好的基础。

经历了几次这样的试验，我逐渐积累了经验，我现在已经能够自主组织通信试验，并成功在大连市小长山岛、冬季松花江等水域试验，获取了宝贵的试验数据。当然，我说的这些经验没有技术含量，甚至简单到可以不屑一顾，但是如果不学习就一定不会，更不用说作为组织者组织试验了。我觉得这是一个工科生的基本素养，无论是本科生、硕士生还是博士生都应该掌握，什么时候意识到都不晚。

跟着走、并肩走、领着走的过程就是模仿—学习—创新的过程，我把它称为创新三部曲，这就是我的故事。转眼间我已经在学院度过 8 个年头了，一路走来，我特别感谢学院的培养。我的故事就讲到这里，我们水声人的故事会一直传承下去。

**作者寄语**

这尽管是几年之前写的文章，但现在看来很多经验还是不过时，对我目前的研究工作仍具有很强的借鉴意义。简单可以总结为以下几个方面：一是广泛深入的阅读。这里面有两层意思，广泛的阅读主要是为了寻找自己的研究方向，去寻找、发现问题，而深入的阅读是在研究方向确定或者找到问题后针对性地阅读。二是及时整理总结。在我看来创新不是毫无根据的凭空想象，我们需要总结前人已经做的工作并在此基础上寻找更优的解决方案。三是思想的碰撞。我们要善于和身边的同学、老师，以及不同学科的人交流，在交流中往往会有意想不到的收获，可能困扰你很久的问题就在不经意的交谈中得到解决。

**同学感言1**：看了韩笑师兄的故事，我明白一个道理，那就是作为一名研究生，要想让自己在某个领域有所作为，就一定要静下心来有所积累，才能由量变到质变。俗话说得好，"不积跬步，无以至千里；不积小流，无以成江海。"积累也并不是只看就行，好记性不如烂笔头。韩笑师兄的故事也让我更加明白，记笔记的习惯对积累学术知识是多么重要。有了积累，你才能从中总结规律，发现这个领域的前沿方向，让自己在科研的道路上少走弯路，并且可以从文献中寻找创新的突破口。韩笑师兄的成长经历不仅为我树立了一个很好的榜样，还为我指明了科研道路上前进的方向。

——同学 景杨

**同学感言2**：一个人的力量是有限的，现代社会也越来越强调合作沟通的重要性。通过韩笑学长的故事，我更加懂得在学术研究的道路上，沟通比埋头苦干更重要。沟通能够让别人帮助自己认识到自己的知识盲区，还能在这个领域交流不同的想法，给自己不同的启迪。通过和不同的人沟通，自己思考问题的角度也能更全面。韩笑学长的成长经历也让我意识到参加国际学术交流会议的重要性，可以站在这个领域的制高点，去学习国际上的领先想法和技术，做到与时俱进。通过和国外专家交流，既能锻炼自己的表达交流能力，又能学习别人的先进经验，是一个提高自己非常好的机会。自己也要积极努力做出成果，争取有机会参加国际交流会议，提升自己的综合能力。

——同学 朱炜晔

**辅导员感言**：科研工作是辛苦的，创新的历程是痛苦的，把每一项工作都做到"人无我有，人有我优"，更要付出比常人更多的心血。韩笑同学的故事就给我们呈现出了这样一个优秀科研工作者的形象。从跟着走到并肩走，再到领着走，韩笑从一名实验室的"新人"，成长为一名可以独当一面的"大师兄"。其中从量变到质变的成长经历值得大家效仿，他勤于思考、埋头苦干的科研精神值得大家学习。研究生时期是一个学生快速成长的阶段，在这个阶段需要学习的不仅仅是全面的专业知识、严谨的思维方式、明确的科研方向，还需要养成锲而不舍的钻研精神、永不言弃的坚韧品格。所以，韩笑"模仿—学习—创新"的创新三部曲，值得每一位同学学习和思考。

——辅导员 谭琦

**研究生导师感言**：韩笑同学成功的秘诀是沟通和总结。在科研的路上学会与人结伴同行，并时常回头看进行总结，这是韩笑同学的优势，他从本科、硕士，到博士一直在把它们发扬、放大。尽管在学习和科研面前有时会很辛苦，但面对挫折和失败时，他积极总结经验教训。从跟着走、并肩走到领着走，韩笑同学的创新三部曲，不仅是能力与智慧的体现，更是持之以恒的毅力和韧性，希望他一直领走在前！

——导师 殷敬伟

# 读研三问

编辑：张丽剑

## 故事主人公简介

张凯，男，共青团员。本科就读于东北农业大学电气自动化专业，2013年考入哈尔滨工程大学理学院攻读硕士研究生。研究生期间在 *NPG Asia Materials*，*Journal of Materials Chemistry A*（JMCA）等国际期刊上发表高水平论文6篇，其中以第一作者发表在 Nature 杂志子刊 *NPG Asia Materials* 上。

**为什么要考研究生？**

2013年4月的一天，我第一次进入了哈尔滨工程大学理学院的大门。对于来来回回逛了校园10多遍的我而言，眼前的一切仍显得极其陌生。

当时的我很迷茫，问自己怎么会站在这里，来这里我要干什么，来这里我能干什么。由于本科时期的努力程度不够，我希望通过考研来实现自己曾经隐隐约约定过的科研目标。

能够进入哈尔滨工程大学继续深造，我觉得十分幸运，因为我还有机会去弥补自己，未来还有3年的时光可以填充之前4年的不足。

经过一段时间的沉淀和思考，我终于想明白自己为什么会站在理学楼里。站在里面，是因为我失败过，更重要的是，站在这里我将有机会去弥补自己的失败，它给了我从头开始的机会。

**读研期间要干什么？**

2013年8月24日，我正式成为哈尔滨工程大学的一员，成为理学院的一张新面孔。在这里，我开始了自己新的校园生活，开始解答自己心里的第二个疑问，来这里我要干什么？

我心里有一点十分明确，就是无论我要干什么，最终的目的与结果都是要不断努力地去充实自己、完善自己，保证自己的每一步都是在前进，决不后退。

怀着这种目的，我开始了研究生阶段的实验室生活。正确的心态让我觉得无论做什么都充满活力与动力，我也遭遇了万事开头难的困境，因为本科所学专业与研究生阶段专业的相关性不大，在实验室接手师兄的第一个实验，我做了3个月。一次次重复，一次次失败，每次失败自己的脑子就是一片空白。

对于师兄们来说，这是一个再简单不过的实验，于我而言，它涉及物理、化学和纳米材料科学，而我既不懂物理，又不学化学，更不知何为纳米材料科学。

我认为是中间合成步骤出了问题，就请师兄手把手地给我演示这个实验。实验结果出来发现，他成功了，我却又失败了。当时的我很不解，心里全是问号，却又始终找不到答案。

之后偶然的一天，我看到一个师兄在收集已经干燥好的样品，那些样品因为干燥后失去水分而团聚在一起。我看到他将样品轻轻地研磨成了散开的粉末，教我实验的师兄告诉过我研磨的作用，只是我看到这个师兄研磨的力度比我要小得多。

忽然间我脑子里冒出了一个问题：纳米材料会被人为手工磨碎吗？于是，

我问师兄、问同学，甚至去问过老师，有的说不会，有的说不知道，有的说有可能，没有人遇到过这种情况，没有人可以给我解答。我于是自己去验证，用实验解答了自己的疑问，也因此结束了3个月的失败实验，有了第一次的成功。我第一次感受到了解决问题所带来的喜悦。

刚进入实验室的时候，我的导师告诉我们，研究生的工作不应该是拿着老师的想法与实验步骤去机械地操作，而应是培养自己发现问题、解决问题的能力，研究生的培养应该是趋于脑力培养，而不是体力培养。

这次实验后，我深深地感受到了这些话的意义，于是开始重新思考规划自己的研究生生活。我问自己，我是做一个进行实验操作的体力劳动者，还是要做一个用脑子去思考问题、发现问题、解决问题的脑力劳动者？当确定自己的努力方向后我又问自己，在这里我能干什么？于是我开始寻找我在这个实验室存在的意义，我要用实际行动证明我存在的价值。

**怎么做一名优秀的研究生？**

面对一窍不通的专业文献，我一遍一遍地去看。刚开始一篇英文文献至少要看三四遍，我需要耗费2个星期的时间去看明白这些由专业词汇构成的句子。

在经过长达一年的文献阅读与积累后（研究生期间粗略统计细读英文文献不低于120篇，略读百篇有余），我开始能够自己去独立思考，能够有自己的想法，能够自己去发现并解决问题，甚至能够适当地帮助师兄弟们解决一些他们实验的问题。

从那一刻起，说实话我为自己感到自豪，找到了自己存在的意义。我之后更加努力，尽一切可能去完善自己、充实自己，提高自己的专业能力。

2013年12月，在经过数月的文献与实验积累后，课题组陈玉金导师作为整个实验方案的设计者，我作为实验阶段第一执行人，开始着手开发甲醇电氧化催化剂的研究，并与一些科研院所及高校的研究组合作。

经过长时间探究以及大量摸索实验，终于研究出了一种新型纳米管。这种催化剂设计不仅降低了铂的用量，而且显著地改善了其在甲醇氧化条件下的耐久性，为设计下一代高活性催化剂提供了一种新的思路。相关结果最终发表在 *Nature* 杂志子刊 *NPG Asia Materials* 上，被编辑和审稿人评价为"燃料电池领域的一项重大进展"。

在此期间，2014年6月我与博士俞海龙师兄二人共同搭建起实验室课题组电化学析氢析氧测试平台。之后于9月2日以第一作者投出实验室课题组第一篇电催化领域文章。编辑和审稿人对文章高度认可，2周后文章同意接收，并受邀制作了杂志当期的内封面。文章更是从年刊量2000余篇的论文中脱颖而出，被收录在了2014年期刊的热点论文中。

经过长达一年的文献阅读与积累，并随时跟进20余种国际论文期刊，我的创新能力与实验设计能力得到进一步提升。接下来通过自己的设计与摸索以及与老师的探讨与建议，并于2015年2月发表在 *Journal of Materials Chemistry A* 上，编辑在来信中再次相邀，来制作杂志当期的封底。

2015年5月，我以第一作者在 *Physical Chemistry Chemical Physics* 上发表后续相关论文一篇。从搭建电化学析氢析氧测试平台开始，我逐步探索并完善了从样品材料电极的基本制作、测试流程、数据分析、问题发现与处理、注意事项等各个细节，方便实验室各成员学习，并将之编撰成稿。实验室课题组将这定为未来几年发展的重点方向，已据此申请国家自然科学基金一项，发表SCI论文6篇，在投数篇。

科研生活的充实与成功，让我可以骄傲地对自己说，3年的时光我没有浪费，来到这里，我不后悔。我得到的回报不仅仅是几篇文章的荣誉，更多的是我因此获得了自信，这是对自己的肯定。在此我也非常感谢我身边的同学、朋友，以及实验室的老师和兄弟姐妹们，我的科研成果是整个团队协同互助的体现，课题组的每个成员都为此贡献出了自己的智慧。

站在这个校园里面的我们，每个人都可以说自己不聪明，但绝不能承认自己笨。如果笨，就不可能站在这里。

很多事情，我们的问题不在于自己能不能做，而在于想不想做。只要想做，就没有不能做的。想与不想在很多情况下不是个人对某件事情的意愿问题，而是一个人本身对生活或事情的态度问题。

不端正的态度才会导致消极的意愿，消极的意愿会导致惰性的膨胀，惰性的膨胀会导致不充实的时间分配，不充实的时间分配会引起空虚的生活，空虚的生活会引发人的思维紊乱，进而会让人时常胡思乱想，迷茫又犹豫不决。这样的结果是恶性循环。

很多时候，我们之所以不去努力，是因为我们有很多的选择、很多的退路，过多的选择与退路会降低我们奋斗的勇气。如果只有一条路可走，别无选择，那么我相信我们每一个人都可以做到勇往直前、义无反顾。

既然如此，为什么我们不把每一个选择都看作是仅有的退路，这样我们无论是对工作还是对生活都可以永远保持激情与热爱。既然我们有选择乐观的权利，我们为什么要留给自己制造悲观的余地？

在此，想对新来的师弟师妹们说，希望大家在未来的2年或3年内过得充实而有意义。四年的青春已然离去，等待我们的将是更加美好的未来。

**同学感言1**：张凯同学本科学习的专业与硕士阶段的专业有很大的不同，这并没有给他带来特别大的障碍，他通过他的韧劲，以及对学术科研的执着，克服了很多困难。从对专业一无所知，到一次次重复相同实验来寻找问题，再到触类旁通地将学科进行融合，他最终发表高水平文章数篇，我从他身上学到了太多。他的成长故事告诉我,对科研与学术研究,我们要有踏踏实实、不怕吃苦的精神,还要有扎扎实实、反复实践、不断求索的耐性。

——同学 韩旭

**同学感言2：**张凯同学研读文献的态度和方法让我感触颇深,他大量阅读中外文献,对于外文文献他真的可以用"啃"来形容。一篇外文文献,他可以下很大功夫去钻研、去研究、去论证,把如此枯燥、容易受挫的事情做得十分有滋有味。正是由于对文献的一点点积累,他终于厚积薄发,取得了学术科研上的许多成果。我从他的故事里面学习到了"自信不是一下子就有的,必须要靠平时点滴的积累慢慢促成,一点点滋生。"

——同学 齐秀秀

**辅导员感言：**张凯同学做事非常认真,因为本科所学专业与硕士研究生阶段专业的相关性不大,使得他曾一度比较迷茫。但是好在当不知道未来将如何发展的时候,他脚踏实地走好脚下的路。跨专业的压力让他对"认真"这一点更是做到了极致,正是这样的一种学习与生活态度,让他在科研上屡取战果,在团队合作中也与国内外专家和师兄弟建立起了很好的联络。

——辅导员 张丽剑

**研究生导师感言：**张凯同学有很好的科学研究态度。对同一个实验,他可以反复重试,寻找问题关键。阅读文献,他可以仔细阅读,认真做笔记,这些好的科研学术习惯帮助他克服了许多困难和障碍。他这种踏实学习的态度和科研精神值得广大学生学习。

——导师 陈玉金

# 后 记

习近平总书记在中央人才会议上发表重要讲话时指出，必须坚定人才培养自信，造就一流科技领军人才和创新团队，培养具有国际竞争力的青年科技人才后备军。哈尔滨工程大学深入实施人才优先发展战略，涌现一批心怀国家、矢志服务国家需求，立大志、明大德的优秀青年教师与青年学子。本书选取了这些教师、学子中的典型代表，讲述他们的成才故事、成长路线、成功经验，以激励引导更多青年教师、青年学子快速成长为一流领军人才。

编写组围绕"讲谁的故事、讲什么、怎么讲"展开研究和实践，提出"身边事育身边人、同样事育同龄人、多样化育多样生"的"故事育人"推进模式，深入挖掘具有教育意义、贴近师生实际的成长故事，充分发挥故事这一优势和特点。通过师生成长故事组织、整理和编写，充分发挥其生动、鲜活、形象的情节和人物的作用，使得读者在与故事主人公同悲同喜的过程中去感悟、体验、理解乃至认同故事中所隐含的观点。这些故事充分调动了教育者与受教育者在教育过程中的"双向奔赴"，彰显了师生在教育中的主体地位，使得"故事育人"成为新时期学校思政教育的特色品牌。

编写组为开展好故事挖掘、采写工作，专门成立了"小程故事"思政教育创新工作室，来深入挖掘、探索优秀学生、优秀教师的成长故事、成才经验、成功案例。"小程故事"聚焦师生成才路上的难点、焦点问题，以典型引路、以榜样育人，充分挖掘"有信仰、有力量、有共鸣、有价值"的师生成长故事，通过成才的足迹，标定成长的路标，为师生成长成才提供可参照、可复制、可借鉴的经验规律，探索形成具有可示范、可引领、可辐射、可推广、可持续意义的思政工作品牌。

本书编写组"小程故事"思政教育创新工作室在哈尔滨工程大学官方微信公众号、学习强国号、《工学周报》上建设了品牌栏目"小程故事"，陆续推出优秀师生成长故事，受到师生家长的欢迎，纷纷留言点赞。这些留言中，有表达受到启发鼓励的正能量声音，如"像这样的前辈，成了多少人的努力方向！"

<<< 后 记

"真不容易，太优秀了，坚持到底是能力，是超乎寻常的毅力。国之栋梁，强国需要你们这些拼搏的年轻人。""科研之路讲得很幽默也很实在，编程编到头破血流，在佩服的同时也让人忍俊不禁。""点赞，矢志创新，敬业报国，奉献育人，厚德载物，哈工程需要这样的年轻老师接力，他们也是学校人才培养的典范。"有表达为创意点赞的赞美之声，如"小程故事专栏好，与成长对话、为青春导航，祝福哈工程学子一路芬芳。""其实水声人对水声事业的感情也是这样的，水声学院让我拥有了一颗想奉献的心，'她'打开了我那尘封已久的心，'她'让我又一次拥有了一种怦然心动的感觉。""感谢小程！伴着清朗社主播们录制余音袅袅的音频，领略着哈工程学子的优秀。期待有更多的作品来展示优秀哈工程人！"这些留言与反馈都是对编者最大的鼓励与支持，也基本达到了编写组所预期的"探索成长规律，助力师生成长"的目的。

于欣欣